EDMUND CRISPIN

Der wandernde Spielzeugladen

EIN GERVASE-FEN-
KRIMINALROMAN

AUS DEM ENGLISCHEN
UND MIT ANMERKUNGEN VERSEHEN
VON
ANDREAS VOLLSTÄDT

HAFFMANS VERLAG

Die Originalausgabe »The Moving Toyshop«
erschien 1946 bei Victor Gollancz.

Für
Philip Larkin
in Freundschaft und Verehrung

Konzeption und Gestaltung von Urs Jakob
Umschlagzeichnung von Nikolaus Heidelbach
Lektorat von Sabine Dörlemann

Satz: Fosaco AG, Bichelsee
Herstellung: Ebner Ulm
ISBN 3 251 30011 3

1 2 3 4 5 6 - 98 97 96 95 94 93

Anmerkung

Niemand außer den Allergutgläubigsten wird wähnen, die Personen und Ereignisse dieser Geschichte seien etwa nicht frei erfunden. Es stimmt, daß die altehrwürdige und erlauchte Stadt Oxford unter sämtlichen Städten Englands die wahrscheinlichste Geburtsstätte unwahrscheinlicher Ereignisse und Personen ist. Aber alles hat seine Grenzen.

E. C.

Inhalt

Stadtplan von OXFORD
(Vereinfacht)

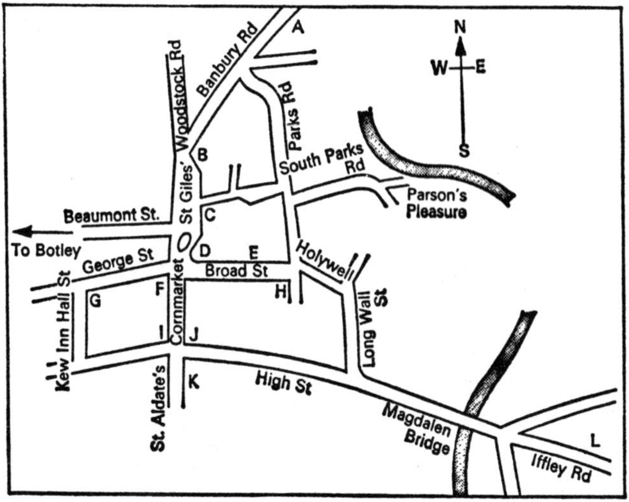

Schlüssel

A	Spielzeugladen (zweite Position)
B	St. Christopher's
C	St. John's
D	Balliol
E	Trinity
F	Lennox's
G	Das »Mace and Sceptre«
H	Sheldonian Theatre
I	Rosseters Kanzlei
J	Markt
K	Polizeirevier
L	Spielzeugladen (erste Position)

I. DIE EPISODE MIT DEM ABENTEUERLUSTIGEN LYRIKER

Richard Cadogan hob seinen Revolver, zielte genau und drückte ab. Der Schuß hallte durch den kleinen Garten und rief, ähnlich den immer weiter werdenden Kreisen, die ein ins Wasser geworfener Kiesel zieht, in dem Londoner Vorort St. John's Wood vorübergehend Aufregung und Unruhe hervor. Aus den verrußten Bäumen mit ihren von der Herbstsonne überstrahlten goldenen und braunen Blättern stoben Schwärme verschreckter Vögel auf. In der Ferne begann ein Hund zu jaulen. Richard Cadogan ging zur Zielscheibe und nahm sie entmutigt in Augenschein. Sie wies keinerlei Anzeichen eines Treffers auf.

»Ein glatter Fehlschuß«, sagte er nachdenklich. »Das ist ja ein Ding.«

Mr. Spode, von Spode, Nutling und Orlick, einem auf Literatur der gehobenen Klasse spezialisierten Verlag, klimperte mit dem Geld in seinen Hosentaschen – wohl, um auf sich aufmerksam zu machen. »Fünf Prozent für das erste Tausend«, bemerkte er. »Siebeneinhalb für das zweite Tausend. Mehr werden wir nicht verkaufen. Kein Vorschuß.« Er hüstelte verlegen.

Cadogan nahm wieder seinen alten Platz ein und musterte den Revolver mit einem leisen Stirnrunzeln. »Man muß nicht erst lange damit zielen, das ist es«, sagte er. »Man muß einfach aus der Hüfte feuern.« Er war schlank, mit scharfgeschnittenen Gesichtszügen, hochmütigen Augenbrauen und harten, dunklen Augen. Seine kalvinistische Erscheinung indessen trog, denn in Wirklichkeit war er ein umgänglicher, bescheidener, romantischer Mensch.

»Das ist Ihnen doch recht, oder?« fuhr Mr. Spode fort. »Es sind die üblichen Konditionen.« Wieder ließ er kurz das für ihn typische nervöse Hüsteln vernehmen. Mr. Spode haßte es, über Geld zu sprechen.

Krumm nach vorn gebeugt las Cadogan aus einem Buch vor, das auf dem ausgedörrten, verkümmerten Gras zu seinen Füßen lag. *»Bei allen Spielarten des Pistolenschießens«*, verkündete er, *»blickt der Schütze auf das anvisierte Ziel und nicht auf die Pistole.* Nein. Ich will einen Vorschuß. Und zwar mindestens fünfzig Pfund.«

»Wieso sind Sie neuerdings eigentlich so verrückt auf Handfeuerwaffen?«

Cadogan richtete sich mit einem matten Seufzen auf. Er spürte jeden Monat seiner siebenunddreißig Jahre. »Hören Sie«, sagte er. »Es ist besser, wenn wir beide zur gleichen Zeit über das gleiche Thema sprechen. Wir sind hier nicht in einem Stück von Čechov. Außerdem weichen Sie mir aus. Ich habe einen Vorschuß für das Buch verlangt – fünfzig Pfund.«

»Nutling ... Orlick ...« Mr. Spode machte eine Geste des Unbehagens.

»Nutling und Orlick sind doch beide reine Phantasiegestalten.« Richard Cadogan war unerbittlich. »Sie haben sie erfunden, damit sie als Prügelknaben für Ihren Geiz und Ihre Spießbürgerlichkeit herhalten. Hier stehe ich, nach einhelliger Meinung einer der drei bedeutendsten lebenden Dichter; es gibt drei Bücher über mich (eines so lausig wie das andere, aber lassen wir das), in sämtlichen Abhandlungen über die Literatur des zwanzigsten Jahrhunderts wird lang und breit mein Lob gesungen ...«

»Ja, ja.« Mr. Spode hielt die Hand hoch, wie jemand, der versucht, einen Bus zu stoppen. »Natürlich, Sie sind zweifelsohne äußerst namhaft. Gewiß.« Er hüstelte nervös. »Bedauerlicherweise heißt das aber nicht, daß auch viele Leute Ihre Bücher kaufen. Die Öffentlichkeit ist nun einmal ziemlich unkultiviert, und der Verlag ist nicht so begütert, daß wir es uns leisten können ...«

»Ich fahre in Urlaub, und *ich brauche Geld.*« Cadogan verscheuchte eine Mücke, die um seinen Kopf schwirrte.

»Ja, sicher. Aber es dürfte doch ein leichtes sein . . . noch ein paar Couplets?«

»Lassen Sie mich Ihnen mitteilen, mein lieber Erwin« – bei diesen Worten tippte Cadogan seinen Verleger mahnend an die Brust – »daß ich *zwei Monate* über einem Couplet vertrödelt habe, weil mir partout kein Reim auf ›Britisch‹ einfallen will . . .«

»›Kritisch‹«, schlug Mr. Spode zaghaft vor.

Cadogan warf ihm einen verächtlichen Blick zu. »Im übrigen«, fuhr er fort, »bin ich es leid, mir meinen Lebensunterhalt mit dem Verfassen von Couplets zu verdienen. Ich mag ja einen betagten Verleger zu ernähren haben« – er tippte Mr. Spode von neuem an die Brust – »aber alles hat seine Grenzen.«

Mr. Spode wischte sich mit einem Taschentuch über das Gesicht. Sein Profil war ein fast makelloser Halbkreis – die hohe Stirn ging in eine flach gewölbte Glatze über, während sich die Nase hakenförmig einwärts bog und das Kinn, schwach und mitleiderregend, sich nach hinten an den Hals schmiegte.

»Vielleicht«, sagte er mit einem Anflug von Dreistigkeit, fünfundzwanzig Pfund . . .?«

»Fünfundzwanzig Pfund! Fünfundzwanzig Pfund!« Cadogan fuchtelte drohend mit seinem Revolver. »Wie soll ich mit fünfundzwanzig Pfund anständig Urlaub machen? Ich versaure hier, mein lieber Erwin. Ich habe St. John's Wood von Herzen satt. Mir kommen keine Einfälle mehr. Ich brauche dringend einen Tapetenwechsel – andere Gesichter, Aufregung, Abenteuer. Wie der ältere Wordsworth. Ich lebe von meinem geistigen Kapital.«

»Der ältere Wordsworth.« Mr. Spode kicherte, um dann, in dem Argwohn, er habe da etwas Ungehöriges gesagt, jäh zu verstummen.

Doch Cadogan setzte seine Suada unbarmherzig fort. »Ich lechze, ja, lechze nach romantischen Erlebnissen. *Deshalb* lerne ich, wie man mit einem Revolver schießt. Und deshalb werde ich Sie wahrscheinlich auch noch damit erschießen, wenn Sie mir nicht fünfzig Pfund geben.« Mr. Spode wich erschrocken zurück. »Ich stumpfe zusehends ab. Ich altere vorzeitig. Selbst die Götter alterten, als Freya geraubt wurde und niemand mehr die goldenen Äpfel hütete. Sie, mein lieber Erwin, sollten mir einen luxuriösen Urlaub finanzieren, anstatt wegen fünfzig Pfund einen solchen Eiertanz aufzuführen.«

»Möchten Sie vielleicht ein paar Tage bei mir in Caxton's Folly bleiben?«

»Können Sie mir Aufregung, Abenteuer, schöne Frauen bieten?«

»Diese pikaresken Phantasien«, sagte Mr. Spode. »Natürlich ist da *meine* Frau . . .« Er wäre nicht gänzlich abgeneigt gewesen, seine Frau für einen bedeutenden Dichter und dessen Wohlbefinden oder, was das betraf, für sonst jemand zu opfern, ganz gleich aus welchem Grund. Elsie konnte manchmal sehr aufreibend sein . . . »Dann«, fuhr er hoffnungsvoll fort, »wäre da noch diese Vortragsreise durch Amerika . . .«

»Ich habe Ihnen bereits gesagt, Erwin, daß Sie dieses Thema nicht mehr erwähnen dürfen. Ich kann keine Vorträge halten.« Cadogan fing an, auf dem Rasen auf und ab zu gehen. Mr. Spode stellte betrübt fest, daß sich in seinem kurzgeschorenen, dunklen Haar eine kleine kahle Stelle zu zeigen begann. »Ich verspüre nicht den Wunsch, Vorträge zu halten. Ich weigere mich, Vorträge zu halten. Ich will nicht nach Amerika, sondern nach Poictesme oder Logres. Ich wiederhole – ich werde stumpfsinnig und alt. Ich handle aus Berechnung. Ich achte auf das Morgen. Heute früh habe ich mich dabei ertappt, wie ich eine Rechnung unmittelbar nach Erhalt beglichen habe. Dem allen muß ein Riegel vorgeschoben werden. Zu einer anderen Zeit hätte ich die lebenden Herzen von Kindern verschlungen, um meine verlorene Jugend zurückzuerlangen. So wie die Dinge liegen« – er blieb neben Mr. Spode stehen und hieb ihm mit solchem Überschwang auf den Rücken, daß der Unglückliche fast vornüber fiel – »werde ich nach Oxford fahren.«

»Oxford. Ah.« Mr. Spode atmete befreit auf. Er war heilfroh, vorübergehend von den leidigen Zwängen des Geschäftes erlöst zu sein. »Eine glänzende Idee. Obwohl es nun schon über ein Jahr zurückliegt, bedauere ich manchmal, daß ich mit meinem Verlag nach London umgezogen bin. Man kann dort nicht so lange gelebt haben wie ich, ohne gelegentlich an Heimweh zu leiden.« Selbstgefällig tätschelte er die ziemlich protzige, blauviolette Weste, die seine füllige Gestalt umhüllte, als gereiche ihm diese Empfindung aus irgendeinem Grund zur persönlichen Ehre.

»Und wohl steht es Ihnen an.« Cadogan verzerrte seine patrizischen Gesichtszüge zu einer Grimasse von großem Ernst. »Oxford, liebreizendste der Städte all. Oder war das London? Na, ist ja einerlei.«

Mr. Spode kratzte sich unschlüssig an der Nasenspitze.

»Oxford«, fuhr Cadogan schwärmerisch fort, »Stadt der verträumten Türme, kuckucksruf- und glockendurchschallt (und zwar bis zum Überdruß), von Lerchen umschmeichelt, von Krähen umkreist und von Flüssen umfaßt. Haben Sie je bedacht, inwieweit Hopkins' Genius darin bestand, Dinge in die falsche Reihenfolge zu bringen? Oxford – Kinderstube erblühender Jugend. Nein, das war Cambridge, aber es spielt keine Rolle. Natürlich« – Cadogan schwenkte seinen Revolver schulmeisterlich vor Mr. Spodes schreckgeweiteten Augen hin und her – »habe ich es gehaßt, als ich dort studierte: Ich fand es armselig, kindisch, unreif und provinziell. Aber ich habe das alles vergessen. Ich werde zurückkehren, dieweil ich ein paar retrospektive Tränen zerdrücke und mein Mund vor Gefühlsseligkeit weit offen steht. Und dafür« – sein Ton wurde vorwurfsvoll – »brauche ich Geld.« Mr. Spode sank das Herz. »Fünfzig Pfund.«

Mr. Spode hüstelte. »Ich glaube wirklich nicht . . .«

»Bearbeiten Sie Nutling. Feuern Sie Orlick«, sagte Cadogan voller Enthusiasmus. Er faßte Mr. Spode am Arm. »Gehen wir hinein und besprechen es bei einem Drink, um unsere Nerven zu beruhigen. Gott, ich werde packen und nach all den Jahren wieder einmal nach Oxford fahren . . .«

Sie besprachen es. Mr. Spode war ziemlich empfänglich für Alkohol, und er verabscheute es, über Geld zu reden. Als er schließlich wegging, wies der Talon seines Scheckheftes die Summe von fünfzig Pfund auf, Zahlungsempfänger Richard Cadogan, Esquire. Also behielt der Dichter in dieser Sache das letzte Wort, wie es wohl jeder, der nicht gänzlich von Vorurteilen geblendet ist, erwartet hätte.

Als sein Verleger gegangen war, stopfte Cadogan ein paar Sachen in eine Tasche, erteilte seinem Diener bindende Anweisungen und brach unverzüglich nach Oxford auf, wenngleich es bereits halb neun Uhr abends war. Da er es sich nicht leisten konnte, einen Wagen zu halten, fuhr er mit der U-Bahn nach Paddington und bestieg dort, nachdem er in der Bar mehrere große Bier getrunken hatte, einen Zug nach Oxford.

Es war kein schneller Zug, aber das machte ihm nichts aus. Er freute sich, daß er für eine Weile dem ebenso bedrückenden wie verabscheuenswerten Ansturm des mittleren Alters entkam, der Öde seines Lebens in St. John's Wood, der Langeweile literarischer Gesellschaften, dem geistlosen Geplapper von Bekannten. Trotz seines literarischen Ruhmes hatte er ein einsames und, wie es ihm manchmal schien, unmenschliches Dasein geführt. Natürlich war er nicht so blauäugig, um im Grunde seines Herzens zu glauben, daß sich dieser Urlaub mit seinen Freuden und Ärgernissen von irgendeinem anderen unterscheiden würde, den er je gemacht hatte. Aber er stellte beglückt fest, daß er in punkto Weisheit und Desillusionierung noch nicht so weit fortgeschritten war, um ganz und gar gegen die süßen Lockungen des Andersartigen und Neuen gefeit zu sein. Aus den weißen Wogenkämmen des Meeres winkte ihm noch immer Fand zu; jenseits der fernen Berge gab es noch immer die Rosenbeete der Hesperiden und die singenden Blumenjungfern in Klingsors Zaubergarten. Und so lachte er stillvergnügt in sich hinein, worauf ihm seine Reisegefährten scheele Blicke zuwarfen, und sang und dirigierte imaginäre Orchester, als das Abteil sich leerte.

In Didcot stiefelte ein Dienstmann am Zug entlang und schrie: »Alles umsteigen!« Also stieg er aus. Es war nun beinahe Mitternacht, doch am Himmel stand ein bleicher Mond, über den ein paar Wolkenfetzen dahintrieben. Nach einigem Nachforschen erfuhr er, daß es in Kürze einen Anschluß nach Oxford geben würde. Ein paar andere Passagiere wurden in derselben Weise aufgehalten wie er. Sie gingen mit schweren Schritten auf dem Bahnsteig auf und ab und unterhielten sich dabei so leise, als seien sie in einer Kirche oder auf den Holzsitzen zusammengedrängt. Cadogan setzte sich auf einen Stapel Postsäcke, bis ein Dienstmann kam und ihn fortschickte. Die Nacht war warm und sehr still.

Nach ziemlich langer Zeit fuhr auf dem Bahnsteig ein Zug ein, und sie stiegen alle zu, doch die Dienstmänner riefen erneut: »Alles umsteigen!«, also kletterten sie wieder hinaus und beobachteten, wie die Lichter gelöscht wurden, Waggon für Waggon. Cadogan fragte einen Dienstmann, wann der Zug nach Oxford endlich käme, und der Dienstmann verwies ihn an einen weiteren Dienstmann. Dieser Experte, beim Teetrinken im Bahnhofsbüffet entdeckt, sagte ohne jeden wahrnehmbaren Sinn für Anstand und Sitte, daß es in dieser Nacht keine Züge nach Oxford mehr gäbe. Die Auskunft rief einigen Widerstand von seiten eines dritten

Dienstmannes hervor, der meinte, daß der 11.53 noch nicht eingetroffen wäre, doch der teetrinkende Dienstmann legte dar, daß der 11.53 mit Wirkung vom gestrigen Tage aus dem Fahrplan gestrichen sei, und zwar ein für allemal. Er schlug mehrere Male heftig mit der Faust auf den Tisch, um diesen Punkt zu unterstreichen. Der dritte Dienstmann blieb skeptisch. Doch dann wurde ein kleiner Junge mit schläfrigen Augen losgeschickt, um den Lokomotivführer des soeben angekommenen Zuges zu befragen, und er bestätigte, daß es in dieser Nacht keinen Zug mehr nach Oxford gab. Außerdem, fügte der Junge wenig hilfreich hinzu, waren zwei Stunden zuvor auch die letzten Busse gefahren.

Angesichts dieser unverrückbaren Tatsachen begann Cadogans Begeisterung für seinen Urlaub zu schwinden; doch er schüttelte dieses Gefühl rasch wieder ab, da es mit schmachvoller Offenkundigkeit einem für einen Mitdreißiger bezeichnenden Verlangen nach Komfort und Bequemlichkeit entsprang. Die anderen Passagiere hatten sich unter verbittertem Murren auf die Suche nach einer Übernachtungsmöglichkeit gemacht, doch er beschloß, seine Tasche zurückzulassen und sich auf die Straße nach Oxford zu begeben, wo er hoffte, von einem verspäteten Auto oder Lastwagen mitgenommen zu werden. Beim Gehen bewunderte er die Wirkung des schwachen, farblosen Mondlichtes auf die häßlichen Backsteinhäuser mit ihren engen, asphaltierten Durchgängen, ihren Eisengeländern und Spitzenvorhängen, und auf die schreiend bunten Fenster der Methodistenkirchen. Er verspürte auch etwas von jener seltsam leidenschaftslosen Erhebung des Herzens, die, wie er wußte, Gedichte hervorbrachte, doch er war sich darüber im klaren, daß solche Gefühlsregungen scheue Wesen sind, und schenkte ihnen für den Augenblick aus Angst, er könne sie verscheuchen, keine Aufmerksamkeit.

Autos und Lastwagen schienen nicht sonderlich darauf erpicht zu sein anzuhalten – man schrieb das Jahr 1938, und unter den britischen Kraftfahrern grassierte wieder einmal die Angst vor Autodieben – aber schließlich blieb ein großer Kipplader auf sein Rufen hin stehen, und er kletterte hinein. Der Fahrer war ein hochgewachsener, schweigsamer Mann mit geröteten und vom vielen Nachtfahren sichtlich überanstrengten Augen.

»Der alte Seemann konnte das besser als ich«, sagte Cadogan aufgeräumt, als sie losfuhren. »Er hat es immerhin fertiggebracht, einen von dreien anzuhalten.«

»Den hamwer in der Schule gelesen«, erwiderte der Fahrer nach einer längeren Denkpause. *»Abertausend schleimiger Wesen überlebten; wie ich auch.* Und sowas schimpft sich dann Poesie.« Er spuckte zum Zeichen seiner Geringschätzung aus dem Fenster.

Etwas verblüfft, gab Cadogan keine Antwort. Sie saßen schweigend da, während der Lastwagen durch die Randbezirke von Didcot und hinaus aufs offene Land raste. Nach ungefähr zehn Minuten nahm der Fahrer den Faden wieder auf. *»Bücher«,* sagte er. »Also, ich les ja ganz schön was weg. Aber keine Gedichte. Liebesromane und Krimis. Ich bin Mitglied in einer von diesen« – er tat einen tiefen Seufzer; sein Gehirn arbeitete auf Hochtouren und brachte hervor – »rollenden Leihbüchereien.« Er verfiel in finsteres Grübeln. »Bloß langsam stehts mir bis hier. Die Sachen, die einigermaßen was taugen, kenn ich inzwischen nämlich alle schon.«

»Sie leiden auch nicht gerade an Komplexen, was?«

»Aber letztens hab ich n tollen Schinken erwischt. *Lady Soundso und ihr Liebhaber*. Da war alles dran und nichts vergessen, wies so schön heißt.« Er klatschte sich auf die Schenkel und stieß ein lüsternes Schnauben aus.

Leicht erstaunt über diese Zeugnisse von Kultur, blieb Cadogan erneut eine Antwort schuldig. Sie fuhren weiter, wobei die Scheinwerfer mathematische Segmente der zu beiden Seiten vorbeifliegenden Hecken hervortreten ließen. Einmal setzte sich, geblendet von dem grellen Licht, ein

Kaninchen auf und starrte sie so lange an, daß es den Rädern nur um Haaresbreite entkam.

Am Ende einer weiteren Gesprächspause – sie dauerte vielleicht eine Viertelstunde – sagte Cadogan mit einiger Überwindung:

»Die Bahnfahrt von London war ein ziemlicher Schlauch. Selten langsamer Zug. Hat an jedem Telegraphenmasten gehalten – wie ein Hund.«

Hierauf begann der Fahrer, nachdem er eine Weile ernsthaft nachgedacht hatte, zu lachen. Er lachte so unmäßig und laut, daß Cadogan befürchtete, er werde die Kontrolle über sein Fahrzeug verlieren. Bevor dies jedoch geschehen konnte, erreichten sie glücklicherweise den Kreisverkehr in Headington und hielten mit gellend kreischenden Bremsen an.

»Ich muß Sie hier absetzen«, sagte der Fahrer, der sich noch immer glucksend den Bauch hielt. »Ich fahr nicht in die Stadt. Aber wenn Sie den Hügel da runtermarschiern, sind Sie in Null Komma nichts in Oxford.«

»Haben Sie Dank«, sagte Cadogan. Er stieg auf die Straße hinab. »Haben Sie vielen Dank. Und gute Nacht.«

»Gute Nacht«, sagte der Fahrer. »Wie n Hund, eh? Das is gut, das is wirklich gut.« Er legte mit einem Krachen wie ein Elefant, der einen Baum niedertrampelt, den Gang ein und fuhr unter lautem Lachen davon.

Der Kreisverkehr mit seinen vereinzelten Lichtern machte einen sehr verlassenen Eindruck, als das Motorengeräusch des Lastwagens nicht mehr zu hören war. Es fiel Cadogan zum ersten Male ein, daß er nicht wußte, wo er in dieser Nacht schlafen würde. Die Hotels würden nur Nachtportiers beherbergen, und die Colleges würden geschlossen sein. Dann plötzlich lächelte er. Solche Dinge spielten in Oxford keine Rolle. Er brauchte nur über die Mauer seines College zu klettern (er hatte das in den alten Tagen weiß Gott oft genug getan) und bei irgend jemand im Wohnzimmer auf der Couch zu schlafen. Niemand würde sich etwas daraus machen; der Eigentümer des Wohnzimmers würde weder erstaunt noch ungehalten sein. Oxford ist der einzige Ort in Europa, wo ein Mann alles noch so Exzentrische tun darf und keinerlei Aufsehen oder Anstoß erregt. In welcher anderen Stadt, fragte sich Cadogan, während er an seine Studienzeit zurückdachte, konnte man einem Polizisten schon zu nachtschlafender Stunde einen Vortrag über Epistemologie halten, ohne daß einem Entrüstung oder Argwohn entgegenschlug?

Er ging los, vorbei an den Läden, vorbei an dem Kino neben der Ampel, und den langen, gewundenen Hügel hinab. Durch eine Lücke zwischen den Bäumen erhaschte er einen ersten wirklichen Blick auf Oxford – in jenem fahlen Mondlicht eine Unterwasserstadt, deren Türme und Turmspitzen geisterhaft aufragten, wie die Denkmäler des einstigen Inselreiches Atlantis, entschwunden in den Tiefen der See. Ein stecknadelkopfgroßer, gelber Lichtpunkt glühte für ein paar Sekunden auf, flackerte und verlosch. In der Stille hörte Cadogan eine einzelne Glocke leise ein Uhr schlagen, die Vorbotin von anderen, die kurz ein gedämpftes Läuten anstimmten, wie die Glocken der versunkenen Kathedrale im bretonischen Mythos, die, kaum von den grünen Strömungen unter der Wasseroberfläche zum Schwingen gebracht, auch schon wieder verstummen.

Von undefinierbarer Freude erfüllt, ging er mit schnelleren Schritten weiter und sang dabei leise vor sich hin – frei von allen Gedanken: lediglich hierhin und dorthin schauend und angenehm berührt von dem, was er sah. Am Stadtrand von Oxford kam er etwas vom Weg ab und verschwendete einige Minuten dabei, die richtige Straße wiederzufinden. Welche war es – die Iffley Road oder die Cowley Road? Er hatte sie noch nie auseinanderhalten können, auch nicht als Student. Egal; an ihrem Ende lag die Magdalen Bridge und die High, und jenseits von der wiederum das College von St.

Christopher, dem Schutzpatron der Reisenden. Er war ein wenig enttäuscht, daß seine Reise so ereignislos enden sollte.

Während seiner Wanderung von Headington waren ihm weder Fußgänger noch Fahrzeuge begegnet; und in diesem reputierlichen, ziemlich noblen Stadtviertel von Oxford lagen die Einwohner längst im Bett. Auf beiden Seiten von Geschäften gesäumt, zog sich die Straße lang und verlassen vor ihm dahin. Ein Wind war aufgekommen, der in leichten Böen um die Ecken der Gebäude strich, und er erfaßte eine weiße Markise, die irgendein unachtsamer Händler über Nacht vor seinem Laden untengelassen hatte, und rüttelte sanft an ihr. Da sie weit und breit die einzige war, richtete Cadogan beim Gehen unwillkürlich die Augen auf sie und suchte, als er sie erreichte, nach dem Namen des Besitzers; doch der war unter dem Schatten der Markise verborgen. Dann warf er einen Blick auf den Laden selbst. Vor den Fenstern waren Rouleaus herabgelassen, also vermochte er nicht zu erkennen, was für eine Art von Laden es war. Von einer leisen Neugier beschlichen, schlenderte er zur Tür und drückte versuchshalber dagegen. Sie ging auf.

Und jetzt hielt er inne und überlegte. Es entsprach gewiß nicht den Gepflogenheiten von Händlern, ihre Läden nachts aufzulassen. Andererseits war es schon sehr spät, und wenn jemand einen Einbruch verübt hatte, war dies zwar bedauerlich, aber mit Sicherheit nicht seine Sache. Wahrscheinlich wohnte der Besitzer über dem Laden. In diesem Falle würde er es vielleicht begrüßen, wenn ihn jemand weckte und verständigte, vielleicht aber auch nicht. Es widerstrebte Cadogan von ganzem Herzen, sich in die Angelegenheiten anderer Leute einzumischen; doch gleichzeitig war er neugierig.

Rückwärts auf die Straße tretend, betrachtete er einen Augenblick lang die leeren, unschönen Fenster über der Markise und kehrte dann kurz entschlossen zur Tür zurück. Schließlich war er aus einem Verlangen nach Aufregung in

Urlaub gefahren, und die Ladentür, wenn auch nicht gerade die Pforte zu den Gefilden des Abenteuers, stellte ein Problem dar, das ungewöhnlich genug war, um eine Nachforschung zu lohnen. Er stieß sie weit auf und verspürte eine bange Leere in der Magengrube, als sie geräuschvoll quietschte. Es war durchaus möglich, daß er einen Einbrecher stellte, insgesamt aber wesentlich wahrscheinlicher, daß er selber als einer verhaftet wurde. Er machte die Tür, so leise er konnte, wieder zu und blieb dann reglos stehen und horchte.

Nichts.

Der Strahl seiner Taschenlampe zeigte das kleine, herkömmlich eingerichtete Innere eines Spielwarengeschäftes, mit einem Ladentisch, einer Registrierkasse und allerlei Spielsachen – Stabilbaukästen, Lokomotiven, Puppen und Puppenhäuser, bunte Bauklötze und Zinnsoldaten. Über seine eigene Tollheit fluchend, begab er sich weiter hinein und schaffte es, unter beträchtlichem Gepolter eine Kiste mit großen (nicht aufgeblasenen) Luftballons umzustoßen. Es klang in seinen Ohren wie eine gewaltige Detonation.

Wieder blieb er wie angewurzelt stehen und wagte kaum zu atmen.

Wieder nichts.

Hinter dem Ladentisch waren drei Holzstufen, die zu einer Tür führten. Er schlich durch diese Tür und fand sich am Fuß einer kurzen Treppe wieder, deren abgetretene, steile Stufen ins Obergeschoß gingen. Diese stieg er unter weiteren innerlichen Verwünschungen hinauf, wobei er mehrmals gegen die Stufen knallte, stolperte, dabei knarrte das Holz laut. Er gelangte, erschöpft und mit fast bis zum Zerreißen gespannten Nerven, in einen kurzen Gang, mit Linoleum ausgelegt, mit zwei Türen auf jeder Seite und einer am Ende. Er hatte sich nun mehr oder minder mit dem Erscheinen eines aufgebrachten Hausinhabers mit einer Schrotflinte abgefunden und war damit beschäftigt, sich

Erklärungen zu dessen Besänftigung auszudenken. Schließlich war es nur recht und billig, daß jemand, der eine offene Ladentür vorfand, hereinkam und sicherstellte, daß nichts entwendet worden war . . . wenn auch nicht unbedingt mit solch angestrengten und vergeblichen Bemühungen, leise zu sein.

Aber noch immer war kein Ton zu hören.

Das wird langsam lächerlich, sagte Cadogan streng zu sich selbst. Die vorderen Zimmer sind vermutlich die Wohnräume. Du wirst jetzt in einen davon hineingehen und dich vergewissern, daß alles seine Ordnung hat. Und sobald dann der Ehre Genüge getan ist, siehst du zu, daß du schleunigst das Weite suchst.

Sich ermahnend, schlich er sich vor und drehte am Knauf an einer der Türen. Der kleine weiße Lichtkreis seiner Taschenlampe glitt über fest zugezogene Vorhänge, eine billige, lackierte Anrichte, ein Radiogerät, einen Tisch, unbequeme Ledersessel mit großen, geschmacklosen Satinkissen in Mauve und Orange; an den tapezierten Wänden hingen keine Bilder. Ohne Frage ein Wohnzimmer. Aber da war noch etwas, das ihn einen hörbaren Seufzer der Erleichterung ausstoßen und seine Anspannung ein wenig nachlassen ließ. Der muffige Geruch und die dicke Staubschicht, die alles bedeckte, zeigten, daß die Wohnung seit einiger Zeit leerstand. Er tat einen Schritt nach vorn, strauchelte über etwas und leuchtete mit seiner Taschenlampe darauf hinab. Dann pfiff er leise und sagte mehrere Male »Na, na«.

Denn was da auf dem Boden lag, war die sterbliche Hülle einer älteren Frau, und es bestand nicht der geringste Zweifel daran, daß sie so tot war, wie man nur irgend tot sein kann.

Er empfand seltsamerweise keine Überraschung: Der Geist war gebannt, die rätselhafte Anziehungskraft des verlassenen Spielzeugladens verflogen und erklärt. Dann besann er sich eines anderen; das Auftauchen des Leichnams, der da lag, war kein Anlaß für müßige Analysen. Da er merkte, daß ihm die Taschenlampe nur im Weg war, trat er nach hinten und drückte auf den Lichtschalter neben der Tür, aber das Licht ging nicht an, da sich die Glühbirne nicht an ihrem Platz unter dem billigen, gefältelten Lampenschirm befand. Hatte er nicht auf dem Tisch im Gang eine Kerze gesehen? Ja, sie war immer noch da, und er brauchte nur einen Augenblick, um sie anzuzünden. Er ließ seine Taschenlampe auf dem Tisch, kehrte ins Wohnzimmer zurück und stellte die Kerze neben die Leiche der Frau.

Sie lag auf der rechten Seite; der linke Arm war nach hinten unter den Tisch geworfen, und die Beine waren ausgestreckt. Eine Frau von fast sechzig Jahren, schätzte er, denn ihr Haar war fast gänzlich ergraut und die Haut an den Händen runzelig und braun. Sie trug einen Tweedmantel und -rock und eine weiße Bluse, die ihre rundlichen Formen betonte, sowie grobe Wollstrümpfe und braune Schuhe. An ihrer linken Hand steckte kein Ring, und ihre flachen Brüste hatten bereits die Vermutung nahegelegt, daß sie unverheiratet war. Neben ihr, im Schatten des Tisches, lag etwas Weißes. Cadogan hob es auf und stellte fest, daß es ein Fetzen Papier war, auf dem in einer steilen, weiblichen Handschrift eine mit Bleistift geschriebene Nummer stand. Diesen Zettel ließ er nach einem flüchtigen Blick in seine Tasche gleiten. Dann nahm er wieder das Gesicht der Toten in Augenschein.

Es bot keinen erfreulichen Anblick, da es sich, so wie ihre Fingernägel, zu einem schwärzlichen Violett verfärbt hatte. An ihrem Mundwinkel hing Schaum; der Mund selbst klaffte auf und ließ eine Goldfüllung erkennen, die im Kerzenlicht funkelte. Ihren Hals umschloß eine dünne, hinten fest verknotete Schnur, die so tief in das Fleisch einschnitt, daß sie nahezu unsichtbar war. Neben dem Kopf war auf dem Boden eine Lache von eingetrocknetem Blut, und Cadogan fand die Ursache hierfür in einer bösen Quetschung direkt unterhalb des Scheitels. Er betastete den Schädelknochen, aber soweit er dies beurteilen konnte, wies er keine Frakturen auf.

Bislang hatte er nur die leidenschaftslose Neugier eines Kindes verspürt, aber der körperliche Kontakt mit der Toten ließ seine Gefühle jäh umschlagen. Er wischte sich rasch das Blut von den Fingern und stand auf. Er mußte schnellstmöglich die Polizei verständigen. Sonst noch irgend etwas Auffälliges? Ah, ja, ein goldener Kneifer, der in der Nähe zerbrochen auf dem Boden lag ... Und dann versteifte er sich plötzlich, da seine Nerven vibrierten wie ein geladener Elektrozaun.

Er hatte draußen im Gang ein Geräusch gehört.

Es war ein leises Geräusch, ein kaum wahrnehmbares Geräusch, aber es bewirkte, daß ihm das Herz bis zum Hals schlug und die Hände zitterten. Sonderbarerweise war er zuvor nicht auf den Gedanken gekommen, daß sich die Person, die diese Frau getötet hatte, noch immer im Haus befinden könnte. Den Kopf zur Seite drehend, blickte er unverwandt durch die halboffene Tür in die dahinter liegende Dunkelheit und wartete, völlig regungslos. Das Geräusch wiederholte sich nicht. In dieser Totenstille tickte die Uhr auf seinem Handgelenk so laut wie ein Wecker. Er erkannte, daß es eine Sache der Nerven und der Geduld sein würde, falls da noch jemand war: Wer immer sich zuerst bewegte, würde dem anderen einen Vorteil verschaffen. Die Minuten verstrichen – drei, fünf, sieben, neun – wie Äonen kosmischer Zeit. Und der Verstand begann, sich aufdringlich einzumischen. Ein Geräusch? Na, wenn schon? Das Haus, wie Prosperos Insel, war voller Geräusche. Und überhaupt, wozu sollte es gut sein, wenn er wie eine Wachsfigur in dieser unnatürlichen Haltung herumstand? Seine schmerzenden Muskeln taten ein übriges, und zu guter Letzt löste er sich aus seiner Erstarrung, nahm die Kerze in die Hand und spähte mit unendlicher Vorsicht in den Gang.

Er war leer. Die anderen Türen waren noch immer geschlossen. Seine Taschenlampe stand da auf dem Tisch, wo er sie zurückgelassen hatte. Jetzt galt es, so rasch wie möglich aus diesem verabscheuungswerten Haus hinauszukommen und aufs Polizeirevier zu gehen. Er ergriff seine Taschenlampe, blies die Kerze aus und stellte sie ab. Ein Ruck am Schalter und . . .

Das Licht ging nicht an.

Verbissen, ohne Erfolg quälte sich Cadogan etwa eine halbe Minute lang mit dem Schalter ab, bis ihm schließlich aufging, was mit der Lampe los war: Sie wog zu leicht in seiner Hand. Mit einem unguten Gefühl schraubte er sie auf und tastete nach der Batterie. Sie war weg.

Gefangen in der undurchdringlichen Schwärze des muffigen Flures, verlor er plötzlich die Nerven. Er war sich bewußt, daß leise, gedämpfte Schritte auf ihn zukamen. Er war sich bewußt, daß er die leere Taschenlampe blindlings wegschleuderte, und hörte sie gegen die Wand prallen. Und er spürte eher als er sah, wie von hinten ein gleißender Lichtstrahl aufblitzte. Dann erfolgte eine gewaltige dumpfe Erschütterung; sein Kopf schien in einer Lohe aus flammendem Scharlachrot zu explodieren, und da war nichts als ein schrilles Heulen wie der Wind in Leitungsdrähten und eine grellgrüne Kugel, die, um die eigene Achse wirbelnd, ins Bodenlose fiel und immer kleiner und kleiner wurde, bis sie zuletzt in tiefschwarzem Dunkel verschwand.

Er erwachte mit Kopfschmerzen und einem ausgedörrten, pelzigen Mund und stand nach einem Augenblick schwankend auf. Es würgte ihn, und er lehnte sich, benommen vor sich hinmurmelnd, an die Wand. Binnen kurzem klärte sich sein Kopf, und er war imstande, sich umzusehen. Der Raum war klein, kaum größer als ein Wandschrank, und enthielt ein Sammelsurium von Putzsachen – einen Eimer, einen Scheuerlappen, Bürsten und eine Dose Bohnerwachs. Das schwache Licht, das durch das kleine Fenster fiel, ließ ihn auf die Uhr sehen. Halb sechs: vier Stunden bewußtlos, und jetzt graute schon fast der Morgen. Da er sich ein bißchen besser fühlte, versuchte er vorsichtig, die Tür zu öffnen. Sie war abgesperrt. Aber das Fenster – er machte große Augen – das Fenster war nicht nur unverriegelt, sondern offen. Mühevoll erklomm er eine Packkiste und schaute hinaus. Er war im Erdgeschoß, und vor ihm lag ein verlassener und verwahrloster, länglich-schmaler Garten, der zu beiden Seiten von einem mit Holzteer gestrichenen Zaun abgegrenzt wurde und in ein Tor mündete, das halb geöffnet war. Selbst in seinem geschwächten Zustand war es ein leichtes hinauszuklettern. Sobald er außerhalb des Tores war, würgte es ihn von neuem; der Speichel lief ihm in den Mund, und er mußte sich heftig übergeben. Aber danach ging es ihm besser.

Ein Schwenk nach links, und er befand sich in einem Durchgang, der ihn zurück auf die Straße brachte, die er vor vier Stunden hinuntergegangen war – ja, es war unverkennbar dieselbe Straße, und er war drei Läden von dem Spielzeugladen entfernt – er hatte gezählt – und zwar auf der der Magdalen Bridge zugewandten Seite. Nur innehaltend, um sich hervorstechende Orientierungspunkte ins Gedächtnis einzuprägen, eilte er in Richtung der Stadt und des Polizeireviers. Als er an einer Straßenkreuzung herauskam, an der ein steinerner Pferdetrog stand, zeigte ihm das morgendliche Dämmerlicht ein Schild mit der Aufschrift IFFLEY ROAD. Das war also geklärt. Und dann die Magdalen Bridge, grau und breit und gleichbedeutend mit Sicherheit. Er blickte zurück und sah, daß ihm niemand folgte.

Oxford erwacht, mit Ausnahme des ersten Mai, relativ spät am Morgen, und es war einzig und allein ein Milchmann unterwegs. Er glotzte die blutbesudelte und zerzauste Gestalt von Richard Cadogan, der da die langgezogene Krümmung der High Street heraufgewankt kam, mit einem Ausdruck höchster Verwunderung an; und tat ihn dann, steht zu vermuten, als einen verspäteten Nachtschwärmer ab. Die graue Frische des neuen Tages spülte über die Mauern des Queen's und des University College. Der Mond von vergangener Nacht klebte wie eine glänzende Münze am Morgenhimmel. Die Luft war kühl und eine Labsal für die Haut.

Cadogans Kopf schmerzte zwar noch immer fürchterlich, erlaubte es ihm jetzt aber zumindest zu denken. Das Polizeirevier, meinte er sich zu erinnern, war in der St. Aldate's, irgendwo in der Nähe des Postamtes und des Rathauses, und in diese Richtung ging er nun. Eine Sache verwirrte ihn. Er hatte in seiner Tasche die Taschenlampe gefunden, komplett mit Batterie, und zudem auch seine Geldbörse, die unangetastet war und noch immer den Scheck von Mr. Spode enthielt. Offenbar ein rücksichtsvoller Angreifer ... Dann erinnerte er sich an die alte Frau mit der fest zusammengezogenen Schnur um den Hals und war weniger erfreut.

Die Polizisten waren zuvorkommend und nett. Sie hörten sich seine ziemlich zusammenhanglose Geschichte an, ohne ihn zu unterbrechen, und stellten im nachfolgenden ein paar Fragen zu seiner Person. Dann sagte der diensthabende Sergeant, ein kräftig gebauter Mann mit einem roten Gesicht und einem riesigen schwarzen Schnurrbart:

»Nun, Sir, jetzt kümmern wir uns wohl am besten erst einmal um das Loch in Ihrem Kopf und geben Ihnen eine Tasse heißen Tee und etwas Aspirin. Sie müssen arg mitgenommen sein.«

Cadogan ärgerte sich ein wenig über sein Unvermögen, die Dringlichkeit der Lage zu erfassen. »Sollte ich Sie nicht unverzüglich dorthinführen?«

»Nur immer mit der Ruhe. Wenn Sie, wie Sie sagen, vier Stunden lang ohnmächtig gewesen sind, möchte ich stark bezweifeln, daß die Leiche dort noch immer quasi für uns aufgebahrt liegt. Die oberen Zimmer sind also nicht bewohnt?«

»Ich glaube schon.«

»Gut. Nun, das heißt, wir können bequem hinfahren und uns umsehen, ehe der Laden aufmacht. Curtis, säubern Sie die Wunde des Gentleman und legen Sie ihm einen Kopfverband an. Hier ist Ihr Tee, Sir, und Ihr Aspirin. Das wird Ihnen guttun.«

Er hatte recht. Cadogan taten nicht nur der Tee und die Salbe auf seinem lädierten Schädel gut, sondern auch die unerschütterliche Fröhlichkeit seiner Gefährten. Er dachte etwas zerknirscht an die Sehnsucht nach aufregenden Erlebnissen, mit der er Mr. Spode am Vorabend in dem Garten in St. John's Wood in den Ohren gelegen hatte. Sein Bedarf an Abenteuern war so ziemlich gedeckt, entschied er: so ziemlich gedeckt. Es ist vielleicht ganz gut, daß er nicht wußte, was noch alles geschehen sollte.

Es war hellichter Tag, und die zahllosen Uhren von Oxford schlugen gerade 6.30, als sie in das Polizeiauto stiegen und die High Street hinunterfuhren. Der Milchmann, immer noch auf Achse, schüttelte betrübt den Kopf, als er Richard Cadogan mit seinem turbanähnlichen und an einen orientalischen Potentaten erinnernden Verband inmitten einer Polizeieskorte sitzen sah. Doch Cadogan nahm ihn überhaupt nicht wahr. Er gönnte sich eine kurze Pause von seinen Überlegungen zu dem todbringenden Spielzeugladen, um sich ganz dem Vergnügen zu widmen, das es ihm bereitete, in Oxford zu sein. Er hatte bislang kaum Zeit gehabt, sich richtig umzusehen, doch jetzt holte er tief Atem und schwelgte, während sie zwischen erhabenen Baulichkeiten hindurch auf den hohen Turm des Magdalen College zujagten, in den Schönheiten der Stadt. Warum – warum in Gottes Namen lebte er nicht hier? Und es versprach, erneut ein schöner Tag zu werden.

Sie überquerten die Brücke, gelangten an die Kreuzung, an der der Pferdetrog stand, und bogen rasant in die Iffley Road. Starr die Straße entlangblickend, sagte Cadogan:

»Hoppla. Sie haben die Markise aufgerollt.«

»Sie wissen noch, wo es ist, Sir?«

»Ja, natürlich. Gegenüber steht irgendein Gotteshaus aus rotem Backstein – eine protestantische Freikirche, glaube ich.«

»Ah ja, Sir. Das wird die Baptistenkirche sein.«

»Schön, Fahrer. Sie können es gut sein lassen«, sagte Cadogan aufgeregt. »Da rechts ist die Kirche, da ist der Durchgang, aus dem ich herausgekommen bin, und da –«

Das Polizeiauto hielt am Rinnstein an. Cadogan, der gerade Anstalten gemacht hatte, sich von seinem Sitz zu erheben, hielt inne und riß entgeistert die Augen auf. Vor ihm, die Auslage voller Konservendosen, Mehl, Schüsseln mit Reis und Linsen, Speck und anderer kunstvoll arrangierter Lebensmittel, war ein Laden, der die Aufschrift trug:

WINKWORTH
GEMISCHTWARENHÄNDLER UND
LEBENSMITTELLIEFERANT

Er blickte verstört nach rechts und links. Eine Drogerie und ein Tuchmacher. Weiter zur Rechten ein Metzger, ein Bäcker, ein Schreibwarenladen; und zur Linken ein Getreidehändler, ein Hutgeschäft und eine weitere Drogerie ...

Der Spielzeugladen war weg.

II. DIE EPISODE MIT DEM UNSCHLÜSSIGEN UNIVERSITÄTSLEHRER

Aus dem grauen Licht erwuchs ein goldener Morgen. Die Blätter begannen, von den Bäumen in den Parks und in der St. Giles' zu fallen, prangten aber noch immer wacker in Bronze und Gelb und Malzbraun. Das graue Labyrinth von Oxford – aus der Luft sieht die Stadt fast haargenau wie ein Labyrinth aus – begann, sich zu regen. Die Jungstudentinnen waren als erste unterwegs – mit albernen Roben angetan und voluminöse Ordner umklammernd, radelten sie in Pulks durch die Straßen oder warteten vor Bibliotheken darauf, daß sich die Türen öffneten und sie von neuem einließen, um die göttlichen Mysterien zu erforschen, die dem christlichen Element im *Beowulf,* dem Entstehungsdatum des *Urtristan* (so es denn einen gibt), den verwickelten Gesetzmäßigkeiten der Thermodynamik, der kinetischen Gastheorie, dem Schadenersatzrecht oder der Lage und Funktion des Epithelkörperchens anhaften. Die Männer erhoben sich mit mehr Bedacht, streiften eine Hose, einen Mantel und einen Schal über ihre Pyjamas, watschelten über Innenhöfe, um sich in Listen einzutragen, und watschelten wieder zurück ins Bett. Kunststudenten erschienen und kasteiten das Fleisch in dem Bemühen, ein gutes Licht zu finden, ein heikles Unterfangen, das fast ebensowenig Aussicht auf Erfolg hatte wie die Suche nach dem Gral. Und auch das Oxford des Handels und Gewerbes erwachte; Läden öffneten, und Busse fuhren hin und her; auf den Straßen herrschte reger Verkehr. Überall in der Stadt, in Colleges und Glockentürmen, surrten die Uhrwerke, gaben laute, metallische Töne von sich und schlugen in einer nervtötenden, holprigen Synkope gegensätzlicher Tempi und Timbres neun Uhr.

Ein rotes Etwas schoß die Woodstock Road hinab.

Es war ein extrem kleiner, lärmiger und zerbeulter Sportwagen. Quer über seine Motorhaube waren in großen weißen Lettern die Worte LILY CHRISTINE III gemalt. Eine fettsteißige Nackte aus Chrom neigte sich von der Kühlernase in einem gefährlichen Winkel nach vorn. Der Wagen erreichte die Kreuzung der Woodstock und Banbury Road, bog scharf nach links und fuhr in die Privatstraße, die neben dem College von St. Christopher, dem Schutzpatron der Reisenden, verläuft (zu Nutz und Frommen aller Uneingeweihten sollte hier gesagt werden, daß sich St. Christopher's in unmittelbarer Nachbarschaft von St. John's befindet). Er durchquerte sodann ein schmiedeeisernes Tor und setzte seine Fahrt mit einem Tempo von ungefähr vierzig Meilen pro Stunde auf einem kurzen Kiesweg fort, der von Rasenflächen und Rhododendrongebüschen gesäumt wurde und in einer Art halbherzigen Schleife endete, wo man einen Wagen gerade nicht mehr bequem wenden konnte. Es war offenkundig, daß der Fahrer sein Fahrzeug nur zum Teil unter Kontrolle hatte. Er kämpfte verzweifelt mit den Hebeln und Pedalen. Der Wagen hielt direkt auf das Fenster zu, wo sich der Rektor des College, ein dünner, gesetzter Mann mit einem leichten Hang zum Epikureismus, gerade sonnte. Angesichts des drohenden Unheils wich er in panischer Hast zurück. Doch der Wagen verfehlte die Wand des Hauses und sauste bis zum Ende des Weges weiter, wo es dem Fahrer gelang, ihn unter heftigem Zerren am Lenkrad und beträchtlicher Verwüstung der angrenzenden Grasnarbe um 180° zu wenden. An diesem Punkt schien ihn nichts daran hindern zu können, in umgekehrter Richtung zurückzupreschen, doch unglücklicherweise zog er ihn, indem er das Lenkrad wieder herumriß, zu weit auf die Seite, und der Wagen donnerte über ein Rasenstück, vergrub seine Schnauze in einem großen Rhododendronbusch, spuckte, stotterte und starb ab.

Sein Fahrer stieg aus und bedachte ihn mit einem gestrengen Blick. Während er dies tat, ertönte plötzlich eine Fehlzündung – ein ohrenbetäubender Auspuffknall, eine Fehlzündung, die allen Fehlzündungen ein Ende machte. Er runzelte die Stirn, nahm einen Hammer vom Rücksitz, öffnete die Kühlerhaube und versetzte etwas im Motorraum einen Schlag. Dann schloß er die Kühlerhaube wieder und begab sich zurück auf seinen Sitz. Der Motor sprang an, und der Wagen tat einen mächtigen Satz nach hinten und begann, rückwärts auf das Haus des Rektors zuzurasen. Der Rektor, der wieder an sein Fenster getreten war und die Szene mit grausiger Faszination beobachtete, suchte abermals das Weite, mit kaum weniger Hast als zuvor. Der Fahrer blickte über die Schulter und sah das Haus des Rektors über sich aufragen, wie einen Ozeanriesen über einem Motorboot. Ohne zu zögern schaltete er in den Vorwärtsgang. Der Wagen stieß einen schrecklichen Schrei aus, zitterte wie ein Mann in einem Fieberanfall und blieb stehen; kurz darauf entbot er einen unerklärlichen Abschiedsknall. Würdevoll zog der Fahrer die Handbremse an, kletterte hinaus und nahm eine Aktenmappe vom Rücksitz.

Mit Abklingen des Lärms war der Rektor an sein Fenster zurückgekehrt. Jetzt riß er es auf.

»Mein lieber Fen«, protestierte er. »Es freut mich, daß Sie uns noch etwas von dem College übriglassen. Ich fürchtete schon, Sie würden es bis auf die Grundmauern zerstören.«

»Oh? Taten Sie das? Taten Sie das?« sagte der Fahrer. Seine Stimme war heiter und leicht nasal gefärbt. »Sie hätten sich keine Sorgen zu machen brauchen. Ich hatte den Wagen vollkommen unter Kontrolle. Irgend etwas stimmt mit dem Motor nicht, das ist alles. Ich finde einfach nicht heraus, warum er immer so einen Krach macht, wenn man ihn abstellt. Ich habe jedes erdenkliche Mittel versucht.«

»Und ich sehe keinerlei zwingende Veranlassung für Sie«, sagte der Rektor übellaunig, »Ihren Wagen auf das College-

Gelände zu bringen.« Er knallte das Fenster zu, aber ohne jeden wirklichen Groll. Die Exzentritäten von Gervase Fen, Professor für englische Sprache und Literatur und Fellow von St. Christopher's, waren nicht nach dem traditionellen Tutorenmuster gestrickt. Aber da seine Kollegen wußten, daß etwaige Versuche, Fen in die Schranken zu weisen, in der Regel mit einem Debakel endeten, ließen sie ihn wohl oder übel gewähren.

Fen schritt mit großer Energie über den Rasen, passierte ein Tor in einer zart getönten Ziegelmauer, an der, zur rechten Zeit, die Pfirsiche blühten, und betrat die Gartenanlagen des College. Er war ein hochaufgeschossener, schlanker Mann von etwa vierzig Jahren, mit einem fröhlichen, hageren, rotwangigen, glattrasierten Gesicht. Er hatte einen viel zu großen Regenmantel an und trug einen ausgefallenen Hut.

»Ah, Mr. Hoskins«, sagte er zu einem Studenten, der mit dem Arm um die Taille eines attraktiven Mädchens über den Rasen lustwandelte. »Schon schwer am Arbeiten, wie ich sehe.«

Mr. Hoskins, groß, grobknochig und melancholisch, ein wenig wie ein Thurber-Hund, blinzelte sanft. »Guten Morgen, Sir«, sagte er. Fen schritt weiter. »Hab keine Angst, Janice«, sagte Mr. Hoskins zu seiner Gefährtin. »Schau, was ich hier für dich habe.« Er langte in seine Manteltasche und holte eine große Schachtel Pralinen hervor.

Unterdessen begab sich Fen in einen offenen, gepflasterten Durchgang, der von den Gärten in den Südhof des College führte, bog in einen Torweg zur Rechten, passierte das Zimmer des Organisten, lief über eine mit einem Läufer belegte Treppe in den ersten Stock hinauf und betrat sein Arbeitszimmer. Es war ein langer, heller Raum, der auf der einen Seite zum Inigo-Jones-Hof hinausging und auf der anderen zum Garten. Die Wände waren cremefarben; die Vorhänge und der Teppich dunkelgrün. In den niedrigen

Regalen reihten sich Bücher aneinander, an den Wänden hingen chinesische Miniaturen, und auf dem Kaminsims thronten ein paar ziemlich angestoßene Relieftafeln und Büsten englischer Dichter. Ein großer, unaufgeräumter Schreibtisch mit zwei Telefonen stand vor den Fenstern an der Nordseite.

Und in einem der prunkvollen Lehnsessel saß Richard Cadogan, der sichtlich abgehetzt aussah.

»Tja, Gervase«, sagte er mit tonloser Stimme, »es ist lange her, daß wir zusammen studiert haben.«

»Grundgütiger Gott«, sagte Fen schockiert. »Richard Cadogan.«

»Ja.«

»Nun, du bist mir natürlich herzlich willkommen, aber du kommst zu einer denkbar ungünstigen Zeit . . .«

»Deine Manieren sind so schlecht wie eh und je.«

Fen setzte sich auf die Schreibtischkante und trug beredt eine Miene schmerzlicher Überraschung zur Schau. »Das schlägt ja wohl dem Faß den Boden aus. Habe ich je ein unfreundliches Wort gesagt –«

»Du warst es doch, der über meinen ersten veröffentlichten Gedichtband geschrieben hat: Dies ist ein Buch, auf das jedermann getrost verzichten kann.«

»Ha!« sagte Fen erfreut. »Damals habe ich an Prägnanz wirklich nichts zu wünschen übriggelassen. Nun, mein lieber Freund, wie geht's dir?«

»Schrecklich. Natürlich warst du noch nicht Professor, als ich dich das letzte Mal gesehen habe. Die Universität ging mit mehr Verstand vor.«

»Wenn ich Professor geworden bin«, erwiderte Fen unbeirrbar, »so wegen meiner immensen Gelehrtheit und meines scharfen und stets wachen Verstandes.«

»Mir hast du damals geschrieben, es ginge lediglich darum, ein paar mottenzerfressene Fäden in der Hand zu halten.«

»Oh, hab ich das?« sagte Fen verlegen. »Na, Schwamm drüber, reden wir nicht mehr davon. Hast du schon gefrühstückt?«

»Ja, im Speisesaal.«

»Nun, dann laß dir wenigstens eine Zigarette anbieten.«

»Danke . . . Gervase, ich habe einen Spielzeugladen verloren.«

Gervase Fen machte große Augen. Während er Richard Feuer gab, nahm sein Gesicht einen Ausdruck höchster Wachsamkeit an. »Würde es dir etwas ausmachen, diese merkwürdige Äußerung zu erklären?« fragte er.

Cadogan erklärte sie. Er erklärte sie lang und breit. Er erklärte sie mit dem gerechten Zorn von jemandem, der sich hinterrücks um sein Selbstwertgefühl betrogen sieht.

»Wir haben die Nachbarschaft durchkämmt«, sagte er bitter. »Und weißt du was, es gibt dort nirgendwo einen Spielzeugladen, *nirgendwo*. Wir haben Leute gefragt, die dort schon ihr ganzes Leben lang wohnen, und sie haben nie auch nur irgend etwas in der Art gesehen. Und trotzdem bin ich mir ganz sicher, daß wir zu dem richtigen Haus gefahren sind. Eine Gemischtwarenhandlung, ich bitte dich! Wir sind hineingegangen, es war unverkennbar eine Gemischtwarenhandlung, und die Tür hat auch nicht gequietscht; aber es gibt ja so etwas wie Öl.« Er verwies auf dieses Schmiermittel ohne rechte Überzeugung. »Und andrerseits war da diese Tür an der Rückseite, genauso, wie ich sie gesehen hatte. Auch wenn ich herausgefunden hab, daß die Läden in dieser Häuserreihe alle nach ein und demselben Bauplan errichtet worden sind.

Aber am allerschlimmsten waren die Polizisten«, klagte er zum Schluß. »Nicht, daß sie gemein gewesen wären oder so etwas. Sie waren einfach nur fürchterlich nett, so wie man es zu Leuten ist, die nicht mehr lange zu leben haben. Wenn sie dachten, ich höre es nicht, sprachen sie von Gehirnerschütterung. Siehst du, das Dumme an der Sache ist, daß bei

Tageslicht alles so anders aussieht, und ich schätze, ich habe gezögert und Zweifel geäußert und Fehler gemacht und mir selbst widersprochen. Jedenfalls haben sie mich zurück in die St. Aldate's gefahren und mir geraten, zu einem Arzt zu gehen, also bin ich losgezogen und hergekommen und habe hier gefrühstückt. Und da bin ich nun.«

»Ich vermute«, sagte Fen unschlüssig, »daß ihr nicht ins Obergeschoß des Ladens gegangen seid?«

»Ach ja, das vergaß ich ganz zu erwähnen. Das sind wir schon. Es war natürlich keine Leiche da, und auch sonst war alles ganz anders. Das heißt, die Treppe und der Gang waren mit Läufern belegt, alles war sauber und durchgelüftet, die Möbel waren mit Staubdecken geschützt, und das Wohnzimmer sah ganz anders aus als der Raum, in dem ich gewesen war. Ich denke, daß es das war, was die Polizisten endgültig davon überzeugt hat, ich sei übergeschnappt.« Cadogan grübelte über sein erlittenes Unrecht nach.

»Nun«, sagte Fen vorsichtig, »vorausgesetzt, daß diese Geschichte nicht einem kranken Hirn entsprungen ist –«

»Ich bin geistig völlig gesund.«

»Brüll mich nicht an, mein lieber Freund.« Fen war gekränkt.

»Natürlich mache ich es den Polizisten nicht zum *Vorwurf*, daß sie mich für wahnsinnig hielten«, sagte Cadogan in einem Ton, in dem schärfster Tadel mitschwang.

»Und vorausgesetzt«, fuhr Fen mit ostentativer Ruhe fort, »daß sich Spielzeugläden in der Iffley Road nicht einfach in die Lüfte erheben und spurlos verschwinden: Was könnte jemand veranlassen, mitten in der Nacht eine Gemischtwarenhandlung gegen einen Spielzeugladen auszutauschen?«

Cadogan schnaubte. »Sonnenklar. Sie wußten, daß ich die Leiche gesehen hatte, und sie wollten, daß alle denken, ich sei verrückt, wenn ich davon erzähle – was ihnen ja auch gelungen ist. Die Kopfwunde konnte die Ursache für meine Wahnvorstellungen sein. Und das Fenster der Abstellkammer wurde absichtlich aufgelassen, damit ich hinausgelangen konnte.«

Fen blickte ihn gönnerhaft an. »Das klingt ja soweit ganz nett«, sagte er. »Aber es beantwortet die grundlegende Frage nicht, die sich bei dieser Sache stellt – warum nämlich die Gemischtwarenhandlung überhaupt zu einem Spielzeugladen umgewandelt wurde.«

Daran hatte Cadogan nicht gedacht.

»Siehst du«, fuhr Fen fort, »sie konnten doch unmöglich wissen, daß du daherkommen würdest. Du bist das Haar in der Suppe. Die Lebensmittel wurden zu einem völlig anderen Zweck gegen die Spielsachen ausgetauscht. Und danach mußten sie dann wieder zurückgestellt werden, so oder so.«

In Cadogans Kopf kehrte so etwas wie Erleichterung ein. Eine Zeitlang hatte er sich ernsthaft gefragt, ob er nicht tatsächlich unter Wahnvorstellungen litt. Allem äußeren Anschein zum Trotz hatte Fen etwas ungemein Verläßliches an sich. Cadogans scharfgeschnittene hochmütige Züge verfinsterten sich.

»Aber warum?« fragte er.

»Ich kann mir mehrere gute Gründe vorstellen«, sagte Fen düster. »Aber sie sind wahrscheinlich alle falsch.«

Cadogan drückte seine Zigarette aus und tastete nach einer neuen. Dabei berührten seine Finger den Fetzen Papier, den er neben der Leiche gefunden hatte. Er stellte zu seiner Verblüffung fest, daß er ihn bis zu diesem Augenblick völlig vergessen hatte.

»Da!« rief er aufgeregt und zog ihn aus der Tasche. »Sieh nur! Ein handfester Beweis. Das habe ich neben der Leiche gefunden. Ich hatte es ganz vergessen. Ich gehe wohl besser zur Polizei zurück.« Er machte, ziemlich aufgeregt, Anstalten, sich aus seinem Sessel zu erheben.

»Mein lieber Freund, beruhige dich«, sagte Fen, während er ihm den Papierfetzen abnahm. »Wofür soll das Ding da denn schon ein handfester Beweis sein?« Er las die mit

Bleistift geschriebenen Ziffern vor. »07691. Offenbar eine Telefonnummer.«

»Vermutlich die Nummer der Frau, die umgebracht wurde.«

»Mein lieber guter Richard, was für ein himmelschreiender Mangel an Scharfblick . . . Man schleppt doch nicht seine eigene Telefonnummer mit sich herum.«

»Sie könnte sie ja für irgend jemanden aufgeschrieben haben. Oder vielleicht war es gar nicht ihre.«

»Nein.« Fen sann angestrengt über den Papierfetzen nach. »Da du eine Menge Dinge zu vergessen scheinst, nehme ich an, daß du auch nicht zufällig ihre Handtasche gefunden und hineingeschaut hast?«

»Ich bin mir sicher, daß sie nicht da war. Es versteht sich von selbst, daß ich das als allererstes getan hätte.«

»Bei Dichtern weiß man nie.« Fen seufzte tief und kehrte an den Schreibtisch zurück. »Nun, es gibt nur eins, was wir mit dieser Telefonnummer tun können, und das ist, sie anzurufen.« Er nahm den Hörer ab, wählte 07691 und wartete. Nach einer Weile meldete sich jemand.

»Hallo.« Eine ziemlich zittrige Frauenstimme.

»Hallo, Miss Scott«, sagte Fen aufgeräumt. »Wie geht es Ihnen? Sind Sie schon lange aus Belutschistan zurück?«

Cadogan warf ihm einen konsternierten Blick zu.

»Es tut mir leid«, sagte die Stimme. »Aber ich bin nicht Miss Scott.«

»Oh.« Fen starrte den Apparat so fassungslos an, als erwarte er, daß er jeden Moment auseinanderfalle. »Wer spricht denn da bitte?«

»Hier ist Mrs. Wheatley. Ich fürchte, Sie haben sich verwählt.«

»Aber natürlich, genau. Wie unendlich dumm von mir. Entschuldigen Sie die Störung. Auf Wiederhören.« Fen ergriff das Telefonbuch und blätterte die Seiten durch.

»Wheatley«, murmelte er. »Wheatley . . . Ah, da haben wir

es ja. Wheatley, Mrs. J. H., New Inn Hall Street 229, Oxford 07691. Die Dame schien sich bester Gesundheit zu erfreuen. Und ich nehme an, daß du dir darüber im klaren bist, mein lieber Cadogan, daß die Nummer auch zu einem der zahllosen anderen Ortsnetze gehören könnte, die es neben dem hiesigen gibt?«

Cadogan nickte mißmutig. »Ja, ich weiß«, sagte er. »Es ist wirklich aussichtslos.«

»Hör mal, bist du mit den Polizisten eigentlich zur Rückseite des Ladens gegangen? Auf dem Weg, auf dem du hinausgelangt bist?«

»Also, wenn du mich so fragst, nein.«

»Nun, dann holen wir das jetzt nach. Ich will mir diesen Schuppen sowieso einmal ansehen.« Fen überlegte. «Ich habe um zehn eine Tutorstunde, aber die kann ich verschieben.« Er kritzelte etwas auf die Rückseite eines Couverts und stellte es auf den Kaminsims. »Komm«, sagte er. »Wir fahren.«

Sie fuhren. Eine Fahrt mit Fen war für einen Mann in Cadogans Zustand wahrlich kein Honiglecken. In der St. Giles' ging es noch an, weil die St. Giles' eine außerordentlich breite Straße ist, in der man sich schon gehörig anstrengen muß, um irgend etwas zu treffen, ausgenommen die Fußgänger, die unentwegt über ihre Weiten hasten, wie aufgescheuchte Hühner bei einem hektischen und selbstmörderischen Spießrutenlauf. Aber in der Broad Street krachten sie ungeachtet der Fahrbahnbreite beinahe gegen einen Lieferwagen, fegten in just dem Augenblick über die Ampel neben dem »King's Arms«, in dem sie umschaltete, und schafften die Holywell Street und die Long Wall Street in deutlich weniger als einer Minute. Ihr anschließendes Einschwenken in das dichte Verkehrsgewühl der High Street beschreibt Richard Cadogan als die mit Abstand schauerlichste Episode seines gesamten Abenteuers, da Fen nicht der Mann war, um auf irgend jemanden oder irgend etwas zu warten. Cadogan hielt sich die Augen und Ohren zu und versuchte, über die ewigen Wahrheiten zu meditieren. Aber irgendwie schafften sie es doch und waren auf der anderen Seite der Magdalen Bridge, und zum dritten Mal an diesem Morgen fand er sich in der Iffley Road wieder.

Fen brachte Lily Christine III in einiger Entfernung von dem Standort des spukhaften Spielzeugladens zu einem jähen Halt.

»Du warst schon einmal hier«, hob er hervor. »Es könnte dich möglicherweise jemand erkennen.« Der Wagen gab einen Auspuffknall von sich. »Ich wünschte, er würde das lassen . . . Ich sondiere das Terrain. Warte, bis ich zurückkomme.« Er kletterte hinaus.

»In Ordnung«, sagte Cadogan. »Du findest es ganz leicht. Direkt gegenüber der Kirche da.«

»Wenn ich zurückkomme, knöpfen wir uns die Rückseite des Ladens vor.« Fen machte sich mit gewohnt energischen Schritten auf den Weg.

Der morgendliche Einkaufsrummel hatte noch nicht begonnen, und das Geschäft von Winkworth, Gemischtwarenhändler und Lebensmittellieferant, war leer bis auf den Gemischtwarenhändler selbst, einen fetten, in priesterliches Weiß gehüllten Mann mit einem rundlichen und jovialen Gesicht. Fen machte beim Eintreten ziemlichen Lärm, stellte aber fest, daß die Tür nicht in den Angeln quietschte.

»Guten Morgen, Sir«, sagte der Gemischtwarenhändler leutselig. »Was kann ich für Sie tun?«

»Oh«, sagte Fen, der sich neugierig umsah. »Ich hätte gern ein Pfund« – er durchforschte seinen Kopf nach etwas Passendem – »Ölsardinen.«

Der Gemischtwarenhändler war sichtlich verdattert. »Ich fürchte, wir verkaufen sie nicht nach Gewicht, Sir.«

»Na, dann eben eine Büchse Reis.« Fen runzelte vorwurfsvoll die Stirn.

»Wie bitte, Sir?«

»Sind Sie Mr. Winkworth?« Fen ließ das Thema Einkäufe hastig fallen.

»O nein, keineswegs, Sir. Ich bin hier nur der Geschäftsführer. Der Laden *gehört Miss* Winkworth – Miss Alice Winkworth.«

»Oh. Ist sie da?«

»Ich fürchte, sie ist zur Zeit nicht in Oxford, Sir.«

»Oh. Aber sie wohnt doch hier im Obergeschoß?«

»Nein, Sir.« Der Mann beäugte ihn mißtrauisch. »Niemand wohnt hier im Obergeschoß. Und jetzt, was Ihre Einkäufe betrifft –«

»Ich glaube, ich verschiebe sie auf später«, sagte Fen höflich. «Auf sehr viel später«, fügte er hinzu.

»Ich stehe Ihnen jederzeit zu Diensten«, erwiderte der Gemischtwarenhändler salbungsvoll.

»Ein Jammer« – Fen beobachtete den Mann genau – »ein Jammer, daß Sie keine Spielsachen verkaufen.«

»Spielsachen!« rief der Gemischtwarenhändler aus, und es war offenkundig, daß seine Überraschung nicht gespielt war. »Nun, Sir, in einem Gemischtwarenladen dürften Sie wohl kaum Spielsachen finden?«

»Nein, wohl kaum.« sagte Fen aufgekratzt. »Und Leichen schon mal gar nicht. Guten Morgen auch.« Er ging hinaus.

»Es hat keinen Zweck«, sagte er zu Cadogan, der in Lily Christine III saß und gerade mit starr nach vorn gerichteten Augen versuchte, seinen Verband zurechtzurücken. »Ich bin überzeugt, daß der Mann nichts davon weiß. Obwohl er sich reichlich sonderbar benommen hat, als ich mich nach dem Inhaber erkundigte. Eine Miss Alice Winkworth.«

Cadogan quittierte diese Auskunft mit einem vieldeutigen Grunzen. »Na, dann laß uns mal zur Rückseite gehen, wenn du meinst, daß uns das in irgendeiner Form weiterhilft.« Sein Tonfall verriet wenig Vertrauen in die Erfolgsaussicht dieses Unterfangens.

»Ach, übrigens«, fügte Fen hinzu, während sie den schmalen, gewundenen Durchgang entlangschritten, der zur Rückseite der Läden führte, »war eigentlich jemand da, als du heute morgen mit der Polizei hierher gekommen bist?«

»Im Laden, meinst du? Nein, niemand. Die Polizisten haben sich mit Dietrichen oder so etwas Ähnlichem Einlaß verschafft. Die Tür war zu dem Zeitpunkt abgesperrt.«

Sie zählten die mit Holzteer gestrichenen Zäune, die die kleinen Gärten abgrenzten.

»Das ist es«, sagte Cadogan.

»Und hier hat sich jemand erbrochen«, sagte Fen angewidert.

»Ja, das war ich.« Cadogan linste durch das Tor. Die verwahrloste, überwucherte Einfriedung, die im Halblicht so düster erschienen war, machte jetzt einen ganz gewöhnlichen Eindruck.

»Siehst du das kleine Fenster?« sagte er. »Rechts neben der Tür? Das ist das Kabuff, aus dem ich entkommen bin.«

»Ach tatsächlich?« erwiderte Fen nachdenklich. »Dann mal los, das sollten wir uns näher ansehen.«

Das kleine Fenster war noch immer offen, aber es war höher über dem Boden, als Cadogan es in Erinnerung hatte, und selbst Fen, groß wie er war, vermochte nicht hineinzusehen. Einigermaßen enttäuscht gingen sie zur Hintertür.

»Die ist jedenfalls auf«, sagte Fen. Cadogan rumste gegen eine Mülltonne, die neben der Tür stand. »Um Himmels willen, mach doch nicht so einen fürchterlichen Lärm.«

Er schlich vorsichtig hinein, und Cadogan folgte ihm. Er wußte nicht recht, was sie hier eigentlich sollten. Vor ihnen lag ein kurzer Gang, mit einer Art Küche, leer, zur Linken, und der Tür der Abstellkammer, halb offen, zur Rechten. Aus dem Laden auf der Vorderseite drang Stimmengemurmel und das Klingeln der Registrierkasse.

Doch in der Abstellkammer waren keine Putzsachen mehr. Statt dessen stapelten sich darin Gemischtwaren und

Lebensmittel. Und bei Cadogan regte sich plötzlich ein Zweifel. War das Ganze vielleicht doch nur ein Hirngespinst? Es war alles einfach viel zu phantastisch, um wahr zu sein. Schließlich lag es durchaus im Bereich des Möglichen, daß er auf dem Weg nach Oxford gestürzt war, sich den Kopf angeschlagen und die Geschichte von vorne bis hinten geträumt hatte – von ihrer Substanz her war sie alptraumhaft genug. Er blickte sich unsicher um. Er horchte. Und dann zupfte er Fen alarmiert am Ärmel.

Es bestand nicht der geringste Zweifel. Auf die Abstellkammer kamen Schritte zu.

Fen zögerte keinen Augenblick. »Jeder für sich«, sagte er, sprang auf einen Stapel Kisten und schwang sich mit den Füßen voran aus dem Fenster. Unglücklicherweise stieß er die Kisten dabei mit großem Getöse um und schnitt Cadogan so den Rückweg ab. Es war keine Zeit, um sie wieder aufeinanderzustapeln, und die Hintertür kam nicht in Frage – der Türknauf der Abstellkammer drehte sich bereits. Cadogan nahm eine Büchse mit gebackenen Bohnen in die rechte Hand und eine mit Nierenpastete in die linke und wartete, wobei er eine drohende Haltung einnahm.

Ebenso zögernd wie unbeholfen trat der Gemischtwarenhändler in seinen Abstellraum. Die Augen quollen ihm aus dem Kopf, und der Mund blieb ihm vor Schreck weit offenstehen, als er den Eindringling sah, doch zu Cadogans Überraschung machte er keine Anstalten, ihn anzugreifen. Statt dessen warf er die Hände über den Kopf, wie ein Imam, der Allah um Beistand anfleht, rief mit lauter, theatralischer Stimme »Diebe! Diebe! Diebe!« und eilte so schnell von dannen, wie es sein Leibesumfang ihm gestattete. Offenkundig hatte er weit mehr Angst vor Cadogan als Cadogan vor ihm.

Aber Cadogan hielt sich nicht damit auf, über diese Dinge nachzudenken. Die Hintertür, der verwahrloste Garten, das Tor und der Durchgang stellten die einzelnen Etappen seines ungestümen Rückzuges dar. Fen saß in Lily Christine III und las in vollendeter Konzentration die ›Times‹, und eine kleine, mäßig interessierte Menschenmenge hatte sich um die Vorderseite des Ladens gruppiert, um den fortgesetzten Rufen des Gemischtwarenhändlers zu lauschen. Cadogan hastete über das Trottoir und schlüpfte hinten in den Wagen, wo er sich flach auf den Boden legte. Mit einem Ruck fuhren sie los.

Auf der anderen Seite der Magdalen Bridge setzte er sich auf und sagte gallig: »Nun?«

»Sauve qui peut«, sagte Fen beiläufig – oder so beiläufig, wie dies bei dem infernalischen Lärm des Motors möglich war. »Und vergiß nicht, daß ich an meinen guten Ruf denken muß. War es der Gemischtwarenhändler?«

»Ja.«

»Hast du ihm eins übergebraten?«

»Nein, er bekam es mit der Angst zu tun und lief weg . . . Also, das ist ja allerhand«, sagte Cadogan perplex. »Ich habe im Eifer des Gefechts ein paar Dosen eingesteckt.«

»Nun, die genehmigen wir uns zum Mittagessen. Das heißt, falls du nicht vorher wegen Mundraubs verhaftet wirst. Hat er dich gesehen?«

»Ja . . . Also, ich muß schon sagen, Gervase.«

»Nun?«

»Ich will dieser Sache auf den Grund gehen. Mir platzt allmählich der Kragen. Laß uns doch mal einen Blick auf diese Mrs. Wheatley werfen.«

Und so fuhren sie in die New Inn Hall Street.

III. DIE EPISODE MIT DEM FREIMÜTIGEN RECHTSBEISTAND

Das Haus in der New Inn Hall Street Nr. 229 erwies sich als eine bescheidene und schmucke Pension in nächster Nähe einer Mädchenschule und die Besitzerin, Mrs. Wheatley, als eine kleine, schüchterne, geschäftige, ältere Frau, die beim Sprechen nervös an ihrer Schürze nestelte.

»Ich übernehme das«, hatte Cadogan zu Fen gesagt, als sie ankamen. »Ich habe einen Plan«. Tatsächlich hatte er keinen wie auch immer gearteten Plan. Fen hatte dem, wenn auch ziemlich widerwillig, zugestimmt. Er hatte sodann begonnen, sich dem Kreuzworträtsel in der ›Times‹ zu widmen, wobei er die Felder, in denen es um Literatur ging, mühelos ausfüllte. Doch mit dem Rest vermochte er nichts anzufangen, und so saß er da und blickte mürrisch den Passanten nach.

Als ihm Mrs. Wheatley die Tür öffnete, überlegte Cadogan noch immer, was er sagen sollte.

»Ich nehme an«, sagte sie furchtsam, »daß Sie der Gentleman sind, der sich die Zimmer ansehen will.«

»Genau.« Ihm fiel ein Stein vom Herzen. »Die Zimmer.«

Sie führte ihn hinein.

»Herrliches Wetter, das wir da haben«, sagte sie, als ob sie persönlich für dieses Phänomen verantwortlich sei. »Das wäre das Wohnzimmer.«

»Mrs. Wheatley, ich fürchte, ich habe Sie getäuscht.« Jetzt wo er im Haus war, beschloß Cadogan, auf seinen Kunstgriff zu verzichten. »Ich komme überhaupt nicht wegen der Zimmer. Die Sache ist die« – er räusperte sich – »haben Sie eine Freundin oder Verwandte, eine ältere Dame, unverheiratet, mit grauen Haaren und – äh – einer Vorliebe für Tweedsachen und Blusen . . .?«

Mrs. Wheatleys abgehärmtes, ängstliches Gesicht leuchtete auf. »Sie meinen doch nicht etwa Miss Tardy, Sir?«

»Äh – wie war der Name gleich wieder?«

»Miss Tardy, Sir. Emilia Tardy. ›Lieber spät als nie‹ haben wir sie früher immer genannt. Wegen des Namens, wissen Sie. Du meine Zeit, Emilia ist meine älteste Freundin.« Ihr Gesicht umwölkte sich. »Es ist doch alles in Ordnung, oder, Sir? Es ist ihr doch nichts passiert?«

»Nein, nein«, sagte Cadogan hastig. »Bloß – äh – ich habe Ihre Freundin vor einiger Zeit getroffen, und sie meinte, wenn ich je nach Oxford käme, solle ich Sie unbedingt besuchen. Dummerweise habe ich ihren Namen nie richtig verstanden, obwohl ich mir Ihren gemerkt habe.«

»Ja, ganz recht, Sir.« Mrs. Wheatley strahlte. »Und es freut mich, daß Sie gekommen sind – es freut mich wirklich sehr. Jeder Freund von Emilia ist hier willkommen. Wenn Sie eben auf eine Tasse Tee in mein Wohnzimmer hinunterkommen wollen, könnte ich Ihnen ein Foto von ihr zeigen, um Ihr Gedächtnis aufzufrischen.«

Das war Glück, dachte Cadogan, als er Mrs. Wheatley ins Kellergeschoß folgte; da er wenig Zweifel daran hatte, daß Emilia Tardy und die Frau, die er in dem Spielzeugladen gesehen hatte, ein und dieselbe Person waren. Das Wohnzimmer entpuppte sich als ein kunterbuntes Durcheinander von Korbstühlen, Wellensittichen, Blumenkalendern, Reproduktionen von Landseer und wenig schönen Holzschnitten, die wackelige chinesische Brücken darstellten. An einer Seite stand längs ein riesiger Ofen, auf dem ein Wasserkessel vor sich hinsummte.

Als das verwickelte Teezubereitungszeremoniell vorüber war, eilte Mrs. Wheatley zu einer Schublade und holte ehrfürchtig eine ziemlich verblichene braune Fotografie hervor.

»Hier, Sir, das ist sie. War das die Dame, die Sie getroffen haben?«

Sie war es ohne Frage, obwohl die Fotografie zehn Jahre alt sein mußte und das Gesicht, das er gesehen hatte, aufgedunsen und verfärbt gewesen war. Miss Tardy lächelte freundlich und scheu in die Kamera; ihr Kneifer saß gerade auf ihrer Nase, und ihr glattes Haar war ein wenig in Unordnung. Aber es war nicht das Gesicht einer zimperlichen alten Jungfer: Ungeachtet des scheuen Lächelns strahlte es ein gewisses Selbstbewußtsein aus.

Er nickte. »Ja, das ist sie.«

»Dürfte ich fragen, ob Sie ihr in England begegnet sind, Sir?« Mrs. Wheatley blickte ihm über die Schulter und nestelte befangen an ihrer Schürze.

»Nein, im Ausland.« (Von der Fragestellung her ein sicherer Tip.) »Und es ist auch schon ziemlich lange her – gut und gerne sechs Monate, würde ich sagen.«

»Ah, ja. Das muß dann bei ihrem letzten Frankreichaufenthalt gewesen sein. Emilia ist ja praktisch ständig auf Reisen, und wie sie den Mut aufbringt, unter all diesen Fremden zu leben, übersteigt meinen Horizont. Entschuldigen Sie meine Neugier, Sir, aber ich habe nun schon seit vier Wochen nichts mehr von ihr gehört, und das ist ziemlich ungewöhnlich, da sie mir sonst immer regelmäßig schreibt. Ich habe Angst, daß ihr vielleicht etwas zugestoßen ist.«

»Nun, da kann ich Ihnen leider auch nicht weiterhelfen.« Während er unter den besorgten Augen der kleinen Mrs. Wheatley in diesem freundlichen, häßlichen Zimmer seinen Tee trank und eine Zigarette rauchte, empfand Cadogan eine leise Abneigung gegen seine Anwesenheit. Aber es würde keinem gedient sein, wenn er seiner Gastgeberin schonungslos die Tatumstände offenlegte, selbst wenn er sie im einzelnen gekannt hätte.

»Sie reiste – reist – also viel?« fragte er in der tautologischen Manier moderner Unterhaltungen.

»Oh, ja, Sir. Vor allem in kleine Orte, in Frankreich und Belgien und Deutschland. Manchmal bleibt sie nur einen

Tag oder so und manchmal gleich ein paar Monate hintereinander, je nachdem, wie es ihr gefällt. Du meine Zeit, es muß mindestens drei Jahre her sein, daß sie zum letzten Mal in England war.«

»Ein ziemlich unstetes Dasein, möchte ich meinen. Hat sie denn keine Verwandten? Ich muß sagen, daß sie mir ziemlich einsam vorkam.«

»Ich glaube, da war nur eine Tante, Sir ... Lassen Sie mich noch etwas Tee nachschenken. So ... Eine sehr reiche und exzentrische Dame, die aber vor einiger Zeit gestorben ist. Miss Snaith hat sie geheißen und wohnte auf Boar's Hill und hatte eine Schwäche für humoristische Gedichte. Aber was Emilia betrifft, so reist sie eben gern, wissen Sie; das sagt ihr nun einmal zu. Sie verfügt über ein wenig Geld, und was sie nicht für die Kinder ausgibt, gibt sie dafür aus, neue Orte und Menschen zu sehen.«

»Die Kinder?«

»Ja, sie ist Kindern sehr zugetan und spendet Krankenhäusern und Heimen regelmäßig Geld. Und ich kann nur sagen, daß das wirklich ein schöner Zug von ihr ist. Aber wenn ich kurz fragen darf, Sir, wie ging es ihr, als Sie ihr begegnet sind?«

»Nicht allzu gut, wie ich fand. Aber ich habe nicht soviel von ihr gesehen. Wir waren ein paar Tage im selben Hotel – die einzigen Engländer dort, wissen Sie, und da haben wir natürlich den einen oder anderen kleinen Schwatz gehalten.« (Cadogan war entsetzt, wie flüssig ihm dies alles von den Lippen ging, aber sagte Mencken nicht irgendwo, daß Dichtkunst lediglich formvollendetes Lügen sei?)

»Ah«, sagte Mrs. Wheatley. »Ich vermute, daß Ihnen ihre Schwerhörigkeit einige Probleme bereitet hat.«

»Eh? O ja, allerdings. Das hätte ich beinahe vergessen.« Cadogan fragte sich, welch Geistes Kind man wohl sein mußte, um sich von hinten an eine alte, schwerhörige Frau heranzuschleichen, ihr einen Schlag auf den Kopf zu versetzen und sie mit einer dünnen Schnur zu erdrosseln. »Es tut mir leid, daß Sie keine Nachricht von ihr haben.«

»Nun, Sir, vielleicht heißt das ja nur, daß sie gerade auf dem Weg hierher ist. Sie liebt es, einen aus heiterem Himmel zu überraschen – steht oft plötzlich ohne jede Vorwarnung vor der Tür. Und sie quartiert sich immer bei mir ein, wenn sie in England ist, obwohl es ihr weiß Gott schwerfallen dürfte, sich in Oxford zurechtzufinden, da ich erst vor zwei Jahren hergezogen bin und mit hundertprozentiger Sicherheit weiß, daß sie noch nie hiergewesen ist –« Mrs. Wheatley hielt inne, um Atem zu schöpfen. »Aber ich habe mir solche Sorgen gemacht, daß ich zu Mr. Rosseter gegangen bin.«

»Mr. Rosseter?«

»Das ist der Rechtsbeistand von Miss Snaith. Da Emilia ja eine nahe Verwandte ist, dachte ich, daß er vielleicht etwas von ihr gehört haben könnte, als die alte Dame gestorben ist. Aber er hatte auch keine Ahnung.« Mrs. Wheatley seufzte. »Und dennoch darf man nicht verzagen; ein kecker Mut ist immer noch der beste Harnisch, stimmts, Sir? Ich bin mir ganz sicher, daß sich alles zum Guten wenden wird. Noch ein Schlückchen Tee?«

»Nein, wirklich, danke, Mrs. Wheatley.« Cadogan erhob sich, begleitet von lautem Knarren, aus seinem Korbstuhl. »Sie waren überaus gastlich und nett.«

»Keine Ursache, Sir. Wer, soll ich denn sagen, habe vorbeigeschaut, falls Emilia kommt?«

Fen hatte üble Laune.

»Das hat ja eine halbe Ewigkeit gedauert«, brummte er, als Lily Christine III wieder anfuhr.

»Aber es hat sich gelohnt«, erwiderte Cadogan. Er faßte zusammen, was er alles in Erfahrung gebracht hatte, und brauchte dafür fast die ganze Strecke bis zurück zum St. Christopher's.

»Hm«, sagte Fen versonnen. »Zugegeben, das ist schon

mal was. Trotzdem weiß ich nicht recht, was wir damit anfangen sollen. Es ist ungemein schwierig, sich mit einem Mord aus zweiter Hand zu befassen, bei dem obendrein das *Corpus delicti* fehlt. Während du bewußtlos warst, muß ein ziemlich dicker Lieferwagen durch die Gegend gekurvt sein. Ich wüßte gerne, ob irgend jemand in der Nachbarschaft etwas von ihm gehört oder gesehen hat.«

»Ja, ich verstehe, worauf du hinauswillst: um all die Spielsachen und Möbel und Lebensmittel hin und her zu transportieren. Aber du liegst schon richtig, weißt du: Das Problem lautet – warum wurde der Kramladen überhaupt zu einem Spielzeugladen umfunktioniert?«

»Ich bin mir nicht sicher, ob das jetzt nicht doch ein bißchen klarer ist«, sagte Fen. »Deine Mrs. Wheatley hat dir erzählt, daß sich Miss Tardy in Oxford nicht auskannte. Wenn es nun also jemand so einrichten will, daß sie zwar an einen bestimmten Ort gelangt, später aber nie mehr dorthin zurückfindet –«

»Aber was ergibt das für einen Sinn? Wenn dieser Jemand sowieso vorhat, sie umzubringen, spielt es doch wohl kaum eine Rolle, was sie sieht.«

»Oh«, sagte Fen betreten. »Nein, wohl kaum, oder? Heiliges Hippopotamus.« Er brachte den Wagen vor dem Haupttor von St. Christopher's zum Stehen und unternahm einen schwachen Versuch, sein Haar zu glätten. »Die Frage ist – wer beerbt sie eigentlich? Du sagtest doch, sie hätte über ein Einkommen verfügt, nicht?«

»Ja, aber über kein sehr großes, schätze ich. Ich glaube, sie muß so eine Art Osbert-Sitwell-Jungfer gewesen sein, die günstig in Pensionen lebte und an der Riviera umhergestromert ist . . . Aber jedenfalls war sie nicht begütert genug, als daß es sich gelohnt hätte, sie wegen ihres Geldes zu ermorden.« Aus dem Auspuff knallte eine heftige Detonation. »Du solltest diese Schrottmühle wirklich einmal in eine Werkstatt bringen.«

Fen schüttelte den Kopf. »Die Leute töten schon für verschwindend kleine Beträge. Aber ich muß gestehen, daß ich nicht ganz kapiere, was es für einen Nutzen haben soll, die Leiche nach der Tat verschwinden zu lassen. Der Mörder könnte natürlich warten wollen, bis Verdacht auf einen Todesfall besteht, aber merkwürdig ist es allemal. Diese Mrs. Wheatley hatte keinen Schimmer, daß sie in England war?«

»Nein«, sagte Cadogan. »Und ich habe den Eindruck gewonnen, daß, wenn überhaupt irgend jemand etwas davon gewußt hätte, dann sie.«

»Ja. Eine alleinstehende Frau, deren Verschwinden niemanden sonderlich überraschen würde. Weißt du« – Fens Stimme klang nachdenklich – »ich glaube, wir haben es da mit einer ziemlich bösen Geschichte zu tun.«

Sie stiegen aus dem Auto aus und betraten das College durch eine kleine, in das große Eichenportal eingelassene Tür. Drinnen spazierten ein paar Studenten herum; sie trugen Talare und starrten auf die übervollen Anschlagbretter, die Zeugnis von einem Wirrwarr unterschiedlichster kultureller Aktivitäten ablegten. Zur Rechten befand sich die Pförtnerloge, mit einer Art offenem Fenster, wo der Pförtner lehnte, wie eine verwunschene Prinzessin in einem mittelalterlichen Festungsvorwerk. Das heißt bis auf seine äußere Erscheinung, denn Parsons war ein großer, ja, hünenhafter Mann mit einer Hornbrille, einer ausgeprägten Neigung, sich zum Tyrannen aufzuspielen, und der unerschütterlichen Überzeugung, er stehe in der Hierarchie des College über dem Gesetz, den Propheten, den Tutoren und dem Rektor selbst.

»Irgend etwas für mich?« rief ihm Fen zu, als sie vorbeigingen.

»Äh – nein, Sir«, sagte Parsons mit einem Blick auf die Brieffächer. »Aber – ah – Mr. Cadogan –«

»Ja?«

Der Pförtner wirkte erregt. »Ich frage mich« – er äugte zu

den umherschlendernden Studenten hinüber – »ich frage mich, ob Sie vielleicht auf einen Sprung hereinkommen könnten, Sir?«

Verwirrt trat Cadogan ein, und Fen folgte ihm. In der Loge herrschte eine brütende Hitze, die von einem großen, auf glühende Kohlen getrimmten Heizstrahler kam. Da waren Schlüsselbrettchen, vereinzelte Bekanntmachungen, ein Gaskocher, ein Universitätskalender, eine Collegeliste, Gerätschaften zur Brandverhütung und zwei unbequeme Stühle.

Parsons tat ausgesprochen verschwörerisch. Es kam Cadogan so vor, als solle er in irgendeinen satanischen Ritus eingeweiht werden.

»Sie sind gekommen, um Sie zu holen, Sir«, sagte Parsons schwer atmend. »Vom Polizeirevier.«

»Oh, Gott.«

»Zwei Konstabler und ein Sergeant, um genau zu sein. Sie sind vor etwa fünf oder zehn Minuten gegangen, als sie gemerkt haben, daß Sie nicht im Hause waren.«

»Das sind diese blöden Büchsen, die ich eingesteckt habe«, sagte Cadogan. Der Pförtner starrte ihn neugierig an. »Gervase, was soll ich jetzt tun?«

»Ein volles Geständnis ablegen«, sagte Fen herzlos, »und dich mit deinem Rechtsanwalt in Verbindung setzen. Nein, warte mal«, fügte er hinzu. »Ich rufe den Chief Constable an. Ich kenne ihn.«

»Ich will nicht verhaftet werden.«

»Das hättest du dir vorher überlegen sollen. In Ordnung, Parsons, besten Dank. Komm jetzt, Richard. Wir gehen zu meinem Zimmer hinüber.«

»Was soll ich denn sagen, Sir«, fragte Parsons, »wenn sie wiederkommen?«

»Geben Sie ihnen ein Glas Bier und schicken Sie sie mit irgendwelchen trügerischen, hochtrabenden Versprechungen weg.«

»Sehr wohl, Sir.«

Sie überquerten den Nord- und den Südhof, wobei ihnen nur ein verspäteter Student begegnete, der in einem grellorangen Morgenmantel zu seinem Bad schlurfte, und stiegen abermals die Treppe zu Fens Arbeitszimmer hinauf. Hier klemmte sich Fen ans Telefon, während Cadogan kummervoll rauchte und seine Nägel unter die Lupe nahm. Im Haus von Sir Richard Freeman auf Boar's Hill schrillte es. Er langte unwirsch nach dem Apparat.

»Hallo!« sagte er. »Was? Was! Wer ist denn da . . .? Ach, du bist es.«

»Hör mal, Dick«, sagte Fen. »Deine verdammten Myrmidonen jagen einen Freund von mir.«

»Meinst du, Cadogan? Ja, ich habe von den Schauergeschichten, die er da erzählt hat, gehört.«

»Es sind keine Schauergeschichten. Da war eine Leiche. Aber darum geht es gar nicht. Sie verfolgen ihn wegen etwas, das er in einer Gemischtwarenhandlung getan hat.«

»Du lieber Himmel, der Kerl muß von allen guten Geistern verlassen sein. Zuerst Spielzeugläden und jetzt Gemischtwarenhändler. Nun, ich kann mich nicht in die Angelegenheiten der Stadtpolizei einmischen.«

»Also wirklich, Dick . . .«

»Nein, nein, Gervase, da ist nichts zu machen. Gesetz ist nun einmal Gesetz, und schwebende Verfahren können nicht durch Telefonate von dir niedergeschlagen werden.«

»Aber es ist *Richard* Cadogan. Der Dichter.«

»Meinetwegen könnte es der Papst persönlich sein . . . Jedenfalls wird sich die Sache schon irgendwie einrenken, wenn er unschuldig ist.«

»Aber er ist nicht unschuldig.«

»Oh, nun, in diesem Fall kann ihn nur der Innenminister retten . . . Gervase, ist dir schon einmal aufgefallen, daß es in *Maß für Maß* um die Problematik der Macht geht?«

»Belästige mich jetzt nicht mit Trivialitäten«, sagte Fen verärgert und hängte auf.

»Nun, das war ja sehr ergiebig«, sagte Cadogan bitter. »Ich kann genausogut zur Polizei gehen und mich stellen.«

»Nein, warte mal.« Fen starrte auf den Hof hinaus. »Wie hieß dieser Rechtsbeistand – der, von Mrs. Wheatley?«

»Rosseter. Was ist denn mit ihm?«

Fen trommelte ungeduldig mit den Fingern auf das Fensterbrett. »Weißt du, ich habe diesen Namen kürzlich irgendwo gesehen, aber es fällt mir nicht mehr ein, wo. Rosseter, Rosseter . . . Es war – ach, du dicke Alma mater!« Er schritt zu einem Stapel Zeitungen und begann, sie von hinten bis vorne zu durchstöbern. »Jetzt weiß ichs wieder. Es war irgend etwas in der Seufzerspalte der ›Oxford Mail‹ – gestern, oder war es vorgestern? Er wurde von einem unentwirrbaren Knäuel von Nachrichtenblättern umhüllt. »Da haben wirs. Also doch vorgestern. Es ist mir aufgefallen, weil es so sonderbar war. »Sieh mal.« Er reichte Cadogan die Seite und deutete auf eine Stelle bei den Kontaktanzeigen.

»Nun«, sagte Cadogan, »ich sehe nicht, inwiefern uns das weiterhilft.« Er las die Annonce laut vor:

»Essen, Grasse, Carnac, Wald, King's Lynn. Aaron Rosseter, Rechtsbeistand, Cornmarket 193A. Tja, und welche Schlußfolgerungen läßt das nun zu?«

»Ich weiß auch nicht recht«, sagte Fen. »Und trotzdem werde ich das Gefühl nicht los, daß ich das sollte. Holmes hätte es nach allen Regeln der Kunst zerpflückt – er war in punkto Kontaktanzeigen ein As. Wald, Wald. Der, den man vor lauter Bäumen nicht sieht, wird ja wohl kaum damit gemeint sein, oder?« Er ging zum Konversationslexikon und zog einen Band heraus. »Wald«, las er nach kurzem Suchen, »Gemeinde im nordwestlichen Oberschwaben. Sechshunderteinundsiebzig Meter über dem Meeresspiegel . . . Ehemaliges Zisterzienserinnenkloster mit barocker Kirche . . . Sagt dir das irgend etwas?«

»Nein, nichts. Meiner Meinung nach sind es lauter Ortsnamen.«

»Nun, schon möglich.« Fen stellte das Buch an seinen Platz zurück. »Aber wenn dem so ist, handelt es sich um eine bemerkenswerte Sammlung. Wald, Wald«, fügte er mit einer Stimme hinzu, in der ein leiser Vorwurf mitklang.

»Und es wäre sowieso der verrückteste Zufall«, fuhr Cadogan fort, »wenn es etwas mit dieser Miss Tardy zu tun hätte.«

»Mach mir hier bloß nicht in dieser beiläufigen Art den Zufall schlecht«, sagte Fen streng. »Ich kenne deine Sorte. Ihr bezeichnet schon das harmloseste Zusammentreffen in einem Kriminalroman als unfair, und gleichzeitig posaunt ihr überall herum, ihr hättet im Ausland jemanden aus der Nachbargemeinde getroffen und was für eine kleine Welt es doch sei. Ich bin der festen Überzeugung«, sagte er hochtrabend, »daß diese Annonce etwas mit dem Tod von Emilia Tardy zu tun hat. Ich habe bis jetzt nicht die geringste Ahnung, was. Aber ich schlage vor, wir sehen uns einmal diesen Mr. Rosseter an.«

»In Ordnung«, sagte Cadogan. »Vorausgesetzt, wir fahren nicht in diesem roten Höllenofen von dir. Wie bist du denn überhaupt zu dem gekommen?«

Fen schaute gekränkt. »Ich habe ihn einem Studenten abgekauft, der relegiert wurde. Was ist denn damit? Er fährt sehr schnell«, fügte er mit schmeichlerischer Stimme hinzu.

»Ich weiß.«

»Ach, schon gut, wir gehen. Es ist nicht weit.«

Cadogan grunzte. Er war damit beschäftigt, Rosseters Annonce herauszureißen und in sein Notizbuch zu stecken. »Und wenn nichts dabei herauskommt«, sagte er, »gehe ich schnurstracks zur Polizei und erzähle alles, was ich weiß.«

»Ja. Was ist eigentlich mit diesen Büchsen, die du gestohlen hast? Ich habe ziemlichen Hunger.«

»Sie sind im Auto, und du wirst sie hübsch in Frieden lassen.«

»Solltest du dich nicht verkleiden?«

»Ach, sei nicht dumm, Gervase ... Es geht mir nicht so sehr um das Verhaftetwerden. Höchstwahrscheinlich bekomme ich sowieso nur eine Geldstrafe aufgebrummt. Es sind die ganzen Scherereien, die mit den Erklärungen, dem Hinterlegen einer Kaution und dem Erscheinen vor dem Richter verbunden sind ... Also, komm jetzt, gehen wir, wenn du meinst, daß es uns in irgendeiner Weise weiterbringt.«

Die Cornmarket ist eine der belebtesten Straßen Oxfords, wenn auch wohl kaum die attraktivste. Sie hat zwar ihre Kompensationen – die schöngeformte, verblichene Fassade des alten Clarendon Hotels, den stillen, giebelumrahmten Kutschhof des Golden Cross und eine gute Aussicht auf den langgezogenen Kürbis, den Tom Tower – aber in erster Linie ist sie eine Straße großer Geschäfte. Über einem von diesen lag 193A, die Kanzlei von Aaron Rosseter, Rechtsbeistand, so schmuddelig, schlicht und unbequem wie die Räumlichkeiten der meisten Rechtsbeistände. Was war es nur, fragte sich Cadogan, das Rechtsbeistände gegenüber den angenehmen Seiten des Lebens so seltsam unempfänglich sein ließ?

Ein entfernt an eine Gestalt von Dickens erinnernder Kanzlist mit einer Stahlbrille und an die Ellenbogen seines Rockes genähten Lederflicken geleitete sie zur Audienz. Das äußere Bild von Mr. Aaron Rosseter, obzwar asiatisch, wurde der semitischen Verheißung seines Vornamens nicht gerecht. Er war ein kleiner, bläßlicher Mann mit einem riesigen vorspringenden Kinn, einer großen Stirn, einem kahlen Schädel, einer Hornbrille und Hosen, die ihm ein wenig zu kurz waren. Er hatte eine brüske Art und besaß die irritierende Angewohnheit, jählings seine Brille herunterzureißen, sie in Windeseile mit einem Taschentuch zu putzen, das er aus seinem Ärmel zog, und sie ebenso jäh wieder auf seine Nase zu plazieren. Er wirkte etwas heruntergekommen, und man argwöhnte, daß seine beruflichen Fähigkeiten eher mittelmäßig waren.

»Nun, Gentlemen«, sagte er, »und darf man erfahren, was Sie für ein Anliegen haben?« Er begegnete der ziemlich überwältigenden Erscheinung von Gervase Fen mit leichten Anzeichen von Furcht.

Fen strahlte ihn an. »Dieser Mann«, sagte er und deutete dabei auf Cadogan, »ist ein Cousin zweiten Grades von Miss Snaith, die Sie, glaube ich, zu ihren Lebzeiten vertreten haben.«

Mr. Rosseter zeigte sich über diese dramatische Enthüllung beinahe ebenso bestürzt wie Cadogan. »In der Tat«, sagte er, während er fahrig mit den Fingern auf den Schreibtisch trommelte. »In der Tat. Ich bin sehr erfreut, Ihre Bekanntschaft zu machen, Sir. Erweisen Sie mir die Ehre, sich zu setzen.«

Cadogan blinzelte Fen vorwurfsvoll an und gehorchte, obwohl ihm nicht ganz klar war, welche Ehre er Mr. Rosseter wohl damit erweisen mochte, wenn er sein Hinterteil auf einen Ledersessel niedersenkte. »Ich hatte meine Cousine in den letzten Jahren ihres Lebens«, verkündete er, »mehr oder weniger aus den Augen verloren. Genaugenommen war sie überhaupt keine Cousine zweiten Grades.« Hier schoß ihm Fen einen feindseligen Blick zu. »Meine Mutter, eine der Shropshire Cadogans, heiratete meinen Vater – nein, das wollte ich jetzt eigentlich gar nicht sagen, oder vielmehr doch – wie dem auch sei, mein Vater war eins von sieben Kindern, und seine dritte Schwester Marion wurde von einem Mr. Childs geschieden, der sich später wieder verheiratete und drei Kinder hatte – Paul, Arthur und Letitia – von denen eines (es ist mir entfallen, welches) spät im Leben den Neffen (oder möglicherweise die Nichte) einer gewissen Miss Bosanquet heiratete. Es ist alles ziemlich komplex, fürchte ich, wie ein Roman von Galsworthy.«

Mr. Rosseter runzelte die Stirn, nahm seine Brille ab und

putzte sie in Windeseile blitzblank. Offenkundig fand er das nicht lustig. »Würden Sie mir jetzt vielleicht Ihr Anliegen erklären?« sagte er schroff.

Zu Cadogans Entsetzen brach Fen an diesem Punkt in schallendes Gelächter aus. »Haha!« brüllte er, augenscheinlich von Heiterkeit übermannt. »Sie müssen meinem Freund verzeihen, Mr. Rosseter. Solch ein drolliger Bursche, aber kein Gran Geschäftssinn, kein einziges Gran. Hahaha! Ein Roman von Galsworthy, eh? Das ist sehr, sehr komisch, alter Knabe. Haha!« Er bekam sich mit sichtlicher Mühe wieder in die Gewalt. »Aber nun dürfen wir nicht länger Mr. Rosseters kostbare Zeit verschwenden – *nicht wahr?*« schloß er ergrimmt.

Cadogan zügelte den Unruhestifter in sich und nickte. »Ich möchte mich entschuldigen, Mr. Rosseter. Die Sache ist die, daß ich gelegentlich Sachen für die BBC schreibe und sie gerne vorher an Leuten ausprobiere.« Mr. Rosseter gab keine Antwort; seine dunklen Augen waren wachsam. *»Ja«*, sagte Cadogan schwerfällig. »Nun denn, Mr. Rosseter: Ich habe bislang nur die nackten Tatsachen über den Tod meiner Tante gehört. Ich hoffe doch, daß ihr ein friedliches Ende beschieden war.«

»Um die Wahrheit zu sagen«, sagte Mr. Rosseter, »nein.« Seine kleine Gestalt hinter dem altmodischen Zylinderschreibtisch zeichnete sich gegen ein nach der Cornmarket hinausgehendes Fenster ab. »Sie wurde unglücklicherweise von einem Bus überfahren.«

»Wie Savonarola Brown«, warf Fen interessiert ein.

»Wirklich?« sagte Mr. Rosseter scharf, als hege er den Verdacht, man wolle ihm irgendein gefährliches Eingeständnis entlocken.

»Es tut mir leid, das zu hören«, sagte Cadogan und versuchte, seine Stimme mit so etwas wie Trauer zu unterlegen. »Obwohl ich sie, wohlgemerkt«, fügte er hinzu, als er merkte, daß ihm dies nicht so recht gelingen wollte, »nur ein oder zwei Mal getroffen habe und deshalb bei ihrem Tod nicht gerade vor Kummer zerflossen bin. *Nicht länger um mich trauere, wenn ich tot, als Kunde klingt aus düstrem Glockenton* – Sie wissen schon.«

»Natürlich, natürlich«, seufzte Fen unnötig.

»Nein, ich will offen zu Ihnen sein, Mr. Rosseter«, sagte Cadogan. »Meine Cousine war eine reiche Frau und hatte wenig – äh – Verwandte. Was nun das Testament anbelangt . . .« Er hielt taktvoll inne.

»Ich verstehe.« Mr. Rosseter schien ein wenig erleichtert. »Nun, ich fürchte, daß ich Sie da enttäuschen muß, Mr. – äh – Cadogan. Miss Snaith hat ihr gesamtes, doch sehr beachtliches Vermögen ihrer nächsten Verwandten vermacht – einer Miss Emilia Tardy.«

Cadogan bedachte ihn mit einem stechenden Blick. »Der Name ist mir selbstredend bekannt.«

»Ein wirklich sehr beachtliches Vermögen«, erklärte Mr. Rosseter genüßlich. »Etwa eine Million Pfund.« Er sah seine Besucher an, erfreut über die Wirkung, die er erzielt hatte. »Große Summen wurden natürlich von der Erbschaftssteuer sowie den Bestattungskosten verschlungen, aber es ist noch immer gut die Hälfte des ursprünglichen Betrages übrig. Leider ist Miss Emilia Tardy nicht mehr in der Lage, einen Anspruch darauf geltend zu machen.«

Cadogan riß die Augen auf. »Nicht mehr in der Lage –«

»Die Verfügungen des Testaments sind, gelinde gesagt, etwas eigen.« Wieder putzte Mr. Rosseter seine Brille. »Ich will sie Ihnen gerne darlegen, Gentlemen, da das Testament beglaubigt worden ist und Sie die Einzelheiten selber in Somerset House einsehen können. Miss Snaith war eine exzentrische alte Dame – äußerst exzentrisch, wie man wohl sagen kann. Sie besaß einen ausgeprägten – äh – Familiensinn und hatte versprochen, ihr Vermögen ihrer nächsten lebenden Verwandten zu hinterlassen, also Miss Tardy. Indes war sie gleichzeitig eine Frau mit – äh – altmodischen

Ansichten und mißbilligte den Lebenswandel ihrer Nichte, die sozusagen fast ihre ganze Zeit mit Reisen auf dem Kontinent verbrachte. Sie fügte infolge dessen eine besondere Klausel in ihr Testament ein: Ich sollte Miss Tardy mit einer gewissen mir vorgegebenen Regelmäßigkeit per Inserat in den englischen Zeitungen suchen, nicht jedoch in denen auf dem Kontinent; und falls Miss Tardy nach dem Tod von Miss Snaith nicht binnen sechs Monaten erschienen war, um ihr Erbe einzufordern, verlor sie automatisch jeden Anspruch darauf. Auf diese Weise gedachte sich Miss Snaith für die Lebensführung von Miss Tardy und ihre Nachlässigkeit ihrer Tante gegenüber zu rächen, mit der sie, glaube ich, über viele Jahre hinweg nicht in Verbindung getreten war, ohne anderseits ihr urkundlich festgelegtes Versprechen zu brechen. Gentlemen, die Frist von sechs Monaten ist gestern um Mitternacht abgelaufen, und Miss Tardy hat mir keine wie auch immer geartete Nachricht übersandt.«

Es trat ein langes Schweigen ein. Dann sagte Fen:

»Und das Erbe?«

»Es geht zur Gänze an die Wohlfahrt.«

»An die Wohlfahrt!« rief Cadogan.

»Genauer gesagt, an verschiedene Wohlfahrtseinrichtungen.« Mr. Rosseter, der die ganze Zeit über gestanden war, ließ sich auf den Drehstuhl hinter seinem Schreibtisch sinken. »Tatsächlich war ich gerade mit den Einzelheiten der Verteilung beschäftigt, als Sie hereingekommen sind; Miss Snaith hat mich zu ihrem Nachlaßverwalter ernannt.«

Cadogan war ratlos. Wenn Rosseter nicht log, war ihnen da gerade ein vorzügliches Motiv unter der Nase weggeschnappt worden. Wohlfahrtseinrichtungen ermordeten keine ältlichen Jungfern, um in den Genuß von Spenden zu kommen.

»Das ist also die Sachlage, Gentlemen«, sagte Mr. Rosseter lebhaft. »Und wenn Sie mich jetzt bitte entschuldigen wollen« – er gestikulierte – »eine Menge Arbeit –«

»Eine Frage noch, wenn Sie so gütig sind«, unterbrach ihn Fen. »Oder, weil wir gerade dabei sind, zwei. Haben Sie Miss Tardy je getroffen?«

Es schien Cadogan, als vermeide es Rosseter, Fen in die Augen zu sehen. »Einmal. Eine sehr willensstarke und moralische Frau.«

»Ich verstehe. Und Sie haben vorgestern eine Annonce in die ›Oxford Mail‹ gesetzt –«

»Ah, das.« Mr. Rosseter lachte. »Nichts, das etwas mit Miss Snaith oder Miss Tardy zu tun hat, das versichere ich Ihnen. Ich bin nicht so unbeliebt« – er grinste mit wenig überzeugender Schelmenhaftigkeit – »als daß ich nur *einen* Mandanten hätte, wissen Sie.«

»Eine sonderbare Annonce.«

»Ja, nicht wahr? Aber ich fürchte, ich würde einen groben Vertrauensbruch begehen, wenn ich es erklärte. Und nun, Gentlemen, wenn ich Ihnen je in irgendeiner Sache behilflich sein kann . . .«

Der an Dickens gemahnende Kanzlist führte sie hinaus. Als er wegging, sagte Cadogan bitter:

»Meine einzige Cousine zweiten Grades. Eine Millionärin. Und sie hinterläßt mir nichts – nicht einmal einen Band mit humoristischen Gedichten«, fügte er hinzu, da er sich an Mrs. Wheatleys Bemerkung über dieses Faible von Miss Snaith erinnerte. »Also, das Leben ist manchmal wirklich ganz schön hart.«

Es war schade, daß er sich beim Sprechen nicht umblickte. Denn Mr. Rosseter starrte ihm mit einem merkwürdigen Gesichtsausdruck nach.

Mildes Sonnenlicht fiel auf die überfüllte Straße. Radelnde Studenten zwängten sich zwischen den Autoschlangen und Bussen hindurch, und die Hausfrauen von Oxford gingen einkaufen.

»Nun«, fragte Cadogan, »hat er die Wahrheit gesagt?«

»Wir wüßten es vielleicht«, sagte Fen betrübt, während sie sich einen Weg durch das Gewühl auf dem Trottoir bahnten, »wenn du nicht begonnen hättest, dich wie der letzte Geisteskranke aufzuführen.«

»Also, fang du jetzt bitte nicht auch noch damit an, ja? Eines läßt sich jedenfalls sagen; das Zentrum des Interesses scheint sich von Miss Tardy auf Miss Snaith und ihre Millionen verlagert zu haben.«

»Was mich betrifft, so hat es sich auf Mr. Rosseter verlagert.«

»Wie meinst du das?«

»Siehst du« – Fen rannte in eine Frau, die stehengeblieben war, um sich ein Schaufenster anzuschauen – »siehst du, jeder normale Rechtsbeistand würde zwei wildfremde Menschen, die in seine Kanzlei gestürmt kommen und Näheres über die Privatangelegenheiten seiner Mandanten wissen wollen, sicher sofort in hohem Bogen hinauswerfen. Warum war Mr. Rosseter so freimütig, so offen und mitteilsam? Weil er uns einen Haufen Lügen aufgetischt hat? Aber wie er sehr richtig bemerkte, können wir das, was er gesagt hat, in Somerset House nachprüfen. Nichstdestotrotz, ich traue Mr. Rosseter nicht über den Weg.«

»Nun, ich gehe zur Polizei«, sagte Cadogan. »Wenn ich etwas hasse, dann ist es die Sorte Buch, in dem die Figuren nicht zur Polizei gehen, wenn es keinen denkbaren Grund gibt, warum sie das nicht tun sollten.«

»Es gibt aber einen denkbaren Grund, warum du das nicht gleich tun solltest.«

»Und der wäre?«

»Die Pubs sind auf«, sagte Fen, wie jemand, der nach einer langen Nacht auf den Hügeln den Morgen dämmern sieht. »Laß uns etwas trinken gehen, ehe wir etwas Unüberlegtes tun.«

IV. DIE EPISODE MIT DEM EMPÖRTEN JANEISTEN

»Womit wir wieder genau da wären«, sagte Cadogan, »wo wir angefangen haben.«

Sie saßen in der Bar des »Mace and Sceptre«; Fen trank Whisky und Cadogan Bier. Das »Mace and Sceptre« ist ein großes und ziemlich scheußliches Hotel, das mitten im Zentrum von Oxford steht und ohne erkennbares Schamgefühl nahezu jeden architektonischen Stil verkörpert, der seit der Zeit des Urmenschen ersonnen wurde. Gegen diesen anfänglichen Nachteil kämpft es heldenmütig an, um eine Atmosphäre der Schlichtheit und des Wohlbehagens zu schaffen. Die Bar ist ein anschauliches Beispiel für die Neogotik, Marke Strawberry Hill.

Da es erst Viertel nach elf am Vormittag war, sprachen nur wenige Leute dem Alkohol zu. Ein junger Mann mit Hakennase und breitem Mund unterhielt sich mit dem Barkeeper über Pferde. Ein weiterer junger Mann mit einer Hornbrille und einem langen Hals war in *Nachtmahr-Abtei* vertieft. Und ein bleicher, ziemlich verlotterter Student mit unordentlichen roten Haaren redete mit einem ernst aussehenden Mädchen in einer dunkelgrünen Strickjacke über Politik.

»Und so kommt es also«, sagte er gerade, »daß die vermögenden Gesellschaftsschichten mit ihren Börsenspekulationen Millionen armer Investoren in den Ruin treiben.«

»Aber die armen Investoren haben doch sicher auch an der Börse spekuliert.«

»Oh, nein, das ist etwas ganz anderes . . .«

Mr. Hoskins, der mehr denn je einem riesigen, schwermütigen Bluthund glich, saß mit einem dunkelhaarigen und hübschen Mädchen namens Miriam an einem Tisch. Er trank ein kleines Glas mit hellem Sherry.

»Aber, Darling«, sagte Miriam, »es wäre einfach *schrecklich,* wenn ich hier drinnen von den Proktoren erwischt würde. Du weißt, daß Frauen relegiert werden, wenn man sie in einer Bar erwischt.«

»Die Proktoren kommen nie am Vormittag«, sagte Mr. Hoskins. »Und du siehst sowieso kein bißchen wie eine Studentin aus. Laß dir deswegen also keine grauen Haare wachsen. Schau, ich habe ein paar Pralinen für dich.«

»Ach, du bist ein *Schatz* . . .«

Der einzige andere Gast in der Bar war ein schmächtiger, dick in Mäntel und Schals gehüllter Mann von ungefähr fünfzig Jahren, dessen Gesicht große Ähnlichkeiten mit dem eines Kaninchens aufwies; er saß alleine da und trank mehr, als ihm guttat.

Fen und Cadogan waren die Tatumstände durchgegangen, soweit sie sie kannten, und es war das Ergebnis dieser Untersuchung, das Cadogan zu seiner Bemerkung veranlaßt hatte. Das enttäuschend dürftige Fazit lautete:

(1) Eine Gemischtwarenhandlung in der Iffley Road war während der Nacht in einen Spielzeugladen verwandelt worden und dann wieder in eine Gemischtwarenhandlung.

(2) Eine Miss Emilia Tardy war dort tot aufgefunden worden, und ihre Leiche war im nachfolgenden verschwunden.

(3) Eine reiche Tante von Emilia Tardy, Miss Snaith, war sechs Monate zuvor von einem Bus überfahren worden und hatte ihr Vermögen Miss Tardy vermacht, und zwar unter Bedingungen, die es so gut wie unmöglich machten, daß Miss Tardy überhaupt je etwas von ihrer Erbschaft erfuhr (falls Rosseter die Wahrheit sagte).

»Und ich schätze«, sagte Fen, »daß er nicht befugt war, direkt an irgendeine bekannte Adresse von Miss Tardy zu schreiben. Übrigens, was ich dich fragen wollte: Hast du die Leiche eigentlich befühlt?«

»Ja, in gewisser Weise schon.«

»Wie war sie denn?«

»Wie sie war?«

»Ja, ja«, sagte Fen ungeduldig. »Kalt? Steif?«

Cadogan überlegte. »Also, kalt war sie auf jeden Fall, aber steif, glaube ich, nicht. Ich bin mir sogar ganz sicher, daß nicht, da der eine Arm nach hinten geplumpst ist, als ich sie herumgedreht habe, um den Kopf zu untersuchen.« Es schauderte ihn leicht.

»Das ist nicht gerade viel« – Fen war nachdenklich – »aber in Anbetracht dessen, was wir wissen, können wir billigerweise davon ausgehen, daß sie vor Mitternacht getötet wurde. Und das ist von entscheidender Bedeutung, da es wiederum die Vermutung nahelegt, daß sie die Suchanzeige in der Tat gesehen und sich an Mr. Rosseter gewandt hat. *Demzufolge* dürfte Mr. Rosseter also gelogen haben. Und das ist nun wirklich zu dumm, da Rosseter sie in diesem Fall schwerlich getötet haben kann.«

»Wieso?«

»Du gibst zu, daß die Person, die dir eins über den Schädel gezogen hat, aller Wahrscheinlichkeit nach der Mörder war.«

»Ja, Sokrates.«

Fen funkelte ihn böse an und trank etwas Whisky. »Und damit also auch weiß, wie du aussiehst?«

»Ja, ja, schon gut.«

»Nun denn, jetzt stell dir einmal vor, Mr. Rosseter ist der Mörder. Er erkennt dich, als du in seine Kanzlei kommst, er weiß, daß du die Leiche gesehen hast, und er muß entsetzt mit anhören, wie du dich über eine Tante der Ermordeten und die Ermordete selbst erkundigst. Was tut er also? Er gibt einen detaillierten Bericht über die Verfügungen des Testaments, die wir nachprüfen können, und sagt dann – ich betone: dann – daß er keine Nachricht von Miss Tardy erhalten hat, obwohl er *weiß*, daß du ihm nach allem, was du gesehen hast, keinen Glauben schenken wirst. *Ergo,* er hat dich nicht erkannt. *Ergo,* er hat dir keinen Schlag auf den Kopf verpaßt. *Ergo,* er war nicht der Mörder.«

»Das ist ziemlich clever«, räumte Cadogan widerwillig ein.

»Das ist überhaupt nicht clever«, ächzte Fen. »Es leckt an allen Ecken und Enden, wie eine Emmett-Lokomotive. Zum einen wissen wir nicht, ob die Person, die dich bewußtlos geschlagen hat, auch tatsächlich der Mörder war; und zum anderen kann dieser ganze Schnickschnack über das Testament pure Erfindung sein. Und das sind noch längst nicht alle Schwachpunkte. Es ist durchaus möglich, daß Miss Tardy überhaupt nicht in dem Spielzeugladen getötet wurde? Aber warum hat man ihre Leiche dann dort hingebracht *und danach wieder weggeschafft?* Die Sache ist völlig verfahren, und wir wissen einfach nicht genug, um uns eine Meinung zu bilden.«

Cadogans Bewunderung flaute etwas ab. Er blickte düster auf eine Gruppe von Neuankömmlingen in der Bar, während er sein Bier austrank. »Was können wir jetzt denn überhaupt tun?«

Wie sich im Zuge des Gespräches herausstellte, gab es vier denkbare Vorgehensweisen:

(1) Versuchen, die Leiche aufzuspüren (unmöglich).

(2) Noch einmal mit Mr. Rosseter reden (fraglich).

(3) Weitere Informationen über Miss Alice Winkworth, der Inhaberin von Winkworth, Gemischtwarenhändler und Lebensmittellieferant, einziehen (möglich).

(4) Einen Freund von Fen in Somerset House anrufen und die einzelnen Punkte von Miss Snaiths Testament überprüfen (durchführbar und notwendig).

»Aber was mich anbelangt«, fügte Cadogan hinzu, »ich gehe zur Polizei. Mir steht das Herumgerenne bis zum Hals, und ich habe noch immer grausames Kopfweh.«

»Nun, du kannst einen Moment warten, bis ich mit meinem Whisky fertig bin«, sagte Fen. »Ich habe keine Lust, mir bloß wegen deiner läppischen Gewissensbisse den Magen zu verderben.«

Sie hatten im Flüsterton gesprochen, und Fen war erleichtert, daß er seine Stimme heben konnte. Außerdem hatte er ein gehöriges Quantum Whisky intus. Sein rotwangiges, fröhliches Gesicht wurde noch rotwangiger und fröhlicher; sein Haar stand mit unbändiger Energie in die Höhe; er zappelte mit seiner langen, schlaksigen Gestalt auf seinem Stuhl herum, scharrte mit den Füßen und strahlte die dunklen, hochmütigen und jetzt besonders niedergeschlagenen Gesichtszüge von Richard Cadogan an.

». . . und dann die Privatschulen«, flötete der junge Mann mit den roten Haaren. Der Leser von *Nachtmahr-Abtei* blickte bei der Erwähnung dieses Uraltthemas mißlaunig auf; der hakennasige Jüngling an der Bar fuhr unbeirrt fort, über Pferde zu reden. »Die Privatschulen erzeugen eine brutale, privilegienfixierte Herrscherklasse-Mentalität.«

»Aber bist du nicht selber auf eine gegangen?«

»Doch. Aber, siehst du, ich habe mich davon freigemacht.«

»Tun das die anderen denn nicht?«

»Oh, nein, die haben es fürs Leben. Es sind nur die außergewöhnlichen Leute, die sich davon freimachen.«

»Verstehe.«

»Es ist tatsächlich so, daß die gesamte Volkswirtschaft reorganisiert werden muß . . .«

»Komm, jetzt ängstige dich nicht wegen der Proktoren«, beruhigte Mr. Hoskins seine Gefährtin. »Es besteht kein Anlaß zur Furcht. Laß uns beide noch eine Praline essen.«

»Wir könnten ebensogut ein Spiel spielen, während wir warten«, sagte Fen, der immer noch ziemlich viel Whisky in seinem Glas hatte. »Hassenswerte Personen in der Literatur. Beide Spieler müssen sich einig sein, und jeder Spieler hat fünf Sekunden, um eine Person zu nennen. Falls ihm das nicht gelingt, bekommt er einen Minuspunkt. Wer als erster drei Minuspunkte hat, verliert. Es müssen Personen sein, die vom Autor als sympathisch gedacht waren.«

Cadogan grunzte, und in diesem Augenblick trat ein Proktor in die Bar. Proktoren werden wechselweise aus den Reihen der Tutoren ernannt und drehen ihre Runden in Begleitung kleiner, untersetzter Männer mit blauen Anzügen und Melonen, die man als Bullers bezeichnet. Universitätsmitglieder *in statu pupillari* haben keinen Zutritt zu Schanklokalen, und so besteht ihre Hauptbeschäftigung darin, bedrückt von einer Bar zur nächsten zu schleichen, die Gäste zu fragen, ob sie Universitätsmitglieder sind, die Namen der Betroffenen aufzuschreiben und sie hinterher mit einer Geldbuße zu belegen. Sie walten dieses undankbaren Amtes ohne große Begeisterung.

»Ach, du meine Güte!« sagte die dunkelhaarige Miriam mit ersterbender Stimme.

Der selbsternannte Reorganisator der Staatsfinanzen wurde aschfahl.

Mr. Hoskins blinzelte.

Der junge Mann mit der Brille zog sich noch tiefer in *Nachtmahr-Abtei* zurück.

Der junge Mann mit der Hakennase, vom Barkeeper mit einem Rippenstoß bedacht, hörte auf, über Pferde zu reden.

Nur Fen blieb ungerührt. »Sind Sie ein Mitglied dieser Universität?« rief er dem Proktor gutgelaunt zu. »Hey, Whiskers! Sind Sie ein Mitglied dieser Universität?«

Der Proktor fuhr zusammen. Er war (wie Tutoren so sind) ein ziemlich junger Mann, der sich während des Großen Krieges einen gewaltigen Schnauzbart wachsen lassen und es nie übers Herz gebracht hatte, ihn wieder abzuschneiden. Er ließ seinen Blick starr durch den Raum schweifen, wobei er es tunlichst vermied, Fen anzusehen, und ging dann hinaus.

»Oooh!« sagte Miriam und stieß einen langen Seufzer der Erleichterung aus.

»Er hat dich nicht erkannt, oder?« sagte Mr. Hoskins. »Da, nimm noch eine Praline.«

»Siehst du?« sagte der rothaarige Jüngling empört. »Sogar die kapitalistischen Universitäten üben eine Terrorherrschaft aus.« Mit zitternder Hand hob er sein kleines Ale.

»Also, dann wollen wir mal mit dem Spiel anfangen«, sagte Fen. »Auf die Plätze, fertig, los!«

»Diese schrecklichen Klatschmäuler, Beatrice und Benedikt.«

»Ja. Lady Chatterley und dieser Wildhüterbursche.«

»Ja. Britomart in der *Feenkönigin*.«

»Ja. Fast jedermann bei Dostojewski.«

»Ja. Äh – äh –«

»Hab ich dich!« sagte Fen triumphierend. »Du bekommst einen Minuspunkt. Diese ordinären kleinen männermordenden Miezen in *Stolz und Vorurteil*.«

Bei diesem Freudenschrei runzelte der vermummte, wie ein Karnickel aussehende Mann am Nebentisch die Stirn, stand unsicher auf und kam zu ihnen herüber.

»Sir«, sagte er und unterbrach damit Cadogan, der gerade dabei war, Richard Feverel einzubringen, »sicher habe ich Sie da nicht eben despektierlich von der unsterblichen Jane sprechen hören?«

»Der Egel-Sammler«, sagte Fen in einem schwachen Versuch weiterzumachen. Dann ließ er es sein und wandte sich an den Neuankömmling. »Hören Sie, mein lieber Freund, Sie haben ein bißchen zu tief ins Glas geschaut, nicht wahr?«

»Ich bin völlig nüchtern, danke. Danke ergebenst.« Der wie ein Karnickel aussehende Mann holte seinen Drink, zog seinen Stuhl heran und ließ sich neben ihnen nieder. Er hob eine Hand und schloß die Augen, so als werde er von Schmerzen geplagt. »Ich möchte Sie eindringlich ersuchen, von allen despektierlichen Äußerungen über Miss Austen Abstand zu nehmen. Ich habe ihre sämtlichen Romane viele, viele Male gelesen. Ihre Vornehmheit, ihr Fluidum einer höherstehenden und bewunderungswürdigen Geistesbildung, ihr immenser psychologischer Scharfblick –« Er hielt sprachlos inne und leerte sein Glas in einem Zug.

Er hatte ein schwächliches, schmales Gesicht, mit Nagezähnen, hellen, unregelmäßigen Augenbrauen und einer niedrigen Stirn. Trotz der Wärme des Vormittags war er höchst ungewöhnlich angezogen, mit Pelzhandschuhen, zwei Schals und (offenbar) mehreren Überziehern.

Da er Cadogans verdutzte Bestandsaufnahme spürte, versuchte der wie ein Karnickel aussehende Mann sich einen Anstrich von Würde zu geben. »Ich bin sehr kälteempfindlich«, sagte er. »Und die herbstliche Kühle –« Er hielt inne, tastete nach einem Taschentuch und putzte sich mit einem trompetenartigen Geräusch die Nase. »Ich hoffe – ich *hoffe*, daß Sie nichts dagegen einzuwenden haben, wenn ich mich zu Ihnen geselle?«

»Doch, das haben wir schon«, sagte Fen gereizt.

»Seien Sie bitte nicht unfreundlich«, sagte der wie ein Karnickel aussehende Mann flehentlich. »Heute morgen bin ich so überaus, überaus glücklich. Gestatten Sie mir, Ihnen einen Drink auszugeben. Ich habe Geld in Hülle und Fülle ... Ober?« Der Ober erschien an ihrem Tisch. »Zwei doppelte Whisky und ein großes Bitter.«

»Hör mal, Gervase, ich sollte wirklich gehen«, schob Cadogan unruhig ein.

»Gehen Sie nicht, Sir. Bleiben Sie und freuen Sie sich mit mir.« Es stand außer Frage, daß der wie ein Karnickel aussehende Mann völlig betrunken war. Er neigte sich verschwörerisch nach vorn und senkte seine Stimme. »Heute morgen habe ich mich meiner Jungen entledigt.«

»Ah«, sagte Fen ohne Heiterkeit. »Und was haben Sie mit den kleinen Leichen gemacht?«

Der wie ein Karnickel aussehende Mann kicherte. »Ah! Sie versuchen, mich hochzunehmen. Meine Schulzeit, meine ich. Ich bin – ich *war* Lehrer. Ein armes Schulmeisterlein.

Das spezifische Gewicht von Quecksilber ist 13,6«, leierte er. »*Caesar Galliam in tres partes divisit.* Das Partizip Perfekt von *mourir* ist *mort.*«

Fen blickte ihn voller Abscheu an. Der Ober brachte die Getränke, und der wie ein Karnickel aussehende Mann bezahlte sie aus einer ziemlich speckigen Geldbörse, wobei er ein fürstliches Trinkgeld hinzufügte.

»Auf Ihr Wohl, Gentlemen«, sagte er und hob sein Glas. Dann hielt er inne. »Aber ich habe mich gar nicht vorgestellt. George Sharman, zu Ihren Diensten.« Er verbeugte sich tief aus der Hüfte und ließ dabei beinahe sein Glas fallen; Cadogan rettete es gerade noch rechtzeitig.

»In diesem Augenblick«, sagte Mr. Sharman versonnen, »sollte ich eigentlich den Schülern der Unterstufe die Grundlagen des lateinischen Satzbaus beibringen. Und soll ich Ihnen sagen, warum ich das nicht tue?« Wieder neigte er sich nach vorn. »Gestern nacht, Gentlemen, habe ich eine große Summe geerbt.«

Cadogan schreckte zusammen, und Fens Augen verhärteten sich. Hinterlassenschaften schienen an diesem Morgen in der Luft zu liegen.

»Eine sehr große Summe Geld«, fuhr Mr. Sharman nuschelnd fort. »Was tue ich also? Ich gehe zum Direktor und sage: Spavin, sage ich, Sie sind ein aufgeblasener alter Tropf, und ich mache ab sofort keinen *einzigen* Finger mehr für Sie krumm. Ich bin jetzt finanziell unabhängig, sagte ich, und als bemittelter Gentleman habe ich es nicht mehr nötig, tagaus, tagein den Steißtrommler zu markieren.« Er strahlte selbstzufrieden in die Runde.

»Meinen Glückwunsch«, sagte Fen mit gefährlicher Liebenswürdigkeit. »Meinen Glückwunsch.«

»Un dassis noch nich alles.« Mr. Sharmans Aussprache wurde nach und nach immer undeutlicher. »Ich bin nich der einsige Glückspils. Oh, nein. Da sin noch andre.« Er machte eine weitläufige Gebärde. »Viele, viele andre, alle so reich wie Krösus. Un eine davon is n bildhübsches Mädchen, mit strahlend blauen Azuraugn. Meine Liebste ist wie eine blaublaue Rose«, sang er mit brüchiger Stimme. »Ich werde sie bitten, mich zu heiraten, obwohl sie nur ne Verkäuferin is. Nur die Tochter von ner Verkäuferin.« Er wandte sich Cadogan zu. »Sie müssn sie kennenlernen.«

»Mit dem größten Vergnügen.«

»So isses recht«, sagte Mr. Sharman anerkennend. Er trompetete erneut in sein Taschentuch.

»Trinken Sie noch einen mit mir, mein Alter«, sagte Fen, plötzlich ganz der leutselige Zechkumpan, und klopfte Mr. Sharman auf den Rücken.

Mr. Sharman schluckte. »'s geht auf mich«, sagte er. »Ober . . .!«

Sie genehmigten sich alle noch einen Drink.

»Ah«, sagte Fen mit einem tiefen Seufzer. »Sie haben Glück, Mr. Sharman. Ich wünschte, ein Verwandter würde sterben und mir einen Haufen Geld hinterlassen.«

Aber Mr. Sharman wackelte mit dem Finger. »Versuchen Sie nicht, mich anzupumpen. Ich verrate nichts, klar? Ich halte den Mund.« Er schloß zur Veranschaulichung den Mund und machte ihn dann wieder auf, um mehr Whisky hineinzukippen. »Ich bin erstaunt«, fügte er mit weinerlicher Stimme hinzu. Nach allm, was ich für Sie getan hab. Und da versuchn Sie, mich ansupumpn.«

»Nein, nein . . .«

Ein Wandel vollzog sich mit Mr. Sharmans Gesicht. Seine Stimme wurde schwächer, und er umklammerte seinen Bauch. »Tschuldigung, Gen'lmen«, sagte er. »Bin gleich zrück.« Er stand auf, schwankte wie ein Rohr im Wind und taumelte dann in Richtung Toiletten.

»Aus dem werden wir nicht viel rauskriegen«, sagte Fen düster. »Wenn jemand etwas nicht preisgeben will, macht ihn Alkohol nur noch verstockter und argwöhnischer. Aber es ist schon ein komischer Zufall.«

»*Der Eule*«, zitierte Cadogan, während er Mr. Sharmans schmächtiger, vermummter Gestalt nachblickte, »*wars trotz aller ihrer Federn kalt.*«

»Ja«, sagte Fen. »Wie dem älteren Herren aus – *Ach, du dicke Alma mater.*«

»Was ist denn um Gottes willen los?« fragte Cadogan alarmiert.

Fen stand hastig auf. »Halte diesen Mann hier fest«, sagte er mit Nachdruck, »bis ich wieder da bin. Fülle ihn mit Whisky ab. Rede mit ihm über Jane Austen. Aber laß ihn ja nicht gehen.«

»Aber hör mal, ich wollte zur Polizei . . .«

»Sei kein solcher Frosch, Richard. Das ist eine Spur. Ich habe nicht die leiseste Ahnung, wohin sie führt, aber so wahr ich hier stehe, es ist eine Spur. Geh nicht weg. Ich brauche nicht lang.« Und Fen schritt aus der Bar.

Als Mr. Sharman zu seinem Platz zurückkehrte, war er sowohl nüchterner als auch wachsamer als zuvor.

»Ist Ihr Freund gegangen?« fragte er.

»Nur für kurz.«

»Ah.« Mr. Sharman rekelte sich genießerisch. »Köstliche Freiheit. Sie machen sich keine Vorstellung, was es heißt, Lehrer zu sein. Ich habe starke Männer dabei zugrunde gehen sehen. Es ist ein immerwährender Krieg. Man kann sich die Buben vielleicht dreißig Jahre vom Leib halten, aber am Ende kriegen sie einen doch.«

»Das klingt ja grauenhaft.«

»Es ist grauenhaft. Man selbst wird älter, aber sie bleiben immer gleich jung. Wie der Kaiser und die Menge im Forum.«

Dann sprachen sie über Jane Austen, ein Thema, das sich für Cadogan aufgrund seiner unvollkommenen Kenntnisse dieser Autorin schwierig gestaltete. Mr. Sharman machte diesen Mangel jedoch nicht nur durch Wissen, sondern auch durch Begeisterung wett. Cadogan spürte, wie seine Abneigung gegen den Mann wuchs – Abneigung gegen seine trüben kleinen Augen, seine vorstehenden Zähne, seinen paukerhaften Dünkel in Sachen Kultur; fraglos war Mr. Sharman ein abschreckendes Beispiel für das, was dabei herauskommt, wenn jemand seine maßlose Habgier mit einem Schlag befriedigt sieht. Er verwies nicht mehr auf sein Erbe oder die »anderen«, die es mit ihm teilten, sondern hielt weitschweifige Reden über *Mansfield Park*. Da die Mittagszeit näherrückte, füllte sich die Bar mit Hotelgästen, Schauspielern, Studenten. Der Geräuschpegel stieg, und das durch die gotischen Fenster fallende Sonnenlicht zerschnitt den Zigarettendunst in weißlich-blaue Dreiecke. »Die einzige mögliche Lösung, denke ich«, sagte plötzlich jemand im Brustton der Überzeugung, »ist Flüssigseife.« Lösung wofür? fragte sich Cadogan unbestimmt.

»Und dann sehen Sie sich einmal den Charakter von Mr. Collins an«, bemerkte Mr. Sharman gerade. Widerwillig richtete Cadogan seine Aufmerksamkeit auf diese Person.

Um fünf vor zwölf ertönte draußen lauter Motorenlärm, begleitet von einem Geklapper wie Kochtöpfe im Krieg. Einen Augenblick später schob sich Fen zum Klang einer scharfen Detonation durch die Schwingtür des Hotels. Er sprudelte vor guter Laune und trug ein Buch mit einem farbenfrohen Schutzeinband, das er liebevoll betrachtete. Die Bar zu seiner Linken ignorierend, ging er ins Hotel selbst und durch einen mit einem blauen Teppich ausgelegten Gang auf die Portiersloge zu. Ridley, der Portier, in seiner litzenbesetzten, blauen Livree prächtig anzusehen, begrüßte ihn mit einer gewissen Besorgnis, doch er begab sich lediglich in eine der benachbarten Telefonzellen. Von dort rief er in Somerset House an.

»Hallo, Evans«, sagte er. »Fen am Apparat . . . Ja, sehr gut, danke, mein lieber Freund, und wie geht es Ihnen . . .? Ob Sie wohl etwas für mich nachsehen könnten?«

Ein undeutliches Knistern.

»Ich kann Sie nicht verstehen ... Was ich brauche, sind ein paar nähere Auskünfte über das Testament einer Miss Snaith, Boar's Hill, Oxford, die vor etwa sechs Monaten gestorben ist. Es kann erst vor kurzem beglaubigt worden sein ... Was? Oh, dann rufen Sie mich eben zurück, ja? Genau ... Im ›Mace and Sceptre‹. Ja. In Ordnung ... Wiederhören.«

»In deine Hände befehle ich meinen Geist«, sang er ohne große Demut, während er die Hörergabel nach unten drückte, zwei weitere Pennies einwarf und eine örtliche Nummer wählte. Wieder einmal schrillte im Arbeitszimmer des Chief Constable von Oxford auf Boar's Hill das Telefon.

»Nun?« sagte der Würdenträger. »Oh, mein Gott, bist das du schon wieder? Doch nicht noch einmal etwas mit diesem Cadogan?«

»Nein«, sagte Fen verletzt. »Um die Wahrheit zu sagen, nein. Aber man kann wirklich nicht behaupten, daß du dich vor Hilfsbereitschaft überschlägst.«

»Es hat keinen Zweck. Der Gemischtwarenhändler veranstaltet ein Riesentamtam. Halte dich da lieber raus. Du weißt, was passiert, wenn du anfängst, dich für eine Sache ins Zeug zu legen.«

»Lassen wir das jetzt einmal beiseite. Ist dir irgend etwas über eine Miss Snaith in Erinnerung? Hat ganz in deiner Nähe gelebt.«

»Snaith? Snaith? Oh, ja, ich habs. Exzentrische alte Dame.«

»Exzentrisch? Inwiefern?«

»Oh, hatte panische Angst davor, wegen ihres Geldes ermordet zu werden. Lebte auf einer Art befestigtem Landsitz, mit jeder Menge mordsmäßig scharfer Bulldoggen drumherum. Ist vor kurzem gestorben. Wieso?«

»Hast du sie je getroffen?«

»Oh, ein oder zwei Mal. Habe sie nie näher kennengelernt. Aber was –«

»Wofür hat sie sich denn interessiert?«

»*Interessiert?* Tja – Erziehung, glaube ich. Oh, und sie hat einen Haufen Bücher über Spiritismus geschrieben, hundsmiserables Zeugs. Keine Ahnung, ob sie je was veröffentlicht hat. Hoffe nicht. Aber sie hatte schreckliche Angst vor dem Sterben – besonders davor, ermordet zu werden – und ich schätze, daß sie der Gedanke an ein späteres Leben getröstet hat. Obwohl ich ja sagen muß, daß ich es im voraus lieber nicht wissen möchte, wenn es mir beschieden sein sollte, nach meinem Hinscheiden zurückzukehren und idiotische Botschaften auf Alphabettäfelchen zu buchstabieren.«

»Sonst noch was?«

»Nun, sie war wirklich ein reizendes altes Persönchen und sehr empfänglich für Gefälligkeiten. Aber wie ich schon sagte, sie befürchtete ständig, ermordet zu werden. Der einzige Mensch, dem sie wirklich vertraute, war irgend so ein Rechtsbeistand –«

»Rosseter?«

»Wenn ich darüber nachdenke, ja, das war der Name. Aber hör mal, warum –«

»Ich nehme an, es besteht kein Zweifel daran, daß ihr Tod ein Unfall war?«

»Himmel, nein. Sie wurde von einem Bus überfahren. Ist direkt in ihn reingerannt – es war sonst niemand in der Nähe. Du kannst dir vorstellen, daß wir in Anbetracht der Umstände ziemlich sorgfältige Untersuchungen angestellt haben.«

»Ist sie viel herumgereist?«

»Nein, nie – das war eine andere merkwürdige Sache. Hat sich ihr ganzes Leben nicht aus Oxford rausgerührt. Seltsamer Vogel. Übrigens, Gervase, was *Maß für Maß* angeht –«

Fen hängte auf. Er war im Moment nicht bereit, *Maß für Maß* zu erörtern. Während er das Gehörte noch einmal rekapitulierte, klingelte es in der Telefonzelle, und er nahm den Hörer ab.

»Hallo«, sagte er. »Ja, Fen am Apparat. Ach, Sie sinds, Evans. Das war aber schnell.«

»Habe es mühelos ausfindig gemacht«, sagte der entkörperte Sprecher von Somerset House. »Elizabeth Ann Snaith, ›Valhalla‹, Boar's Hill, Oxford. Das Testament trägt das Datum vom 13. August 1937 und ist von R. A. Starkey und Jane Lee bezeugt. Erbschaftsmasse insgesamt £ 937 642 – hübscher Batzen. Davon Bankguthaben 740 760 Pfund. Ein paar kleinere Legate – für Hausangestellte, schätze ich – doch der Großteil geht an ›meine Nichte, Emilia Tardy‹, mit einem Haufen komischer Verfügungen, daß sie nur über englische Zeitungen gesucht werden dürfe, jede direkte Kontaktaufnahme zu unterbleiben habe und weiß der Henker was noch alles für krauses Zeug. Oh, und eine Frist von sechs Monaten nach dem Tod der Snaith, um das Erbe einzufordern. Sieht so aus, als hätte sie mit aller Gewalt verhindern wollen, daß die ärmste Tardy das Geld je in die Finger bekommt.«

»Und was passiert, wenn sie keinen Anspruch darauf erhebt?«

Am anderen Ende der Leitung entstand eine Pause. »Sekunde, es ist auf der anderen Seite. Ah, ja. In diesem Fall geht alles an einen Mr. Aaron Rosseter, Cornmarket 193A, Oxford. Der Glückspilz. Das ist alles, denke ich.«

»Ah.« Fen war nachdenklich. »Danke, Evans. Vielen Dank.«

»Keine Ursache«, sagte der Beamte. »Schönen Gruß an Oxford.« Er hängte auf.

Vor der Telefonzelle blieb Fen eine Zeitlang stehen und überlegte. Die Hotelgäste fluteten an ihm vorbei und fragten den Portier nach Fahrplänen, Taxis, Zeitungen. Ridley fertigte sie mit routinierter Tüchtigkeit ab. Im Speisesaal wurden die Tische für das Mittagessen gedeckt, und der Oberkellner überprüfte anhand einer auf die Rückseite einer Speisekarte geschriebenen Liste die Platzreservierungen.

Fraglos hatte Mr. Rosseter ein sehr gutes Motiv, Miss Emilia Tardy zu ermorden. Wenn er nur einer der Testamentsvollstrecker war, hätte er keine Chance gehabt, Miss Tardy um ihr Erbe zu betrügen, indem er es unterließ, via Inserat nach ihr zu suchen. So daß er, als sie tatsächlich auftauchte ... Fen schüttelte den Kopf. Es paßte nicht so recht. Zum einen war es kaum vorstellbar, daß Miss Snaith Mr. Rosseter solch außerordentliche Befugnisse erteilt haben sollte, ganz gleich, wie sehr sie ihm auch vertraute; zum anderen stellte sich die Frage, warum Mr. Rosseter, wenn er Miss Tardy ermordet und Cadogan bewußtlos geschlagen hatte, letzteren nicht erkannt hatte, beziehungsweise, warum er, falls er das schon hatte, so ungemein mitteilsam gewesen war? Natürlich mußte es nicht unbedingt der Mörder gewesen sein, der Cadogan eins über den Schädel gegeben hatte; möglicherweise ein Komplize ... Aber warum dann die Geschichte mit dem Spielzeugladen?

Fen seufzte tief und tätschelte das Buch, das er bei sich trug. Seine Stimmungen konnten in Sekundenschnelle wechseln, und augenblicklich empfand er ein leichtes Gefühl der Niedergeschlagenheit. Er winkte Ridley und ging zurück in die Bar. Das Gespräch zwischen Cadogan und Mr. Sharman war in eine Sackgasse geraten; Mr. Sharman hatte seine Ansichten über Jane Austen erschöpfend dargelegt, und Cadogan fiel kein neues Thema ein. Momentan war Fen jedoch daran gelegen, den beiden aus dem Weg zu gehen; er wandte sich statt dessen dem melancholischen, grobknochigen Mr. Hoskins zu.

Mr. Hoskins war in keinerlei Hinsicht ein unbotmäßiger Student: Er verrichtete seine Arbeit mit größter Gewissenhaftigkeit, wenn nicht Hingabe, betrank sich nicht und legte ein Verhalten an den Tag, das voll und ganz eines Gentleman würdig war. Sein einziges hervorstechendes Merkmal war der unfehlbare Zauber, den er auf junge Frauen auszuüben schien. Im Augenblick saß er vor seinem zweiten kleinen

Glas mit hellem Sherry und drängte die schwarzhaarige Miriam zum weiteren Verzehr von Pralinés.

Fen entschuldigte sich bei dem Mädchen, das mit einer Art heiliger Scheu zu ihm aufblickte, und zog Mr. Hoskins nach draußen.

»Mr. Hoskins«, sagte Fen mit mildem Tadel, »ich werde Sie nicht fragen, warum Sie die goldenen Stunden Ihrer Jugend dem illegalen Genuß von Sherry in dieser Nachbildung der Kathedrale von Chartres widmen –«

»Ich bin Ihnen sehr verbunden, Sir«, sagte Mr. Hoskins, ohne sich in irgendeiner auffälligen Weise beunruhigt zu zeigen.

»Ich möchte mich nur erkundigen«, fuhr Fen fort, »ob Sie mir wohl einen Gefallen tun könnten.«

Mr. Hoskins blinzelte und verneigte sich stumm.

»Interessieren Sie sich für die Romane von Jane Austen, Mr. Hoskins?«

»Es wollte mir immer so scheinen, Sir«, sagte Mr. Hoskins, »als ließe die Darstellung der weiblichen Charaktere doch sehr zu wünschen übrig.«

»Nun, Sie müssen es wissen«, sagte Fen grinsend. »Wie dem auch sei, da draußen sitzt ein gräßlicher Langweiler, der eine Passion für Jane Austen hat. Könnten Sie ihn für eine Stunde oder so hier festhalten?«

»Nichts leichter als das«, sagte Mr. Hoskins mit wohlwollender Selbstsicherheit. »Obwohl ich denke, daß ich zuvor vielleicht besser mein Mädchen wegschicke.«

»Natürlich, natürlich«, sagte Fen hastig.

Mr. Hoskins verbeugte sich erneut und kehrte in die Bar zurück, um schon bald wieder aufzutauchen und Miriam mit tröstenden Erklärungen zur Tür zu geleiten. Dort drückte er ihr innig die Hand, winkte ihr nach und ging dann zu Fen zurück.

»Sagen Sie mal, Mr. Hoskins«, fragte Fen, von einer jähen, unbefangenen Neugierde gepackt, »wie erklären Sie sich eigentlich Ihre erstaunliche Ausstrahlung auf Frauen? Sie brauchen mir keine Antwort zu geben, wenn Sie mich für impertinent halten.«

»Überhaupt nicht.« Mr. Hoskins sagte, daß er diese Frage äußerst ergötzlich finde. »Es ist wirklich ganz einfach. Ich beruhige ihre Ängste und gebe ihnen Süßigkeiten. Es scheint nie fehlzuschlagen.«

»Oh«, sagte Fen, etwas aus der Fassung gebracht. »Oh. Nun, vielen Dank, Mr. Hoskins. Und jetzt, wenn Sie bitte mit mir in die Bar kommen . . .« Er begann, Anweisungen zu erteilen.

Cadogan war hocherfreut, von Mr. Hoskins bei seiner Wache abgelöst zu werden. Als er und Fen die Bar verließen, unterhielten sich Mr. Hoskins und Mr. Sharman bereits auf das freundlichste.

»Also, was gibts?« fragte er draußen. Er war nach fünf großen Bier etwas benebelt, aber sein Kopf tat ihm lange nicht mehr so weh.

Fen zog ihn den Gang hinunter, und sie setzten sich neben der Rezeption in zwei harte Holzstühle, deren Form vage an Assyrien denken ließ. Fen berichtete von seinen Telefonaten.

»Nein, nein«, sagte er mürrisch und schnitt Cadogans lautstarke Einwände bezüglich Mr. Rosseter ab. »Ich glaube wirklich nicht, daß er es getan haben kann.« Er nannte seine Gründe.

»Das sind doch alles bloß Ausflüchte«, erwiderte Cadogan. »Nur, weil du dich in irgendwelche Hirngespinste wegen dieser Annonce verbohrst –«

»Darauf wollte ich gerade zu sprechen kommen«, sagte Fen gehässig. Er hielt inne, um einer jungen und gut gebauten Blondine in einem Pelzmantel nachzuschauen, die auf sehr hohen Absätzen vorbeistöckelte. »Weil nämlich in der Tat eine Verbindung zwischen dieser Annonce und Miss Snaith besteht.«

»Und die wäre?«

»Das.« Mit so etwas wie einem Schnörkel holte Fen das Buch hervor, das er mit sich herumgetragen hatte; es geschah in etwa mit dem Gebaren eines Anklagevertreters, der dabei ist, ein besonders belastendes Beweisstück zu enthüllen. Cadogan musterte es ziemlich verständnislos. Es hieß *Die Nonsense Gedichte von Edward Lear*.

»Du erinnerst dich vielleicht«, fuhr Fen fort, während er seinen Zeigefinger schulmeisterlich durch die Luft kreisen ließ, »daß sich Miss Snaith für humoristische Gedichte interessierte. Das« – er klopfte gebieterisch auf das Buch – »sind humoristische Gedichte.«

»Du erstaunst mich.«

»Und zwar humoristische Gedichte höchsten Ranges.« Fen legte plötzlich seine lehrerhaften Allüren ab und setzte eine betrübte Miene auf. »Es gibt doch tatsächlich Leute, die glauben, Lear sei *außerstande* gewesen, die letzten Zeilen seiner Limericks anders als die ersten zu gestalten; wohingegen es sich in Wirklichkeit so verhält –«

»Ja, ja«, sagte Cadogan ungeduldig und nahm den Zeitungsausschnitt aus seinem Notizbuch. »Ich verstehe, worauf du hinauswillst. Essen, Grasse, Carnac, Wald, King's Lynn. Irgendeine bizarre Methode, um Leute anhand von Limericks zu beschreiben.«

»Mmh.« Fen ackerte sich durch die Seiten. »Und ich habe da so eine dumpfe Ahnung, daß unser Mr. Sharman einer von ihnen ist. Hör mal – einem älteren Herren aus Wald war es immerzu jämmerlich kalt; er zog selbst im Haus nie seine Pelzmäntel aus, jener Dauerfröstler aus Wald. Auf dem Bild sieht er aus wie eine Art kugelförmiger Bär. Paßt das nicht wie die Faust aufs Auge?«

»Doch, aber –«

»Außerdem hat Mr. Sharman *gestern* nacht eine bedeutende Erbschaft gemacht. Und einige andere offenbar auch.«

»Essen, Grasse, Carnac und King's Lynn.«

»Genau. Der alte Mann aus Carnac, du erinnerst dich, galt

als Ausbund an schlechtem Geschmack; aber lilablaßblaue Westen –«

»Da war doch noch einer, nicht, der trug sich stets selbst Huckepack.«

»Ja, weil ihm, wie er sagte, das Gehn nicht behagte, doch daran ist außer in therapeutischer Hinsicht nichts Bezeichnendes.«

»Ah.« Cadogan hielt inne und überlegte, daß er zuviel getrunken hatte. »Was ist mit Essen?«

»Eine junge Dame aus Essen«, las Fen vor, nachdem er eine Zeitlang gesucht hatte, »war auf scheckige Hündchen versessen; sie besaß, hat man Worte, gleich fünf von der Sorte und führte sie täglich durch Essen. Das ist ziemlich eindeutig, denke ich.«

»Ich erinnere mich an King's Lynn.«

»Ich auch. Er war ein alter Mann, wie ein Bindfadenende so dünn . . .« Zum ersten Mal zögerte Fen. »Es klingt alles ein bißchen weit hergeholt, nicht?«

»Nun, hast du eine Theorie?«

»Ehrlich gesagt, nein.« Fen dachte nach. »Nur diese ziemlich lose Assoziationskette; Miss Snaith – humoristische Gedichte – Rosseter – Annonce – Sharmans Erbschaft. Aber ich gebe zu, mir ist der Gedanke gekommen, daß Sharman und die ›anderen‹, von denen er gesprochen hat, vielleicht jetzt Miss Tardys Nacherben sind.«

»Aber das ist doch Rosseter.«

»Auf den ersten Blick schon.« Fen entnahm seinem goldenen Etui eine Zigarette und steckte sie sich in den Mund. »Es gibt solche Dinge wie Geheimstiftungen, weißt du. Du hinterläßt dein Geld einer Person und weist sie an, es an jemand anderen weiterzuleiten – mit Sicherheitsvorkehrungen, die gewährleisten, daß das wirklich geschieht. Auf diese Weise erfährt die Öffentlichkeit nie, wer es letztendlich bekommt.«

»Aber warum sollte sich Miss Snaith denn auf einen solchen Unfug einlassen?«

Notenblättern in ihren Händen und den frenetischen Gestikulationen von Dr. Rains hin und her, ihre Münder öffneten und schloßen sich in einer einmütigen Pantomime. *»Es schwinden, es fallen«*, sangen sie, *»die leidenden Menschen blindlings von einer Stunde zur andern . . .«* Zwischen den Altstimmen, die so verdrießlich tuteten wie die Kanalfähren im Nebel – etwas, das Altstimmen auf der ganzen Welt eigen ist – entdeckte Cadogan die junge Frau, die sie suchten. Er gab Fen einen Rippenstoß und deutete auf sie. Fen nickte, und sie traten ein.

Oder vielmehr, sie versuchten, dies zu tun. Unglücklicherweise wurde ihnen in diesem entscheidenden Augenblick der Weg von einem unscheinbaren, aber entschlossenen Mädchen verstellt. Sie trug eine Brille und schielte leicht.

»Ihre Mitgliederausweise, bitte!« zischte sie so laut, daß es weithin vernehmbar war.

»Wir wollen nur zuhören«, sagte Fen ungeduldig.

»Pssst!« Das Mädchen legte einen Finger an die Lippen. Der Lärm in der Hall steigerte sich zum Tumult. »Der Zutritt, Professor Fen, ist nur Chor- und Orchestermitgliedern erlaubt.«

»Oh. Oh, tatsächlich«, sagte Fen. Er zeigte auf Cadogan. »Aber das ist Dr. Paul Hindemith, der berühmte deutsche Komponist.«

»Hocherfreut«, flüsterte Cadogan mit einem ausländischen Akzent. *»Sehr vergnugt. Wie geht's Ihnen?«*

»Lassen Sie nur«, schob Fen ein. »Ich weiß, Dr. Rains wird entzückt sein, uns zu sehen.« Und ohne weitere Proteste abzuwarten, drängten sie sich hinein.

Die junge Frau mit den blauen Augen und dem goldenen Haar befand sich genau in der Mitte der Altstimmen, und es gab keine andere Möglichkeit, zu ihr zu gelangen, als durch die Bässe, die daneben standen, hinter dem Orchester. Folglich schoben sie sich unter giftigen Blicken von Dr. Artemus

Rains zwischen den Instrumentalisten einen Weg frei. Das zweite Horn, ein rotblonder, zwergenhafter Mann, traf vor Empörung fast keinen richtigen Ton mehr. Brahms umtoste sie wie Donnergegroll. ». . . *wie Wasser*«, brüllte der Chor, »*von Klippe zu Klippe geworfen* . . .« Sie stießen den Notenständer des fieberhaft seine Takte zählenden Paukisten um, so daß er seinen letzten Einsatz verpaßte.

Als sie endlich zu den Bässen vorgedrungen waren, ergab sich eine ganze Reihe weiterer Probleme. Die Sheldonian Concert Hall ist nicht besonders geräumig, und die Mitglieder eines großen Chores müssen in einer Art und Weise zusammengepfercht werden, die unwillkürlich an das Schwarze Loch von Kalkutta denken läßt. Als Fen und Cadogan, schubsend, schwitzend und ein großes Maß an örtlich begrenztem Durcheinander stiftend, sich bis zu einem bestimmten Punkt durch die Bässe hindurchgekämpft hatten (wobei Cadogan Henkelkorb, Schnürsenkel und Hundehalsband verstreute), konnten sie buchstäblich nicht weiter; sie waren eingekeilt, und selbst die Gasse, durch die sie gekommen waren, hatte sich hinter ihnen geschlossen und war unwiderruflich versperrt. Jedermann starrte sie an. Außerdem bewarf sie ein alter Mann, der seit fünfzig Jahren in der Händel-Gesellschaft sang, mit einem Notenblatt. Das sollte sich rächen, da Fen, der auf absehbare Zeit keine Möglichkeit zum Weiterkommen sah und sich deshalb damit begnügte, das von ihnen verfolgte Mädchen von seinem Platz aus im Auge zu behalten, es sich in den Kopf setzte, die glanzvolle Stunde zu krönen, indem er mitsang; und Fens Stimme, obzwar durchdringend, war weder melodisch noch akkurat.

». . . *JAAHRLANG«,* fiel er unversehens ein, »*JAAAAHHHRLAAANG* . . .« Einige der vorderen Bässe fuhren herum, als ob sie jemand in den Rücken geboxt hätte. ». . . *i-hiins* . . .« fuhr Fen unbekümmert fort, ». . . UUUUUN-*geeewisse hinab.*«

Das war zuviel für Dr. Artemus Rains. Er schlug mit seinem Taktstock auf das Dirigentenpult, und der Chor und das Orchester verstummten. Ein Raunen ging durch die Halle, und jedermann riß neugierig die Augen auf.

»Professor Fen«, sagte Dr. Rains mit mühsamer Selbstbeherrschung. Es wurde mucksmäuschenstill. »Sie sind, glaube ich, kein Mitglied dieses Chors. Würden Sie also bitte die Freundlichkeit besitzen hinauszugehen?«

Fen ließ sich jedoch nicht so leicht aus der Fassung bringen, auch durch die Anwesenheit von vierhundert mehr oder minder feindseliger Musikern nicht. »Ich halte das für höchst kleinlich, Rains«, konterte er über die gaffenden Reihen der Chormitglieder hinweg. »Höchst kleinlich und unzuvorkommend. Nur weil mir beim Singen einer extrem diffizilen Passage ein kleiner Fehler unterlaufen ist –«

Dr. Rains lehnte seine spinnenartige Gestalt über das Pult nach vorn. »Professor Fen –« begann er mit seidenweicher Stimme.

Aber es war ihm nicht vergönnt, zu Ende zu sprechen. Das Mädchen mit den blauen Augen hatte sich, diese plötzliche Verlagerung der Aufmerksamkeit auf einen Punkt nutzend, einen Weg durch die Altstimmen gebahnt und strebte nun mit raschen Schritten dem Ausgang zu. Verärgert über diese neuerliche Unterbrechung, wirbelte Dr. Rains herum, um sie böse anzufunkeln. Fen und Cadogan, nicht faul, setzten sich ebenfalls wieder in Bewegung und baggerten sich, ohne sich lange mit Formalitäten aufzuhalten, durch die Bässe und das Orchester zurück. Doch sie kamen nur langsam voran, und das Mädchen war gut und gerne eine halbe Minute zur Tür hinaus, als sie offenes Gelände erreichten. Dr. Rains beobachtete ihren Weggang mit einem theatralischen Ausdruck sardonischen Interesses.

»Jetzt wo uns die englische Fakultät verlassen hat«, hörte ihn Cadogan sagen, »wollen wir zum Buchstaben L zurückkehren.« Die Probe begann von vorn.

Es war beinahe ein Uhr, so daß die Broad Street, als sie, mit einer gewissen Hast, erneut in das Sonnenlicht hinaustraten, vergleichsweise leer dalag. Für einen Augenblick konnte Cadogan das Mädchen nirgendwo ausmachen; doch dann sah er den Dalmatiner in der Richtung, aus der sie gekommen waren, über die Straße hinaufhüpfen, während das Mädchen ein paar Schritte vor ihm ging. Auf dem gegenüberliegenden Trottoir musterten die zwei Männer in den dunklen Anzügen den Inhalt von Mr. Blackwell's Schaufenster.

»Wie ich sehe«, sagte Fen mit unverhohlenem Vergnügen und deutete auf die beiden, »sind Scylla und Charybdis immer noch hinter uns her. Aber wir haben jetzt keine Zeit für sie. Die junge Dame muß schwer an etwas zu beißen haben; man nimmt doch nicht so mir nichts, dir nichts auf einer belebten Straße vor zwei wildfremden Leuten Reißaus. Natürlich, wenn du nicht losgebrüllt hättest: Das muß das Mädchen sein –«

»Sie hat mich vielleicht erkannt«, sagte Cadogan. »Vielleicht war sie es, die mich bewußtlos geschlagen hat.«

»Na, dann wollen wir der Süßen mal Saures geben.«

»Eh?«

»Ach, vergiß es.«

Und so begann die Verfolgung von neuem, wenn auch diesmal mit mehr Bedacht. Fen und Cadogan folgten der jungen Frau, und Scylla und Charybdis folgten Fen und Cadogan. Sie bogen nach rechts in die von Bäumen gesäumte St. Giles', passierten den Parkplatz und die Einmündung in die Beaumont Street, passierten das Tor von St. John's.

Und dann betrat das Mädchen zu Cadogans Erstaunen das St. Christopher's.

Es ist eine lästige und althergebrachte Tradition des College von St. Christopher's, daß das Mittagessen um 1.30 eingenommen wird und daß diesem an Wochentagen um eins ein Gottesdienst vorangeht. Folglich hatte die Liturgie gerade begonnen, als Fen und Cadogan eintrafen. Der Pförtner, Parsons, wußte von einem neuerlichen Kurzbesuch von seiten der Polizei zu berichten und teilte ihnen darüber hinaus mit, daß die junge Frau wenige Augenblicke zuvor in die Kapelle gegangen war; und da der Dalmatiner zum Beweis vor der Türe wartete, folgten ihr Fen und Cadogan in die Kapelle nach.

Dieser Teil des College wurde Ende des vorigen Jahrhunderts sorgfältig restauriert. Totenuhren wären darin fehl am Platze, aber trotzdem wirkt es nicht ungebührlich neu. Die Fenster sind hübsch anzusehen, wenn sie es auch etwas an Gediegenheit mangeln lassen, die golden bemalten Orgelpfeifen sind zu einem einfachen und reizvollen geometrischen Muster arrangiert, und die Schnitzereien am Gestühl – wie in den meisten College-Kapellen stehen die Bänke einander gegenüber wie in einem Zugabteil – sind weder erdrückend ornamental noch kunstlos oder gar dürftig. Das einzige ungewöhnliche Merkmal ist ein separater Bereich für Frauen, im College als die Hexenküche bekannt, der einen eigenen Eingang besitzt.

An diesem besonderen Morgen hatte der Rektor des College, wie ein Krankheitskeim auf seiner privaten Bank isoliert, schlechte Laune. Erstens hatte ihn Fens zielloses Herumgerase mit Lily Christine III zuvor mehr mitgenommen, als ihm lieb gewesen war; zweitens hatte sich die *Sunday Times* geweigert, ein von ihm eingesandtes Gedicht abzudrucken; drittens hatte er sich als jemand, der von Kind auf daran gewöhnt war, das Mittagessen um ein Uhr einzunehmen, seit seiner Ernennung nie wirklich mit dessen Verschiebung auf 1.30 abfinden können. Wenn der Ein-Uhr-Gottesdienst begann, schrie sein Magen nach Essen; während der zweiten Lesung erreichte seine kulinarische Not ihren Höhepunkt; und für den Rest der Zeit darbte er gepeinigt vor sich hin und ging ganz in Qualen auf, die seinen Andachtsübungen höchst abträglich waren. Infolgedessen verfinsterten sich seine Züge, als während der ersten Hymne eine junge Frau mit goldenem Haar und blauen Augen in die Hexenküche trat; sie verfinsterten sich noch mehr, als ein paar Augenblicke später Fen und Cadogan eintrafen und geräuschvoll tuschelten; und sie drückten offenen Unmut aus, als diese kurz darauf von zwei Männern in dunklen Anzügen verfolgt wurden, deren Kenntnisse der anglikanischen Liturgie augenscheinlich äußerst rudimentär waren.

Um so nahe wie möglich an das Mädchen heranzukommen, begaben sich Fen und Cadogan auf die für die Öffentlichkeit bestimmte Bank neben dem Chor. Scylla und Charybdis ließen sich in ihrer Nähe nieder. Der Gottesdienst nahm einen ungestörten Fortgang, und bis er zu Ende war, rührte sich niemand von seinem Platz. Fen, der das Singen von Kirchenliedern mißbilligte, beschäftigte sich damit, jedermann anzustarren, der den Mund auftat. Cadogan hörte auf, über die quälerische Kette von Ereignissen nachzudenken, in die er verwickelt war, und tat es dem Rektor gleich, indem er stumm das Mittagessen herbeisehnte (durch einen unglücklichen Zufall beschäftigte sich die erste Lesung vorrangig mit den Leibspeisen der alten Juden). Die junge Frau verrichtete ihre Andacht, ohne weiter aufzufallen. Scylla und Charybdis erhoben und setzten sich mit sichtlichem Unbehagen. Nur beim Vaterunser schien ein Funke überzuspringen, und dann merkten sie dummerweise nicht, daß das Gebet an einer Stelle abgekürzt wird, und sagten »Dein Himmelreich komme«, als alle anderen das Amen sprachen.

Doch erst am Ende wurden die wahren Probleme der Sitzordnung offenbar. Der Auszug aus der Kapelle von St. Christopher's unterliegt strengen Regeln, und deren Einhaltung wird von Aufsichten, die man im Rotationsverfahren aus den Reihen der Stipendiaten wählt, schärfstens überwacht. Die Frauen, bereits abgesondert wie in einem Serail, gehen durch ihre eigene Tür hinaus. Der Chor und der Kaplan schreiten zur Sakristei an der Ostseite, während jedermann steht. Und die übrigen Kirchenbesucher nehmen die westliche Tür, wobei diejenigen, die ihr am nächsten sind, nämlich der Rektor und die Fellows, den Anfang machen. Der Brauch, nach dem Verlassen der Bänke das Knie zu beugen, bringt weitere Verzögerungen mit sich. Jeder, dem diese Dinge nicht geläufig sind, duckt sich am besten tief auf seinem Platz und gibt vor, dem Orgelspiel zu lauschen, bis die Kapelle leer ist.

Der momentane Haken war also der: Während die junge Frau mit den blauen Augen sofort und ohne Verzögerung hinaus konnte, mußten sowohl Scylla und Charybdis, die ziemlich weit von der Tür entfernt waren, als auch Fen und Cadogan, die noch weiter hinten saßen, mit einer Wartezeit von etwa drei Minuten rechnen; da Fen nicht bei den anderen Fellows saß, konnte er sich nicht vordrängeln und ihnen anschließen. Die junge Frau war sich dieses Sachverhalts offensichtlich bewußt. Wenn sie während des Gottesdienstes gegangen wäre, hätten sie Übelkeit vortäuschen und ihr unverzüglich folgen können. Doch jetzt, wo der Gottesdienst sich seinem Ende zuneigte, hätte es schon eines Herzinfarktes oder dergleichen bedurft, um vorzeitig aus dem Gebäude hinauszugelangen.

Die junge Frau ging in der Tat unmittelbar, nachdem der Segen gespendet worden war, gerade in dem Augenblick, in dem sich der Organist in die sogenannte dorische Tokkata stürzte, gerade in dem Augenblick, in dem Fen und Cadogan deutlich erkannten, in welchem Dilemma sie steckten. Drei Minuten würden dem Mädchen ausreichend Zeit geben, um sich irgendwo auf dem weitläufigen College-Gelände zu verlieren, und sie würden sie, soweit sie wußten, vielleicht nie mehr wiedersehen. Die Aufsichten, grimmig entschlossen und muskelbepackt, schlossen ein ungebührliches Benehmen aus. Es gab nur eines, was sie tun konnten, und auf eine geflüsterte Anweisung von Fen taten sie es. Sie reihten sich hinten in den Chor ein und schritten, mit einem puterrot angelaufenen Kaplan als Schlußlicht, mit ihm hinaus. Aus dem Augenwinkel sah Cadogan, wie die eine Aufsicht Scylla und Charybdis am Verlassen ihre Plätze hinderte. Die andere Aufsicht wurde von diesem regelwidrigen Abgang überrascht und reagierte erst, als es zu spät war. Cadogan heftete seine Augen auf den sehnigen Nacken des mit einem Chorrock bekleideten Baßkantors vor ihm und schlurfte gemessenen Schritts zur Sakristei.

Sobald sie im Innern waren, bahnten sich er und Fen rasch einen Weg durch die kichernden Chorknaben und eilten durch die auf den Nordhof hinausgehende Tür. Der Kaplan blickte feindselig in die Runde. »Ruhe!« sagte er zu den Jungen und sprach das abschließende Gebet. Bei den letzten Worten kam ihm ein Gedanke.

»Und verleihe, wir bitten dich«, fügte er hinzu, »den Professoren dieser alten und erlauchten Universität einen wahren Sinn für die Würde Deines Hauses und für ihre eigene. *Amen.*«

Im Hof war von der jungen Frau keine Spur zu sehen. Parsons hatte sie nicht gesehen, und die ein oder zwei herumschlendernden Studenten, die Fen fragte, auch nicht. In der St. Giles' war in beiden Richtungen Fehlanzeige.

»Gibt es da nicht so etwas«, sagte Cadogan, »das die Rechtsanwälte einen unentbehrlichen Zeugen nennen. Nun, dieses Mädchen scheint –«

Fen unterbrach ihn. Sein hageres, rotwangiges Gesicht wirkte verdutzt, und sein Haar stand mehr denn je in die Höhe. »Sie muß irgendwo im College sein, aber wir können unmöglich jeden einzelnen Raum durchsuchen . . . Laß uns in den Südhof gehen.«

Sie hatten kein Glück. Der Südhof mit seinem Rokokobrunnen in der Mitte und seinen Kolonnaden aus der Zeit

Jakobs I. war leer bis auf einen Däumchen drehenden Studenten mit Pusteln, einer schlaff herabhängenden roten Krawatte und grünen Kordsamthosen. Sein verworrenes Halbwüchsigengestammel brachte sie keinen Deut weiter.

»Tja, wir scheinen sie verloren zu haben«, sagte Cadogan. »Wie wärs mit etwas zum Mittagessen?« Er haßte es, Mahlzeiten zu versäumen.

»Sie könnte natürlich auch dort sein, wo wir sie am allerletzten vermuten«, erwiderte Fen, ohne auf diesen Ruf zu den Fleischtöpfen zu achten. »Das heißt, in der Kapelle. Laß uns zu ihr zurückgehen.«

»Mittagessen wäre jetzt wirklich nicht schlecht.«

»Verdammt, sie kann doch noch nicht weit sein. Komm mit und hör endlich auf, wie ein Tier nach deinem Essen zu betteln. Das ist ja unerträglich.«

Also gingen sie noch einmal in die Kapelle. In dieser war nichts und niemand. Desgleichen in der Sakristei. Von der Sakristei zweigt ein völlig vom Licht abgeschlossener Gang ab, der zu einer Art gefliesten Halle führt, wo ein oder zwei Fellows des College Zimmer haben. Es gibt einen Schalter, aber man findet ihn kaum und selbst wenn, macht sich nie jemand die Mühe, ihn zu betätigen. Fen und Cadogan verhielten sich ziemlich unvorsichtig, als sie diesen kurzen, dunklen Flur betraten. Zu spät, als er spürte, wie sich von hinten ein Arm um seine Hüfte legte wie eine Schraubzwinge, als er hörte, wie Fen einen jähen, erstickten Schrei ausstieß, erinnerte sich Cadogan an Scylla und Charybdis. Der belanglose Zierat ihrer Verfolgung hatte plötzlich den Dunstschleier witziger Bemerkungen durchbrochen und war zu gefährlicher Realität geworden. Ein Daumen und ein Zeigefinger drückten Cadogan unterhalb der Ohren kraftvoll und geschickt die Halsschlagader ab. Er versuchte zu schreien, aber es gelang ihm nicht. In den wenigen Augenblicken, die verstrichen, ehe er das Bewußtsein verlor, war er sich eines schwachen, eines lächerlich schwachen Raufens an seiner Seite bewußt. Während er noch in einem vergeblichen Versuch, diesem zornigen Griff zu entkommen, ruckartig den Kopf hin und her warf, wurde es ihm schwarz vor Augen.

VI. DIE EPISODE MIT DEM ACHTBAREN LASTKRAFTWAGENFAHRER

»Fen schreitet ein«, sagte Fen. »Fens Wiederkehr. Ein Tutor trotzt dem Tod (Eine Geschichte mit Gervase Fen).«

Cadogan stöhnte und öffnete die Augen. Erstaunt stellte er fest, daß diese Handlung überhaupt keine Auswirkung auf sein Gesichtsfeld hatte, außer daß ein Muster aus grünen und purpurnen Sternen durch eines aus orangen Golfbällen ersetzt wurde. Der Hintergrund war so schwarz wie eh und je. Er schloß die Augen, so daß sich die Golfbälle auflösten und abermals die Sterne erschienen, und stöhnte von neuem, diesmal jedoch mit weit größerem Unbehagen. Neben ihm brummte Fens Stimme weiter. Schmerzlich wurde er sich nach und nach seines Körpers bewußt; er versuchte, Teile davon zu bewegen, kam damit aber nicht weit, da er an Händen und Füßen gefesselt war. Dann schüttelte er den Kopf und fühlte sich plötzlich viel besser. Außerdem war er, entgegen seiner anfänglichen Befürchtungen, mitnichten blind; zu seiner Linken zeigte sich ein dünner Strich aus weißem Licht.

»Mord an der Uni«, sagte Fen. »Das Blut auf dem Mörtelbrett. Fen schlägt zurück.«

»Was hast du gesagt?« fragte Cadogan mit kraftloser, ziemlich glucksender Stimme.

»Mein lieber Freund, bist du in Ordnung? Ich habe mir Titel für Crispin ausgedacht.«

»Wo sind wir?«

»Ich glaube, wir sind in dem Schrank am Ende des Ganges, wo sie uns angegriffen haben. Es war idiotisch von mir, nicht besser aufzupassen. Bist du gefesselt?«

»Ja.«

»Ich auch. Aber es muß ziemlich hastig geschehen sein,

und es dürfte uns daher nicht allzu schwerfallen, uns zu befreien.

»Na, dann mal los, Houdini.«

»Also gut«, sagte Fen gekränkt. »Laß du dir etwas einfallen, wie wir hier herauskommen.«

»Machen wir ordentlich Krach. Schreien wir.«

»Das habe ich schon alles probiert. Das Dumme ist, daß sich hier nur selten jemand aufhält, vor allem zur Mittagszeit. Wilkes und Burrows haben draußen zwar Zimmer, aber Wilkes ist schwerhörig, und Burrows treibt sich andauernd in London rum. Wir werden wohl oder übel warten müssen, bis irgend jemand vorbeikommt. Dieser Teil des College ist so weit vom Schuß, daß man mit Lärm nirgendwohin durchdringen kann.«

»Ich finde, wir sollten es trotzdem versuchen.«

»Was für eine Nervensäge du doch bist ... Also, was schlägst du vor?«

»Wir sollten ›Hilfe‹ rufen. Und mit den Füßen gegen die Tür hämmern.«

»Na schön, aber paß auf, daß du mir keinen Tritt gibst.«

Sie polterten und schrien eine Zeitlang drauflos, es fruchtete aber nichts.

»Ich schätze, wir können uns ebensogut unseren Atem sparen«, sagte Cadogan schließlich. »Was glaubst du, wie spät es ist?«

»Erst zehn oder fünf vor zwei. Ich war nie richtig hinüber und habe die ganze Zeit so ungefähr mitbekommen, was passiert ist. Praktisch so wie sie uns hier reingepackt hatten, war ich wieder auf dem Damm.«

»Mich pikst was in den Po.«

»Das ist interessant, weißt du« – in der Dunkelheit bekam Fens Stimme einen leicht schulmeisterlichen Anstrich – »weil es darauf hinzudeuten scheint, daß uns die junge Dame etwas Wichtiges hätte mitteilen können, wenn sie nicht entwischt wäre; und Scylla und Charybdis wollten offenbar nicht, daß wir es hörten. Ich habe da so eine böse Ahnung, daß sie jetzt gerade damit beschäftigt sind, sie zum Schweigen zu bringen ...« Seine Stimme erstarb.

Nach einer Weile sprach er weiter. »Rosseter oder der Kerl, der dir eins über den Schädel gezogen hat, könnte uns die beiden auf den Hals gehetzt haben. Ich tippe auf den Letztgenannten.«

»Sharman?«

»Nein – der hat sich nie aus der Bar weggerührt, seit wir gegangen sind. Wenn er dich erkannt (und deine Beschattung angeordnet) hätte, hätte er nicht so frisch von der Leber weg geredet. Sharman ist aus dem Rennen.«

Es trat ein langes und beklommenes Schweigen ein. In ihrer verkrampften Stellung begannen beiden Männern die Gliedmaßen einzuschlafen. Cadogan hatte einen ausgedörrten Mund und Kopfschmerzen, und es verlangte ihn nach einer Zigarette.

»Laß uns ›Unlesbare Bücher‹ spielen«, schlug er vor.

»In Ordnung. *Ulysses*.«

»Ja. Rabelais.«

»Ja. *Tristram Shandy*.«

»Ja. *Die goldene Schale*.«

»Ja. *Rasselas*.«

»Nein, das mag ich.«

»Grundgütiger Gott. Dann eben *Clarissa*.«

»Ja. *Titus* –«

»Halt mal kurz den Mund. Ich glaube, ich höre jemanden kommen.«

Und in der Tat näherten sich draußen auf dem Steinboden Schritte – leichte und unregelmäßige Schritte.

»Los, alle beide«, sagte Fen energisch. »Eins ... zwei ... drei ...« Sie erhoben ein ohrenbetäubendes, schauerliches Geschrei. *»Wie ein Wind«*, zitierte Fen versonnen, *»der die ganze Nacht in einem wüsten Land schrillt, wohin niemand kommt ...«*

Die Schritte zauderten, kamen heran, hielten inne. Der Schlüssel drehte sich im Schloß, der Schrank öffnete sich, und eine Flut von Tageslicht brachte sie zum Blinzeln. Ein kleiner, schwerhöriger und sehr betagter Tutor, der seinen Talar trug, äugte herein.

»Eine Ratte!« quiekte er dramatisch. »Eine Ratte auf dem Gobelin!« Er tat so, als durchbohre er sie mit einem Schwert, und das erzürnte Fen.

»Wilkes!« sagte er. »Lassen Sie uns um Himmels willen hier raus.«

»Können Sie mir vielleicht mal verraten, was Sie da tun, eh?« fragte Wilkes.

»Jetzt binden Sie uns schon los, Sie alter Kindskopf!« schrie Fen aufgebracht.

»Irgendeine Büberei, schätze ich«, fuhr Wilkes unbeirrt fort. »Heh. Nun, ich schätze, irgend jemand muß Sie ja wohl von den Folgen ihres närrischen Tuns erretten.« Mit zittrigen, aber entschlossenen Fingern attackierte er den Knoten des Taschentuches, das um Fens Handgelenke gebunden war.

»Das kommt davon, wenn man ständig den Meisterdetektiv mimt. Wer mit dem Feuer spielt, braucht sich nicht zu wundern, wenn er sich die Finger verbrennt, heh.«

»Sabbler . . .« brummte Fen. Er knotete die dicke Schnur von seinen Fußknöcheln los und hievte sich steif aus dem Schrank. »Wie spät ist es, Wilkes?«

»Halb nach Küssenszeit«, sagte Wilkes. »Zeit zum Wiederküssen.« Er befreite Cadogans Handgelenke. Die College-Uhr surrte und schlug zwei. Cadogan streifte seine Fußfesseln ab und stand unsicher auf; er fühlte sich ziemlich wackelig auf den Beinen.

»Jetzt hören Sie mir mal gut zu, Wilkes«, sagte Fen mit großem Ernst, »weil es wichtig ist –«

»Verstehe kein Wort.«

»Ich sagte, ES IST WICHTIG.«

»Was ist wichtig?«

»Das habe ich Ihnen noch nicht gesagt.«

»Eben; deswegen frage ich ja. Heh.« Wilkes rieb sich zufrieden die Hände und führte auf den Steinfliesen einen kleinen Freudentanz auf. Fen warf ihm einen gehässigen Blick zu. »Aber bilden Sie sich bloß nicht ein, daß ich nicht im Bilde wäre. Es ist diese junge Frau, hinter der Sie her waren. Ich habe Sie gesehen.«

»Ja, ja. Haben Sie *sie* gesehen?«

»Casanova Fen.«

»Heiliges Hippopotamus.«

»Ja, ich habe sie gesehen«, sagte Wilkes. »Und zwar, als ich hierhergekommen bin.«

»Nun?« Fen vermochte seine Ungeduld nicht zu zügeln.

»Der schwarze Mann hat sie geholt.«

»Nein, wirklich, Wilkes. Es ist schrecklich dringend –«

»Heh«, sagte Wilkes. »Hah. Dringend, eh? Ich glaube Ihnen kein einziges Wort. Aber wie auch immer – als ich rübergekommen bin, war sie im Hof und hat sich mit zwei zwielichtigen Gestalten unterhalten. Die beiden schienen es ziemlich eilig zu haben, sie wegzubringen –«

Er kam nicht weiter, denn Fen und Cadogan waren weg. Während sie im Laufschritt durch die steingefliesten Gänge und gotischen Portale stampften, um im vorderen Hof unter der verwitterten Büste des College-Gründers herauszukommen, beneidete der keuchende und vor Anstrengung stöhnende Cadogan Fen um seine unvermuteten athletischen Fertigkeiten. Die Studenten, die im Speisesaal zu Mittag gegessen hatten, schlenderten zu ihren Zimmern zurück, doch es war kein Außenstehender zu sehen. Vereint sprinteten sie zum Tor, wo sie sahen, daß das Mädchen, der Dalmatiner und die zwei Männer, auf der gegenüberliegenden Seite der St. Giles', gerade dabei waren, in eine schwarze Limousine der Marke Humber zu steigen. Sie rannten schreiend und winkend auf die Straße, doch beschleunigte dies die

Dinge lediglich. Geschwind wurden die Türen geschlossen, der Motor sprang an, und der große Wagen fuhr die Banbury Road hinauf davon.

»Lily Christine!« sagte Fen wie jemand, der einen Dschinn ruft. »Wo ist Lily Christine?« fragte er gebieterisch, als er keine Spur von seinem Auto entdeckte.

»Du hast sie vor dem ›Mace and Sceptre‹ gelassen«, erinnerte ihn Cadogan.

»Ach, du dicke Alma mater«, stieß Fen angewidert hervor. Er starrte die Straße hinauf und hinunter. Wenn irgendwo ein Wagen gestanden wäre, hätte er ihn sicherlich gestohlen, es war aber nirgends einer geparkt. Und das einzige Fahrzeug, das in Richtung Banbury fuhr, war ein großer Kipplader. Nichtsdestotrotz rief er ihn herbei, und erstaunlicherweise blieb er auch tatsächlich stehen.

»Hallo«, sagte der Fahrer zu Cadogan. »Sie sind doch der verrückte Kerl, den ich gestern nacht mitgenommen habe. *Telegraphenmasten.*« Er lachte ein weiches, erinnerungsvolles Lachen.

»Hallo«, sagte Cadogan. »Wir wollen einen schwarzen Humber verfolgen – schauen Sie, er ist immer noch zu sehen.«

Der Fahrer schaute. »Jesusmariaundjosef«, sagte er. »Was glauben Sie denn, was das hier ist – n verdammter Rennflitzer? Nicht daß man damit nicht ordentlich abdüsen könnte«, fügte er bescheiden hinzu, »wenns einem nichts ausmacht, sich n paar Knochen zu brechen.«

Cadogan blickte verzweifelt die Straße hinauf, aber es war kein anderes Fahrzeug in Sicht. Er merkte, daß Fen in einen Wortwechsel mit dem alten Wilkes verwickelt war, der sich soeben hinzugesellt hatte. »Nein, nein, Wilkes«, sagte er gerade. »Sie wären uns nur im Weg. Gehen Sie auf Ihr Zimmer zurück.« Er wedelte mit den Armen, um Wilkes zu verscheuchen.

»Um Himmels willen, jetzt macht schon«, sagte Cadogan

ungeduldig, »sonst können wir gleich hierbleiben.« Heftig miteinander zankend, stiegen die drei Männer in das Führerhaus, und der Lastwagen brauste los.

Er legte tatsächlich ein flottes Tempo vor, was sich auf die Insassen ungefähr so auswirkte wie eine vibro-elektrische Massage zwischen zwei Mühlsteinen.

»Die Ladefläche ist leer«, erklärte der Fahrer, während sich die Tachonadel zitternd auf vierzig einpendelte. Sie fuhren über ein Gleis, und er wurde in die Höhe geschleudert und fluchte. »Dieser vermaledeite Wagen ist nicht mehr zu sehen. Er ist sicher längst über alle Berge.«

Fen schien geneigt, dem zuzustimmen. Aufgrund der engen Platzverhältnisse im Führerhaus hatte er Wilkes auf den Schoß nehmen müssen und jedermann klipp und klar gesagt, was er von dieser Sitzordnung hielt. Das offenkundige Vergnügen, das Wilkes bei der Sache empfand, trug nicht gerade dazu bei, seinen Unmut zu lindern. Cadogan hatte angefangen, sich wieder nach seinem Mittagessen zu sehnen. Der Fahrer wirkte relativ ungerührt; anscheinend betrachtete er solche Invasionen seines Führerhauses als alltäglichen Bestandteil seiner Arbeit. Sie waren schon ein drolliger Haufen.

»Ich verstehe nicht, warum Sie unbedingt mitkommen mußten, Wilkes«, brummte Fen griesgrämig. »Sie stören nur.«

»Pah«, sagte Wilkes verächtlich. »Was wird denn hier überhaupt gespielt? Eh? Können Sie mir das vielleicht einmal verraten? Heh.« Er knallte mit dem Kopf gegen das Dach. »Verflucht«, sagte er. »Verflucht, verflucht, verflucht, *verdammt.*«

Die Häuser der Banbury Road flogen an ihnen vorüber. Sie gelangten jetzt allmählich aufs offene Land, und der Lastwagen fuhr ungeachtet der Geschwindigkeitsbegrenzung fünfzig. Aber wie Fen ihnen ins Gedächtnis rief, tat man einer Vorschrift durch ihre Übertretung manchmal mehr Ehre an als durch ihre Einhaltung. »Was wollen wir wetten, daß der Wagen hier irgendwo abgebogen ist?« fügte er hinzu.

»Die Chancen stehen ungefähr hundert zu eins, würde ich sagen«, erwiderte Cadogan. »Aber jedenfalls ist es ein netter Ausflug.«

»Was?« sagte Wilkes.

»Ich sagte, es ist ein netter Ausflug.«

»Es freut mich, daß Sie das denken«, sagte Wilkes gereizt. »Wenn Sie auf den spitzigen Knien dieses Mannes sitzen müßten, wären Sie nicht so fröhlich und zufrieden.«

Sie gelangten an eine Kreuzung, an der ein AA-Mann stand, und der Fahrer ging vom Gas.

»Sag mal, Kumpel!« rief er. »Hast du hier n schwarzen Humber vorbeikommen sehen?«

»Wenn dich die Polypen erwischen«, erwiderte der AA-Mann, »bekommst du ne saftige Strafe aufgebrummt. Ne saftige Strafe, jawoll. So schnell zu fahren ist gegen das Gesetz.«

»Das laß nur ruhig meine Sorge sein, ja?« sagte der Fahrer. »Was ist jetzt mit diesem Humber? Hast du ihn gesehen?«

»Vor n paar Minuten«, räumte der AA-Mann widerstrebend ein. »Mit nem Affenzahn. Er ist links abgebogen.«

Zufrieden schwang der Fahrer das Lenkrad herum, und sie brausten in der angegebenen Richtung davon. Bald waren nur noch vereinzelt Cottages oder Bauernhöfe zu sehen. Die Felder erstreckten sich flach zu beiden Seiten, mit einer niedrigen Hügelkette am Horizont. Mehrere Male überquerten sie auf schmalen, höckerigen Brücken kleine gewundene Flußläufe, von Weiden und Erlen gesäumt. In den Hecken kontrastierte der weiße Flaum der Waldreben mit den dunklen Tupfern reifer Brombeeren. Die Sonne jenes herrlichen Altweibersommers brannte heiß vom Himmel, und der porzellanblaue Himmel war wolkenlos.

»Die industrielle Zivilisation«, sagte der Fahrer unvermittelt, »ist der Fluch unseres Zeitalters.« Cadogan starrte ihn an. »Wir haben den Kontakt zur Natur verlorn. Wir sind alle bleich.« Er bedachte Fens rotwangiges Gesicht mit einem strengen Blick. »Wir haben den Kontakt« – er hielt drohend inne – »zum *Körper* verlorn.«

»Ich nicht«, sagte Fen bissig und gab Wilkes einen Rempler.

Cadogan hatte eine Erleuchtung. »Sie lesen wohl noch immer Lawrence?« fragte er.

»Jau«, erwiderte der Fahrer. »So isses.« Er tastete herum und holte eine speckige Ausgabe von *Söhne und Liebhaber* hervor, die er zur allgemeinen Ansicht hochhielt und dann wieder wegräumte. »Wir haben den Kontakt«, fuhr er fort, »zum *Sex* verlorn – der hehren Urkraft; dem dunklen, mysteriösen Lebensborn. Nicht«, fügte er vertraulich hinzu, »daß ich das je so empfunden hätte – tschuldigung – wenn ich mit meiner Ollen im Bett war. Aber das kommt daher, daß mich die industrielle Zivilisation in ihren Klauen hat.«

»Oh, das würde ich nicht sagen.«

Der Fahrer hob warnend eine Hand. »Aber so ist es doch. Eine seelenlose Maschine – ich bin nichts weiter als eine seelenlose Maschine –« Er brach ab. »Eh, was machen wir jetzt?«

Sie näherten sich einer Weggabelung, der ersten Abzweigung, zu der sie seit der Begegnung mit dem AA-Mann gekommen waren. Zu ihrer Linken, ein gutes Stück von der Straße entfernt, befand sich zwar ein Cottage, doch es war nirgends ein menschliches Wesen in Sicht, das sie nach dem schwarzen Humber fragen konnten. Sie steckten hoffnungslos in der Zwickmühle.

»Nach links«, schlug Cadogan vor. »Schließlich wird dieses Buch bei Gollancz veröffentlicht. Ich frage mich –«

Was er sich fragte, sollten sie nie erfahren. Denn in diesem Augenblick ertönte aus dem Cottage, an dem sie gerade vorbeifuhren, ein Schuß.

»Halt, Fahrer!« rief Cadogan aufgeregt. »Halt, im Namen von Lawrence!« Der Fahrer bremste scharf, und sie wurden in ihren Sitzen zurückgeschleudert. Wilkes warf Fen die Arme um den Hals.

»Sie klammern sich ja an mir fest«, murrte Fen, »wie der alte Seemann –«

Doch er sprach nicht weiter. Etwas bahnte sich einen Weg durch die dichte Hecke auf den Grasstreifen hinaus. Es war ein Dalmatiner, auf dessen Flanke sich ein roter Fleck ausbreitete. Er machte ein paar wankende Schritte auf sie zu, bellte einmal, winselte dann und legte sich auf die Seite und starb.

Sally Carstairs haßte das Leben – um so mehr, als das Leben sie bislang immer gut behandelt hatte. Nicht in finanzieller Hinsicht, versteht sich; sie und ihre Mutter hatten seit dem Tod ihres Vaters wenig genug gehabt, um über die Runden zu kommen. (Aber irgendwie hatten sie es geschafft, sich ein gemütliches Heim eingerichtet und sich, abgesehen von den üblichen kleinen Streitereien, auch stets gut vertragen). Nicht, was das anging, in Form von ausschweifenden Vergnügungen und alkyonischen Tagen; die Arbeit bei Lennox's, dem Tuchmacher, war nicht gerade eine erbauliche oder kreative Tätigkeit. Doch abgesehen von diesen Benachteiligungen konnte das Leben praktisch nicht umhin, Sally Carstairs gut zu behandeln; sie überwand spielend alle Schwierigkeiten und ließ sich von den kleinen Sorgen und Ängsten, die *hoi polloi* zu schaffen machen, nicht aus der Fassung bringen oder gar ins Bockshorn jagen; sie hatte ein völlig ungekünsteltes Wesen, aufrichtiges Interesse an der Welt und anderen Menschen und einen Überschuß an jener natürlichen Vitalität, über die (obwohl sie das nicht wußte) in diesem Augenblick ein Lastwagenfahrer zwei Tutoren und einem bedeutenden englischen Dichter einen Vortrag hielt. »Du bist ein Prachtmädchen«, hatte ein Mann mittleren Alters einmal zu ihr gesagt. »Mensch, was für eine Unverfrorenheit«, hatte Sally geantwortet und seine auf sie zuwandernden Hände resolut in eine andere Richtung gelenkt. Aber die Bemerkung hatte durchaus ein Körnchen Wahrheit enthalten; Sally barst fast vor Energie und hatte jene angeborene Rasse und Klasse, die in allen Gesellschaftsschichten eine Seltenheit darstellt, aber am ehesten in der Bevölkerungsgruppe zu finden ist, die man euphemistisch die arbeitende Klasse nennt; und daß sie keinerlei Anspruch darauf erhob, eine Geistesgröße zu sein, tat überhaupt nichts zur Sache. Das Leben hatte sich ihr immer von der freundlichen und angenehmen Seite gezeigt – bis letzte Nacht.

Sie ließ ihren Blick durch das kleine Wohnzimmer des Cottage schweifen. Es war häßlich und unzureichend möbliert – das genaue Gegenteil ihres kleinen Zimmers zu Hause. Die Stühle und der Tisch und die Schränkchen waren aus billigem Holz und in einem drögen, deprimierenden Braun gehalten; die Bezüge und Vorhänge waren von einem ekligen Grün und äußerst schäbig; und die Bilder an den Wänden zeugten von einer freudlosen Religiosität – St. Sebastian, von Pfeilen durchbohrt, der unselige Jona, wie er ins Wasser stürzte, und (schon erstaunlicher) eine aufreizende Susanna, die vor zwei gelangweilt dreinblickenden Alten herumtollte. Sally lief es eiskalt den Rücken hinunter, und dann, als sie merkte, daß sie wirklich zitterte, setzte sie sich mit ihrer Tasche auf den Knien hin und versuchte, sich zusammenzunehmen, indem sie durch die trüben, in Blei gefaßten Fenster auf den verwilderten Garten hinausschaute. Im Zimmer nebenan konnte sie die beiden Männer leise miteinander sprechen hören. Wenn sie nur nicht so hilflos und allein gewesen wäre ... Aber sie hatte nicht gewagt, ihrer Mutter etwas zu erzählen.

Sie ließ die Ereignisse des Tages Revue passieren. Sie hatte nicht die Absicht gehabt, zu dieser Probe der Händel-

Gesellschaft zu gehen, obwohl sie wußte, daß sie dies hätte tun sollen: Sie hatte sich viel zu viele Sorgen gemacht, um Lust zum Singen zu verspüren. Doch der Mann mit den kalten Augen hatte irgend etwas in bezug auf sie gerufen, und sie hatte es mit der Angst zu tun bekommen. Schließlich *hätten* sie ja durchaus Polizisten sein können. Und als sich dann herausstellte, daß der größere der beiden, den sie, wie sie sich vage erinnerte, schon einmal irgendwo in der Stadt gesehen hatte, Professor Fen war, hatte sie es erst recht mit der Angst zu tun bekommen, obwohl es sie, wie sie sich ebenfalls erinnerte, gleichzeitig leicht befremdet hatte, daß jemand, dessen Taten als Detektiv so bekannt waren, ein solch gewinnendes Äußeres haben sollte; wobei sie sich später sagte: »Idiot! Was hast du denn erwartet?« Die Verfolgungsjagd war der reinste Albtraum gewesen, selbst als offenkundig wurde, daß sie keine Polizisten waren (wenn sie welche gewesen wären, hätten sie sicher die Chorprobe unterbrochen). Aber sie war schon einmal in der Kapelle von St. Christopher's gewesen und wußte, daß sich ihr, falls sie ihr dorthin folgten, am Ende des Gottesdienstes eine gute Gelegenheit bieten würde, ihnen zu entwischen; sie war so durcheinander, daß ihr einfach nichts Besseres eingefallen war. Sie hatte sich zu dem Zeitpunkt nicht gefragt, wozu diese kopflose Flucht gut sein sollte; sie war instinktiv davongelaufen, und sie neigte jetzt zu der Ansicht, daß das ziemlich albern von ihr gewesen war. Dennoch . . .

Dann waren da die anderen beiden Männer, die, mit denen sie jetzt hier war. Sie waren unmittelbar, nachdem sie die Kapelle verlassen hatte, auf sie zugetreten, gerade als sie dachte, daß sie alle abgehängt hatte. Aber trotz ihres Aussehens – ›wie in einem schlechten Thriller‹, sagte sie sich – hatte sie ihnen Vertrauen geschenkt. Zum einen sprachen sie sie höflich an, und Sally baute instinktiv auf gute Umgangsformen. Der ältere der beiden – der mit der eingedrückten Nase, offenkundig der Anführer – hatte gesagt:

»Entschuldigen Sie, Miss, aber ich fürchte, Sie werden von diesen beiden Männern verfolgt. Lassen Sie sich wegen ihnen keine grauen Haare wachsen – sie sind nicht von der Polizei, wissen Sie, und sie haben keine Ahnung von dem, was letzte Nacht passiert ist.«

Sie warf ihm einen scharfen Blick zu. »Wissen Sie –«

»Ein kleines bißchen, Miss. King's Lynn hat es uns erzählt – Sie erinnern sich doch an King's Lynn?« Sie nickte. »Und er war es auch, Miss, der uns beauftragt hat, nach Ihnen zu suchen. Sieht so aus, als ob er etwas über letzte Nacht herausgefunden hätte, Sie praktisch von jedem Verdacht befreit. Er will, daß wir Sie zu ihm bringen, damit er sich mit Ihnen unterhalten kann.«

Sie zögerte, hin und her gerissen zwischen einer jähen, überwältigenden Erleichterung und einer irrationalen Angst. »Ich ... Wo ist es denn? Ist es weit?«

»Nein, Miss, es ist nur ein Stückchen außerhalb, in Richtung Banbury. Wir haben draußen einen Wagen, und wir brauchen keine zehn Minuten bis dorthin.« Dann, als er merkte, daß sie zögerte: »Kommen Sie, Miss, Sie glauben doch wohl nicht etwa, daß wir Ihnen ans Leder wollen, oder? Dazu gibt es keinen Grund. Und soviel ich weiß, sitzen Sie ohnehin bereits dermaßen in der Patsche, daß es nur noch besser werden kann. Versuchen Sie einmal, die Sache so zu sehen: Selbst wenn King's Lynn der Mörder wäre – was nicht der Fall ist – dürfte er schwerlich daran interessiert sein, der einzigen Person, die kein hundertprozentiges Alibi hat, etwas zu tun. Oder?«

Sie zuckte zusammen, aber da die Argumentation schlüssig klang, stimmte sie am Ende zu. »Was ist mit diesen beiden anderen, die mir nachgestellt haben?«

Der jüngere Mann grinste. »Das hat sich erledigt, Miss. Wir haben sie auf eine falsche Fährte gelockt, und sie sind inzwischen sicher auf und davon.«

Und so war sie mit ihnen mitgegangen. Irgend jemand

hatte ihnen etwas zugerufen, als sie in den Wagen einstiegen, aber sie waren so schnell losgefahren, daß sie nicht gesehen hatte, wer. Und jetzt – nun, jetzt waren sie angekommen, und es erschien ihr reichlich merkwürdig, daß niemand da war, um sie zu empfangen. Die Männer hatten gesagt, er sei vermutlich aufgehalten worden, und sie solle warten; und dann hatten sie sich entschuldigt und waren hinausgegangen, um etwas miteinander zu bereden. Und jetzt wollte sie nicht länger warten und fühlte sich unbehaglich und haßte dieses scheußliche kleine Zimmer, in dem sie sich befand.

»Danny!« rief sie.

Der Dalmatiner, der rastlos im Zimmer umhergestrichen war, kam und legte ihr den Kopf in den Schoß. Sie kraulte und streichelte ihn und beschloß dann, daß sie diesen Ort um jeden Preis verlassen mußte. Da die Fenster, wie sie bereits herausgefunden hatte, vergittert waren, führte nur ein Weg hinaus, und zwar durch die winzige Diele, in der sich die beiden Männer unterhielten. Ihr Mißtrauen war mittlerweile so groß, daß sie beim Öffnen der Tür mit großer Vorsicht und Langsamkeit zu Werke ging. Sie schnappte ein paar Worte auf wie ›Werden immer herausfinden können, wem die Hütte hier gehört‹, und dann wandten sie sich um und blickten sie an.

Es waren nur noch äußerlich dieselben Männer. Ihr ganzes Auftreten hatte sich verändert. Der jüngere von ihnen, sah sie, taxierte gierig ihren Körper, und in den Augen des anderen war etwas, das noch schlimmer war.

»Ich denke – ich denke, ich muß jetzt gehen«, sagte sie kraftlos und wußte noch während sie es sagte, daß es hoffnungslos war. »Würden Sie mich nach Oxford fahren?«

»Nein, Miss, ich glaube nicht, daß Sie schon gehen können. Und um genau zu sein, können Sie das auch in absehbarer Zeit nicht«, sagte der ältere Mann. »Sie werden wohl noch ein ganzes Weilchen hierbleiben müssen.«

Sie stürzte auf die Tür zu, doch der jüngere Mann war

schneller. Er umschlang sie mit seinem Arm und drückte ihr eine Hand auf den Mund. Sie biß und trat ihn und setzte sich wütend zur Wehr, denn Sally war nicht die Sorte Mädchen, die im Angesicht physischer Gefahr ohnmächtig wird. Der Hund knurrte und bellte und schnappte nach den Hacken des Mannes. »Herrgott noch mal«, rief er dem anderen zu, »räum dieses Vieh aus dem Weg!« Es ertönte ein plötzlicher, lauter Knall, und der Hund jaulte vor Schmerz auf. Für einen Augenblick gelang es Sally, ihren Mund zu befreien. »Ihr Teufel!« brachte sie halb erstickt hervor. »Danny ... lauf! Lauf, mein Junge!« Dann versiegelte ihr die heiße, verschwitzte Hand wieder die Lippen. Der Hund zögerte und schlich sich in den rückwärtigen Teil des Cottage.

»Halte diesen Köter auf!« brüllte der jüngere Mann. »Nein – komm her und hilf mir mit dieser Zicke hier.«

Ineinandergehakt schwankten die drei durch die kleine Diele. Sallys Kraft schwand dahin, und sie hatten ihr den linken Arm in äußerst schmerzhafter Weise auf den Rücken gedreht. Sie unternahm einen letzten Versuch freizukommen und spürte dann, wie ihr eine Hand die Kehle zusammenpreßte. Binnen ganz weniger Augenblicke wurde ihr Nacht vor Augen.

Als Sally das Bewußtsein wiedererlangte, ging es ihr lange nicht so schlecht, wie eigentlich zu erwarten gewesen wäre. Es stimmte, daß sie Kopfweh hatte und daß sich ihr Körper anfühlte, als ob er nicht ihr gehöre, aber beide diese Unpäßlichkeiten schienen sich rasch zu verflüchtigen. Ihre erste Handlung bestand darin sicherzustellen, daß ihre Knie sittsam von ihrem Rock bedeckt waren; ihre zweite darin, mit ziemlich schwacher Stimme »Mensch!« zu sagen.

Sie befand sich wieder im Wohnzimmer und lag auf einer Couch, die nach Mottenkugeln roch. Um sie herum, in verschiedenen Stadien der Untätigkeit, standen vier Männer, von denen sie zwei schon einmal gesehen hatte. Gervase

Fen, dessen Haar am Scheitel in die Höhe stand wie die Stacheln eines Igels, war in eine eingehende Betrachtung des Bildes mit Susanna und den Alten vertieft; Richard Cadogan, der mit seinem verrutschten Verband aussah wie ein römischer Kaiser nach einer ebenso ausgedehnten wie wilden Orgie, blickte sie voller Besorgnis an; Wilkes hielt sich im Hintergrund, wo er Whisky in ein Glas schenkte und gleich selber trank; und der Lastwagenfahrer erging sich schwer atmend in einer allgemeinen Rodomontade.

»... die Dreckskerle«, sagte er gerade. »Ich hätte mir denken können, daß es hier hinten noch ne Auffahrt gibt. War natürlich unmöglich, sie aufzuhalten, wo doch einer von ihnen ne Kanone hatte.« Er wollte angewidert ausspukken, nahm davon aber Abstand, als er sah, daß Sallys Augen offen waren. »Na, Miss«, sagte er, »wie geht es Ihnen denn jetzt?«

»Manometer«, sagte Sally und setzte sich auf. Da sich dies in keiner Weise negativ auswirkte, wuchs ihre Zuversicht. »Haben Sie mich gerettet?«

»Das wohl kaum«, sagte Cadogan. »Unsere beiden Freunde haben sich mit dem Wagen aus dem Staub gemacht, sobald sie uns gesehen haben. Wir haben Sie in der Diele auf dem Boden gefunden. Sind Sie in Ordnung?«

»Ich – ja, ich glaube, daß ich in Ordnung bin, danke.«

Fen beendete seine Inspektion von Susanna und wandte sich um. »Ich schätze, daß sie denselben Tr –« Er unterbrach sich. »Jetzt schlägts aber dreizehn, Wilkes. Unterstehen Sie sich, den ganzen Whisky wegzutrinken.«

»Es ist nicht besonders viel da«, sagte Wilkes vorwurfsvoll.

»Nun, ist das nicht erst recht ein Grund, noch etwas davon übrigzulassen, Sie gieriger alter Suffkopf, Sie?«

»Das geht schon in Ordnung, ehrlich«, sagte Sally. »Und ich kann Whisky sowieso nicht ausstehen.«

»Dann geben Sie wenigstens mir welchen«, sagte Fen.

»Danny.« Sallys Augen waren angsterfüllt. »Was ist mit ihm? Mit meinem Hund, meine ich.«

»Ich fürchte, er ist tot«, sagte Cadogan. »Erschossen.«

Sie nickte, und für einen Augenblick sah es so aus, als ob sie in Tränen ausbrechen würde. »Ich weiß.«

»Wenn er nicht gewesen wäre, hätten wir Sie nie hier gefunden.« Was gar nicht stimmte, dachte sich Cadogan – der Schuß hätte sie so oder so auf den Plan gerufen. Aber es war müßig, darauf herumzureiten; der Hund hatte seine Aufgabe erfüllt.

»Und jetzt«, sagte Fen freundlich, »erzählen Sie uns doch bitte, worum es überhaupt geht.«

Doch hier bissen sie unvermutet auf Granit. Sally war ein sehr eingeschüchtertes Mädchen. Sie hatte heute bereits Fremden getraut, und sie würde nicht noch einmal welchen trauen, so wohlgesonnen sie ihr auch zu sein schienen. Und außerdem hatte sie geschworen, das, was sie zu sagen hatte, für immer geheimzuhalten – zu ihrem eigenen Besten. Weder Fen noch Cadogan noch Wilkes (der zugegebenermaßen keine sehr große Hilfe war) noch der Lastwagenfahrer noch irgendwelche von ihnen zusammen vermochten ihr auch nur ein einziges Wort zu entlocken. Warnungen, Beteuerungen und Schmeicheleien waren alle gleich nutzlos. Sie sei dankbar, sagte sie, sehr dankbar, aber sie könne ihnen nun einmal nichts erzählen; und damit hatte es sich. Zu guter Letzt schlüpfte Fen vor sich hin murmelnd in die kleine Diele hinaus und rief im »Mace and Sceptre« an.

»Mr. Hoskins?« sagte er, als er verbunden wurde. »Fen am Apparat. Ich hätte wieder eine Aufgabe für Sie, falls Sie damit zu Rande kommen.«

»Ja, Sir?« sagte die melancholische Stimme von Mr. Hoskins.

»Hier ist eine attraktive junge Frau, die wir nicht dazu bewegen können, uns ihr Vertrauen zu schenken. Können Sie uns aus der Klemme helfen?«

»Es ist denkbar.«

»Gut. Kommen Sie sofort her. Nehmen Sie Lily Christine III – sie steht draußen vor dem Hotel. Sie folgen der Banbury Road, bis Sie zu einer Kreuzung mit einem AA-Mann kommen. Dort biegen Sie links ab und fahren geradeaus weiter, bis Sie nach der dritten Brücke zu einer Weggabelung gelangen. Unmittelbar vor der Weggabelung steht zur Linken ein Cottage, und da sind wir drin. Sie können es nicht verfehlen.«

»Alles klar, Sir. Und wegen Mr. Sharman –«

»Oh, ja. Nun?«

»Die Bar macht gleich zu, Sir, und wir müssen gehen. Er scheint meine Gesellschaft jedoch genossen zu haben« – Mr. Hoskins schien dies kaum glauben zu können – »und er hat mir seine Adresse gegeben, damit ich ihn besuchen kann.«

»Wunderbar. Überlassen Sie Mr. Sharman also seinem Schicksal. Ist er sehr betrunken?«

»Sternhagelvoll.«

»Also dann, auf Wiederhören.«

»Auf Wiederhören.«

Fen war gerade dabei zurückzugehen, als ihm ein Gedanke kam, und er hängte sich wieder ans Telefon und wählte die Nummer des Chief Constable.

»Hallo.«

»Hallo. Ich bins noch mal.«

»Oh, Gott, gibt es keine Gerechtigkeit . . .? Worum geht es denn jetzt schon wieder? Hör mal, Gervase, du versteckst doch nicht etwa diesen Cadogan bei dir, oder?«

»Wie kannst du nur so etwas denken . . .? Ich wüßte gerne, wem ein bestimmtes Cottage gehört.«

»Wozu?«

»Das überlaß nur mir.«

»Na schön, wie heißt es?«

»Wie heißt es?« brüllte Fen ins Wohnzimmer.

»Wie heißt was?« antwortete Cadogan.

»Dieses Cottage.«

»Oh . . . ›The Elms‹, habe ich beim Hereinkommen gelesen.«

»›The Elms‹«, sagte Fen ins Telefon.

»Ich wollte, du würdest nicht so schreien. Du hast mir einen ganz schönen Schreck eingejagt. An welcher Straße liegt es denn?«

»An der B507, genau da, wo sie in die B309 mündet. Irgendwo zwischen Tackley und Wootton.«

»In Ordnung. Ich rufe zurück.«

»Ich dachte, du hättest einen Privatanschluß zum Polizeirevier. Kannst du den nicht benützen?«

»Oh, du hast recht, das hatte ich ganz vergessen. Einen Augenblick.« Es entstand eine lange Pause. Schließlich:

»Da haben wir es. Das Cottage gehört einer Miss Alice Winkworth. Stellt dich das zufrieden?«

»Ja«, sagte Fen nachdenklich. »Das tut es allerdings. Danke.«

»Gervase, es wird allgemein geglaubt, daß es in *Maß für Maß* um die Frage der Keuschheit geht –«

»Und du erschöpfst dich wieder einmal in Allgemeinplätzen«, sagte Fen. »Und in reichlich abgeschmackten dazu. Wiederhören.« Er legte auf.

Zurück im Wohnzimmer, erklärte er diskret, daß jemand unterwegs sei, um sie abzuholen; worauf der Fahrer, der in den letzten paar Minuten von einem Fuß auf den anderen getreten war, sagte, daß er sich auf die Socken machen müsse. »Wenn ich hier noch länger herumtrödle«, erklärte er, »kann ich meinen Job in den Schornstein schreiben. Das ist so sicher wie das Amen in der Kirche.« Sie bedankten sich alle bei ihm. »Keine Ursache«, sagte er leichthin. »Sie haben zwar wahrscheinlich alle ne Schraube locker, aber ich wünsche Ihnen trotzdem viel Glück für Ihr Vorhaben, was immer es auch ist.« Er blinzelte Cadogan zu. »Hunde«, sagte er und ging unter leisem Lachen hinaus.

Da es nichts zu sagen oder tun gab, blieben sie schweigend stehen beziehungsweise sitzen, bis ein fürchterliches Getose, gefolgt von einem einzelnen lauten Knall, die Ankunft von Mr. Hoskins verkündete.

Er war großartig. Er bot Sally eine Praline an und ließ seine große Gestalt in einer Art und Weise in einen Sessel gleiten, die sogar Cadogan Vertrauen einflößte. Sie zogen sich alle diskret aus dem Zimmer zurück (es bestand keine Notwendigkeit, Wilkes die Sache zu erklären, da er den Whisky ausgetrunken hatte und hinausgegangen war, um noch welchen zu suchen). Und in weniger als zehn Minuten kam Mr. Hoskins, um sie zu holen, und als sie zurückkehrten, strahlten Sallys blaue Augen, und ein Lächeln spielte um ihren Mund.

»Mensch, ich habe mich vielleicht dumm angestellt«, sagte sie. »Ich wollte es Ihnen ja sagen – ehrlich – aber es ist so schrecklich, und ich habe mir solche Sorgen gemacht ... Gestern nacht wurde eine alte Dame ermordet.« Sie erschauderte leicht und fuhr schnell fort: »Ich habe sie nicht umgebracht.«

»Schön«, sagte Fen. »Wer hat es getan?«

Sally blickte zu ihm auf. »Das ist ja das Schreckliche«, erwiderte sie. »Ich habe nicht die leiseste Ahnung.«

VII. DIE EPISODE MIT DER NETTEN JUNGEN DAME

Fen ließ sich von dieser doch ziemlich enttäuschenden Äußerung nicht die Laune verderben oder beirren. »Wenn Sie da waren, als Miss Tardy getötet wurde –«

»Sie wissen, wer es war?« redete Sally dazwischen. »Hat man die Leiche gefunden?«

»Gefunden«, sagte Fen hochtönend, »und wieder verloren. Ja, wir sind einigermaßen im Bilde, wenn wir auch längst nicht alles wissen. Aber wie dem auch sei, jetzt erzählen doch Sie einmal – und zwar von Anfang an.« Er wandte sich Cadogan zu. »Ich schätze, es besteht keine Möglichkeit, daß es ein Unfall oder Selbstmord war, oder? In Anbetracht der Umstände erscheint das äußerst unwahrscheinlich, aber es ist immer gut, wenn man sich von vornherein soviel Klarheit wie möglich verschafft.«

Cadogan, der seine Gedanken zu dem dunklen, stickigen kleinen Wohnzimmer in der Iffley Road zurückwandern ließ, schüttelte den Kopf. »Ganz bestimmt kein Unfall«, sagte er langsam. »Diese Schnur um ihren Hals war sorgfältig zu einem Knoten geschlungen. Und was Selbstmord angeht – nun, ist es überhaupt *möglich,* auf diese Weise Selbstmord zu begehen? Aber egal, jetzt wollen wir einmal hören, was Miss – Miss –«

»Sally Carstairs«, sagte das Mädchen. »Nennen Sie mich Sally. Das tut jeder. Und Sie wollen also hören, was passiert ist. Mensch, es ist schon komisch, aber jetzt will ich es wirklich jemandem erzählen . . . Hätten Sie eine Zigarette für mich?«

Fen reichte ihr sein Etui und ein Feuerzeug. Sally saß für einen Augenblick schweigend da, runzelte leicht die Stirn und stieß Rauch aus. Die Nachmittagssonne ließ ihr blondes

Haar aufleuchten und ihr entschlossenes kleines Kinn reliefartig hervortreten. Sie wirkte verdutzt, hatte aber offenkundig keine Angst mehr. Wilkes kehrte von seiner erfolglosen Suche nach Alkohol zurück und setzte sich, nachdem ihn Fen zum Schweigen ermahnt hatte, mit überraschender Unterwürfigkeit hin. Mr. Hoskins blinzelte mit seinen schläfrigen, melancholischen grauen Augen. Cadogan versuchte, seinen Verband zurechtzurücken. Und Fen lehnte seine hochaufgeschossene, schlaksige Gestalt gegen das Fensterbrett; er hatte die Hände in den Hosentaschen und eine Zigarette im Mund, und seine hellen, blauen Augen waren erwartungsvoll und wachsam zugleich.

»Sehen Sie, genau genommen hat alles vor mehr als einem Jahr begonnen«, sagte Sally. »Es war Juli, glaube ich, und sehr heiß, und es waren nur noch zwei Tage bis zu meinem zweiwöchigen Urlaub. Ich weiß auch, daß es an einem Dienstag war, weil ich am Dienstagmorgen nämlich immer alleine im Laden bin, und es waren nur noch fünf Minuten, bevor ich über Mittag zusperrte –«

Auf dem großen Spiegelglasfenster summte beharrlich eine Schmeißfliege, wie ein Wecker, der sich nicht abschalten läßt. Das Verkehrsaufkommen in der Cornmarket war zurückgegangen. Die Sonne brannte auf die rosa und blaue Unterwäsche in der Auslage hernieder und nahm ihr nach und nach alle Farbe, doch im Ladeninneren war es so dunkel wie in einer Höhle und kühl. Sally, die gerade schwarze Seidenschlüpfer zusammenlegte und in einem großen roten Pappkarton verstaute, hielt inne, um sich eine Haarsträhne aus der Stirn zu streichen, und fuhr dann mit ihrer Arbeit fort. Wie irgend jemand diese grauslichen, potthäßlichen Dinger tragen konnte, war ihr unbegreiflich. Aber jedenfalls war es fast Mittag, und dies war ihr freier Nachmittag; in ein, zwei Minuten konnte sie den Laden zusperren, den Schlüssel in Nr. 27 für Janet Gibbs hinterlegen und heimgehen, um zu

Mittag zu essen und ihr Buch weiterzulesen. Am Nachmittag würde sie dann mit Philip Wheatley, der ungefährlich, wenn auch ziemlich gefühlsduselig war, nach Wheatley fahren und am Abend mit Janet ins Kino gehen. Es würde nicht gerade, überlegte sie, ein Heidenspaß werden, aber immerhin würde sie nicht im Laden stehen, und außerdem würde sie sowieso bald Urlaub haben und ein paar Tage außerhalb von Oxford verbringen. Sie hoffte inständig, daß es sich niemand in den Kopf setzte, jetzt noch etwas einzukaufen. Denn das würde heißen, daß sie länger dableiben und dann ihr Essen hinunterschlingen und sich sputen mußte, um rechtzeitig zum »Lamb and Flag« zurückzugelangen und sich mit Philip auf einen Drink zu treffen, bevor sie losfuhren, und ihr Zeitplan war auch so schon knapp genug bemessen . . .

Draußen fuhr ein großer Wagen vor, und sie stieß einen nach innen gerichteten Seufzer aus, als sie das Klicken der Ladentür hörte. Trotzdem lächelte sie und ging nach vorn, um der alten Dame zu helfen, die am Arm ihres Chauffeurs hereinkam. Sie war fraglos eine unglaublich häßliche alte Dame: Sie war ziemlich dick, und sie hatte eine lange Nase, und ihr braunes Gesicht war über und über mit tiefen Falten bedeckt; sie sah aus wie eine Hexe und hatte zudem das Temperament einer Hexe, denn sie ließ sich mit kaum verhohlenem Unmut über die Ungeschicklichkeit von Sally und dem Chauffeur aus, ehe es ihnen gelang, sie in einen Stuhl zu setzen.

»Alsdenn, Kindchen«, befahl sie. »Zeigen Sie mir ein paar Taschentücher.«

Sie sah sich Taschentücher an; sie sah sich Taschentücher an, bis Sally hätte schreien können. Nichts gefiel ihr: Das Leinen dieser Sorte war von minderer Qualität, diese hatten die Größe von Bettlaken, der Rüschenbesatz auf jenen war in lächerlichem Maße verschwenderisch, andere waren so schlicht, daß sie höchstens zum Abdecken von Marmeladengläsern taugten, der Saum wieder anderer war schlecht genäht und würde binnen kürzester Zeit ausfransen, und diese wären ja eigentlich das Richtige, kämen wegen der Monogramme an den Seiten aber nicht in Frage. Der Uhrzeiger wanderte weiter, auf viertel, auf zwanzig nach eins. Der Chauffeur, der derlei offenbar gewohnt war, starrte an die Decke. Und Sally, die ihre Ungeduld nur mühsam im Zaum zu halten vermochte, lächelte und war höflich und trug immer mehr Schachteln mit Taschentüchern im Laufschritt von den Regalen zum Ladentisch. Doch sie verlor beinahe (nicht ganz) die Beherrschung, als die alte Dame zuletzt sagte:

»Nein, ich glaube nicht, daß es hier irgend etwas gibt, das mir zusagt. Dies alles hat mich sehr ermüdet. Ich muß sehr auf mich achtgeben, wissen Sie; ich habe es am Herz.« Dieses ostentative Zurschaustellen von Schwäche stieß Sally ab. »Jarvis!« Der Chauffeur trat vor. »Kommen Sie und helfen Sie mir hinaus.«

Doch beim Gehen wandte sie sich erneut an Sally, die sich nun zusätzlich mit der zeitraubenden Aufgabe konfrontiert sah, die ganzen Taschentücher wieder an ihren Platz zurückzuräumen, und sagte unvermutet: »Ich nehme an, ich habe Sie schrecklich aufgehalten, meine Liebe. Sie können es sicher kaum erwarten, zum Mittagessen zu kommen.«

»Ach, das kann ruhig noch warten, Madam«, sagte Sally und setzte ein (zugegebenermaßen leicht gezwungenes) Lächeln auf. »Es tut mir leid, daß Sie nichts gefunden haben.«

Die alte Dame schaute sie für einen Augenblick eindringlich an. »Sie sind ein artiges Mädchen«, sagte sie. »Artig und aufmerksam. Ich mag Leute, die artig und aufmerksam sind; sie sind heutzutage selten. Ich frage mich –«

Sie wurde von einem Kratzen an der anderen Seite der Tür unterbrochen, die hinter dem Ladentisch aus dem Geschäft führte; und Sally sah zu ihrem Entsetzen, daß sie zusammenzuckte und wie Espenlaub zu zittern begann.

»Was ist das?« flüsterte sie.

Sally ging nach hinten zu der Tür. »Das ist nur mein Hund«, sagte sie, selber ganz erschrocken, daß die alte Dame so heftig reagierte. »Danny. Er hat vermutlich Hunger.«

»Oh.« Die alte Dame bekam sich mühsam wieder in die Gewalt. »Lassen Sie ihn herein, meine Liebe.«

Sally öffnete die Tür, und Danny, der damals ein sechs Monate alter Welpe war, kam auf sie zugehüpft.

»Na, sieh einer an«, sagte die alte Dame. »Ein scheckiges Hündchen. Jarvis, heben Sie ihn hoch, damit ich ihn streicheln kann.« Der Chauffeur gehorchte, und Danny, der zu diesem Zeitpunkt in seinem Umgang noch nicht wählerisch war, leckte ihm ausgelassen die Nase.

»Braves Jungchen . . .« Die alte Dame lachte plötzlich stillvergnügt in sich hinein. »Und Sie sind die junge Dame aus Essen«, sagte sie zu Sally.

Sally, die nicht wußte, was sie sonst tun sollte, lächelte von neuem.

»Werden Sie morgen hier sein, mein Kind, wenn ich vorbeikomme? Es wird dann nicht um Taschentücher gehen.«

»Ja. Ja, das werde ich.«

»Dann werde ich also hereinschauen. Und jetzt will ich Sie nicht länger aufhalten . . . Jarvis, nehmen Sie meinen Arm.« Die alte Dame humpelte langsam hinaus.

Das war für den Augenblick alles. Doch am nächsten Tag kam die alte Dame tatsächlich wie versprochen vorbei, ließ sich Sallys Namen und Adresse geben und händigte ihr ein Couvert aus.

»Heben Sie dies gut auf«, sagte sie, »und verlieren Sie es nicht. Lesen Sie regelmäßig die ›Oxford Mail‹?«

»Ja.«

»Tun Sie das auch weiterhin und schauen Sie sich täglich die Kontaktanzeigen an. Wenn Sie in einer Annonce den Namen Essen sehen – nicht ihren eigenen, sondern Essen –

bringen Sie diesen Umschlag zur Lloyds Bank und geben Sie ihn dem Direktor; er wird Ihnen dafür einen anderen geben. Und diesen bringen Sie dann zu der in der Annonce angegebenen Adresse. Haben Sie das verstanden?«

»Ja, das habe ich verstanden, aber –«

»Es ist ein kleines Schmuckstück.« Das Gebaren der alten Dame war sonderbar emphatisch. »Nicht mehr als ein paar Shilling wert, aber ich möchte es Ihnen in meinem Testament hinterlassen. Es hat für mich einen großen persönlichen Wert. Alsdenn, versprechen Sie, das alles zu tun?«

»Ja, ich verspreche es. Das ist sehr nett von Ihnen –«

»Ihr Ehrenwort darauf?«

»Mein Ehrenwort darauf.«

Und das war das letzte, was Sally je von ihr sah.

Sie legte das Couvert ungeöffnet in eine Schublade und dachte nur daran, wenn sie die Kontaktanzeigen in der ›Oxford Mail‹ durchlas. Dies entwickelte sich zu einem ziemlich absurden Ritual, aber sie führte es trotzdem fort, da es keine Umstände bereitete und nur sehr wenig Zeit in Anspruch nahm; und bei einer Gelegenheit, als sie es vergessen hatte und schon dachte, die Zeitung sei eingeheizt worden, stellte sie erstaunt fest, daß sie deshalb völlig aus dem Häuschen geriet. Was natürlich lachhaft war; das Ganze wies zu viele Ähnlichkeiten mit Geschichten über gute Feen oder Patentanten auf, um wirklich zu sein, und soweit sie sich überhaupt Gedanken darüber machte, gelangte sie zu dem Schluß, daß die alte Dame nicht ganz bei Trost gewesen war.

Und dann, ein Jahr und einen Tag später, stand tatsächlich folgende Annonce in der Zeitung: »Essen, Grasse, Carnac, Wald, King's Lynn – Aaron Rosseter, Rechtsbeistand, 193A Cornmarket.« Sally war so verblüfft, daß sie für einen Augenblick nur Mund und Nase aufsperren konnte; dann nahm sie sich zusammen und schaute auf die Uhr. Der Laden würde bald über Mittag zusperren, und sie würde schnurstracks zur Bank gehen. Natürlich würde sie wie ein begossener Pudel dastehen, wenn das Ganze nur ein Streich war, aber dieses Risiko mußte sie eingehen. Auf alle Fälle war sie viel zu neugierig, um die Sache auf sich beruhen zu lassen.

Und es geschah genau das, was die alte Dame gesagt hatte: Als Ersatz für ihr Couvert erhielt sie einen großen, sperrigen braunen Umschlag und trat wie betäubt in das emsige Gedränge von Carfax hinaus, mit einem traumähnlichen Gefühl der Unwirklichkeit. Sie ging direkt zu der in der Annonce angegebenen Adresse, doch die Kanzlei war über Mittag geschlossen, und so mußte sie später am Tag zurückkommen.

Sie faßte eine Abneigung gegen Mr. Rosseter, sobald sie ihn erblickte, und händigte ihm den Umschlag mit beträchtlichem Mißtrauen aus. Er war sehr höflich, sehr servil; er stellte Fragen über ihre Arbeit, ihre Familie, ihr Einkommen. Und sagte schließlich:

»Nun, ich habe eine sehr gute Nachricht für Sie, Miss Carstairs; Miss Snaith hat Ihnen in ihrem Testament eine große Summe hinterlassen.«

Sally starrte ihn an. »Meinen Sie die alte Dame, die –«

Mr. Rosseter schüttelte den Kopf. »Ich fürchte, es entzieht sich meiner Kenntnis, unter welchen Umständen Sie die Bekanntschaft von Miss Snaith gemacht haben. Doch ändert dies nichts an dem Sachverhalt. Es wird noch sechs Monate dauern, ehe Sie die Hinterlassenschaft antreten können, doch Sie können sich darauf verlassen, daß ich mich sobald wie möglich wieder mit Ihnen in Verbindung setze.«

Sally sagte: »Aber hier muß irgendein Mißverständnis vorliegen.«

»Nicht im geringsten, Miss Carstairs. Diese Papiere beweisen Ihren Anspruch. Natürlich wird es noch ein bißchen dauern, bis Sie das Geld tatsächlich erhalten, aber ich bin sicher, daß Ihnen die Bank in der Zwischenzeit jede gewünschte Summe vorschießt.«

»Sehen Sie«, sagte Sally verzweifelt. »Ich habe diese Miss

– Miss Snaith nur zweimal in meinem Leben getroffen. Sie ist als Kundin in den Laden gekommen. Mensch, Sie wollen mir doch nicht etwa erzählen, daß ich etwas von ihrem Geld erbe, nur weil sie sich ein paar Taschentücher angesehen hat, ohne welche zu kaufen?«

Mr. Rosseter riß seine Brille herunter, putzte sie mit seinem Taschentuch und setzte sie wieder auf. »Meine verstorbene Klientin war eine sehr exzentrische alte Dame, Miss Carstairs – wirklich sehr exzentrisch. Ihre Taten waren selten das, was andere Leute als vernünftig bezeichnen würden.«

»Sie müssen es ja wissen«, sagte Sally. »Aber warum dieses ganze Drumherum mit den Umschlägen und der Annonce? Warum konnte sie mir das Geld nicht auf normalem Wege hinterlassen?«

»Ah, da berühren Sie einen weiteren Aspekt ihrer Exzentrität. Sehen Sie, Miss Snaith lebte in der ständigen Angst, ermordet zu werden. Es war eine richtiggehende Manie. Sie traf die ausgeklügeltsten Sicherheitsvorkehrungen und lebte quasi im Belagerungszustand, selbst gegenüber ihren eigenen Hausangestellten und Verwandten. Von daher gesehen ist es nur logisch, daß sie es, wenn sie Fremden Geld hinterließ, so einrichtete, daß diese vorher nichts davon wußten und folglich, sollten sie eventuell mörderische Neigungen haben, nicht in Versuchung geführt würden, die Dinge – wie soll ich sagen? – zu beschleunigen.«

»Ganz recht«, sagte Sally, die sich erinnerte. »Mir hat sie erzählt, sie würde mir nur ein billiges Schmuckstück hinterlassen. Was für eine sonderbare alte Person sie doch gewesen sein muß – sie tut mir richtig leid.« Sie hielt inne. »Schauen Sie, Mr. Rosseter: Ich will ja nicht neugierig erscheinen, aber ich verstehe *immer* noch nicht –«

»Welchen Zweck der Umschlag hatte? Das ist ganz einfach. Miss Snaith zog es vor, ihr Geld in Form einer Geheimstiftung zu hinterlassen – das heißt, im Testament wurde ich zu ihrem Erben ernannt. Die wirklichen Erben –

wie etwa Sie – mußten sich dann an mich wenden, um ihre Hinterlassenschaft anzutreten. Die Papiere, die Sie erhalten haben und von denen sich Duplikate in der Bank befinden, sollen gewährleisten, daß ich Sie nicht etwa unrechtmäßig um Ihr Erbe betrüge.« Mr. Rosseter gestattete sich ein ebenso leises wie diskretes Lachen.

»Oh«, sagte Sally verwirrt. »Oh, ich verstehe.« Sie nahm ihre Handtasche und machte Anstalten zu gehen, als ihr noch etwas einfiel. »Und wieviel erbe ich?«

»Etwa hunderttausend Pfund, Miss Carstairs.«

»Ich – ich glaube, ich habe nicht richtig verstanden –«

Mr. Rosseter wiederholte die Summe. Sally war wie vom Donner gerührt: Sie hatte auch in ihren kühnsten Träumen nie an so etwas zu denken gewagt. Hunderttausend! Es war astronomisch, unglaublich. Sally war nicht egoistisch oder verschwendungssüchtig, aber welches Mädchen hätte in einem solchen Augenblick nicht die beseligende Vision von Kleidern, von Autos und Reisen und Luxus und Behaglichkeit gehabt. Und sie hatte allerhöchstens mit hundert gerechnet.

Sie setzte sich ziemlich abrupt wieder hin und dachte: Das *ist* ein Traum.

»Ein recht beachtliches Vermögen«, fuhr Mr. Rosseter leutselig fort. »Herzlichen Glückwunsch, Miss Carstairs. Sie werden natürlich jemanden brauchen, der sich um Ihre Angelegenheiten kümmert. Darf ich mich selbst vorschlagen?«

»Ich – ja, ich denke schon. Das ist alles ein ziemlicher Schock für mich, wissen Sie.«

Es war in der Tat ein Schock, und zwar ein so großer, daß sich Sally beim Verlassen von Mr. Rosseters Kanzlei immer wieder ins Gedächtnis rufen mußte, daß das Gespräch, nach alledem, wirklich stattgefunden hatte. Es kam ihr so vor, als versuche sie, jemanden von etwas zu überzeugen, das diesem einfach *nicht* in den Kopf wollte, und als ob sie gleichzeitig diese andere, ungläubige Person sei. Ein verquerer, irrationaler Aberglaube bewirkte, daß sie niemandem etwas davon erzählte, nicht einmal ihrer Mutter, denn Sally hatte eine gewisse Erfahrung darin, das Fell des Bären erst zu verkaufen, wenn man es hatte, und wußte um die Ernüchterung, die manchmal nachfolgte. Und so führte sie für den Augenblick ihr normales Leben weiter.

Dann, am nächsten Morgen, erreichte sie ein Brief. Die Adresse des Absenders war 193A Cornmarket, und bis auf die Unterschrift war er maschinengeschrieben. Er lautete:

Liebe Miss Carstairs,

[ich hoffe, Sie verzeihen mir die Anmaßung, Ihnen auf diesem Weg zu schreiben, aber ich wollte Sie fragen, ob Sie mir vielleicht einen kleinen Gefallen erweisen könnten. Eine weitere Empfängerin der Erbschaft von Miss Snaith, eine Miss Emilia Tardy, kommt heute abend mit dem Zug nach Oxford, und es ist wichtig, daß sie mich unverzüglich aufsucht. Miss Tardy war noch nie in Oxford und ist zudem eine ziemlich hilflose alte Dame. Verlange ich zuviel von Ihnen, wenn ich Sie darum bitte, sie abzuholen und zu meiner Wohnung in der Iffley Road Nr. 474 zu bringen? Ich würde dies natürlich selbst erledigen, bin aber wegen unaufschiebbarer Geschäfte verhindert, und mein Kanzlist, den ich ansonsten damit beauftragt hätte, hat momentan Urlaub.

Der Zug kommt um 22.12 an, und Miss Tardy ist eine füllige ältere Dame mit einem goldenen Kneifer. Wenn es Ihnen möglich ist, mir diese Gefälligkeit zu erweisen, machen Sie sich nicht die Mühe, dieses Schreiben zu beantworten; wenn nicht, würden Sie mich freundlicherweise in meiner Kanzlei unter Oxford 07022 anrufen?

Entschuldigen Sie bitte vielmals, daß ich Ihnen solche Umstände bereite.

Mit freundlichen Grüßen

AARON ROSSETER

Es war möglich; und Sally ging an jenem Abend zum Bahnhof, wie man sie gebeten hatte.

Im Wohnzimmer des Cottage blickte Sally zu ihren Zuhörern auf. »Ich weiß nicht, ob ich mich schrecklich unverständlich ausdrücke«, sagte sie entschuldigend.

»Nicht im geringsten«, sagte Fen grimmig. »Gewisse Dinge kristallisieren sich allmählich glasklar heraus.«

»Halunke«, sagte Wilkes in einem überraschenden Ausbruch von sittlichem Eifer. Cadogan hatte ihm die Situation in groben Umrissen dargestellt, während Mr. Hoskins seine Überredungskünste spielen lassen hatte.

»Was haben Sie mit dem Brief gemacht?« fragte Fen.

»Ich fürchte, ich habe ihn verbrannt«, sagte Sally hilflos. »Ich habe nicht daran gedacht, daß er wichtig sein könnte.«

»Oh«, sagte Fen. »Nun, da ist nichts zu machen. Wissen Sie, ich möchte mir noch etwas mehr Gewissheit über die einzelnen Daten verschaffen. Heute haben wir den 5. Oktober . . . Einen Augenblick.« Er verschwand in die Diele, wo man ihn ins Telefon sprechen hörte, und kam kurz darauf zurück. »Das habe ich mir gedacht«, sagte er. »Ich habe jemand vom ›Oxford Mail‹ gebeten, im Archiv nachzusehen. Miss Snaith ist gestern vor sechs Monaten von diesem elenden Planeten verschieden, das heißt, am 4. April dieses Jahres.«

»Also ist Miss Tardys Anspruch gestern um Mitternacht verfallen«, warf Cadogan ein.

»Ja – gestern um Mitternacht. Aber der noch interessantere Punkt ist der, daß Rosseters Annonce, die *heute* erscheinen sollte, vorgestern in der Zeitung war – stimmt das etwa nicht?« Sally nickte. »Also zwei Tage zu früh. Fahren Sie fort, Sally. Das Wesentliche steht noch immer aus, nicht? Nehmen Sie noch eine Zigarette.«

»Ich habe ja eben erst eine ausgemacht, danke.« Sally runzelte die Stirn. »Nein, es kommt noch schlimmer. Sehen

Sie, ich bin zum Zug gegangen und habe Miss Tardy auch gleich gefunden und ihr erklärt, daß ich von Mr. Rosseter käme, und sie schien schon damit gerechnet zu haben, so daß es keinerlei Probleme gab. Wir haben uns ein Taxi genommen und sind in die Iffley Road gefahren – der Zug hatte übrigens zehn Minuten Verspätung, und so war es zu diesem Zeitpunkt natürlich bereits ziemlich dunkel. Ich mochte Miss Tardy: Sie war schrecklich viel herumgereist und hatte sehr interessante Dinge darüber zu erzählen und auch eine Menge über ein paar Waisenhäuser, die ihr am Herzen lagen. Aber ich habe ihr nichts von dem Testament gesagt.

Nun, Mr. Rosseters Wohnung war direkt über einem schrecklichen kleinen Spielzeugladen, und wir haben die Ladentür genommen und sind, so wie er mir erklärt hatte, über die Hintertreppe hinauf in den ersten Stock und in das Wohnzimmer an der Vorderseite gegangen. Es sah alles schrecklich verstaubt und unbewohnt aus, und wir waren sehr erstaunt, daß niemand da war. Aber ich dachte, wir müßten uns im Zimmer getäuscht haben, so daß ich zu Miss Tardy sagte, sie solle sich für einen Augenblick setzen – sie war in keiner sehr guten gesundheitlichen Verfassung, die Ärmste, und diese steilen Stufen hatten sie erschöpft – und ich ging zur nächsten Tür auf dem Gang und klopfte. Dann bekam ich einen fürchterlichen Schreck, denn es trat ein Mann heraus, dessen Gesicht von oben bis unten einbandagiert war: Ich weiß nicht, wer das war. Aber er erklärte, er habe einen Unfall gehabt und sich das Gesicht verbrannt, und daß Mr. Rosseter noch nicht zurück sei. Er entschuldigte sich auch für den Zustand, in dem sich die Wohnung befand – er sagte, daß Mr. Rosseter in seinem eigenen Haus einen Rohrbruch habe und deswegen gezwungen gewesen sei, vorübergehend in die Wohnung zu ziehen. Dann sagte er, Mr. Rosseter habe ihn gebeten, sich bis zu seiner Ankunft um Miss Tardy zu kümmern, und daß er Mr. Scadmore heiße; also habe ich sie einander vorgestellt und bin ein bißchen später gegangen. Oder vielmehr, ich habe so getan, als ob ich ginge. Ich hatte so ein Gefühl, daß an der ganzen Sache irgend etwas faul war – eine Art plötzlicher Eingebung, schätze ich – und wollte dafür sorgen, daß Miss Tardy mit heiler Haut aus dem Haus herauskam. Also habe ich die Ladentür laut zugeknallt (sie hat auch ziemlich gequietscht) und mich im Laden hingesetzt, um ein bißchen zu warten. Es war höllisch gruselig, und ich hatte keine Ahnung, was ich dort eigentlich wollte, aber ich war irgendwie besorgt.

Das erste, was mir auffiel, war, daß sich neben Miss Tardy und dem Mann, der sich Mr. Scadmore nannte, noch andere Personen im Haus aufhielten. Ich hörte, wie sie miteinander redeten und auf und ab gingen, und dann herrschte lange Zeit Stille, und dann nach ungefähr zwanzig Minuten setzte plötzlich ein aufgeregtes Durcheinander ein. Ich wollte nachsehen, was los war, also habe ich mich die Treppe hinaufgeschlichen. Und dann, bevor ich mich davonmachen konnte, kam Mr. Rosseter über die Treppe herunter und mit ihm ein Mann und eine Frau, die beide Masken trugen.

Er blieb jählings stehen, als er mich sah, und sagte mit zittriger Stimme: »Oh, Sie sind noch immer hier, was? Es war sehr dumm von Ihnen zu bleiben. Sie kommen besser herauf und schauen sich an, was geschehen ist.« Ich hatte schreckliche Angst, aber ich dachte mir, daß ich Miss Tardy zuliebe wohl besser hinaufginge. Sie – sie lag auf dem Boden, ganz blau und aufgedunsen, mit einem Stück Schnur um den Hals. Der Mann mit dem bandagierten Gesicht beugte sich gerade über sie. Er – Mr. Rosseter – sagte: »Sie ist ermordet worden, verstehen Sie, aber Sie werden kein Sterbenswörtchen darüber verlauten lassen – nie. Sie halten den Mund, und Sie bekommen Ihr Geld, und niemand wird Sie je belästigen. Sehen Sie, Sie sollten das Geld nur unter der Bedingung erhalten, daß sie vor Mitternacht keinen Anspruch darauf erhob, und man hat sie ermordet, ehe sie dies tun konnte.« Er sprach sehr schnell, mit dumpfer, monotoner Stimme, und er war wie in Schweiß gebadet. Die anderen ließen mich die ganze Zeit nicht aus den Augen, und niemand bewegte sich. Ich war von meinem Aufenthalt in dem Laden unten verkrampft und dreckig, und es juckte mich, als ob auf meinem ganzen Körper Insekten herumkrabbelten.« Sally erschauderte. »Er sagte: Vielleicht haben Sie sie ermordet. Ich weiß es nicht. Es kommt Ihnen sehr gelegen, und die Polizei wird alles darüber wissen wollen, zumal Sie es waren, die sie hierhergebracht hat. Ich sagte: Aber das haben doch Sie mir aufgetragen. Er sagte: Das werde ich ableugnen, und niemand wird Ihnen Glauben schenken. Ich werde sagen, daß ich Ihnen diesen Brief nicht geschickt habe, und Sie können mir das Gegenteil nicht beweisen. Diese Leute hier werden alle schwören, daß Sie sehr wohl wußten, daß Sie sie in den sicheren Tod führten. Ich ziehe keinerlei Vorteil aus der Sache: Sie schon. Mir wird man eher glauben als Ihnen. Sie halten also am besten schön den Mund. Wir sehen hier nach dem Rechten. Alles, was Sie zu tun haben, ist, nach Hause zu gehen und sie und uns zu vergessen. Und so – bin – bin –«

»Und so sind Sie nach Hause gegangen«, warf Fen leise ein. »Und das war auch das Vernünftigste, was Sie tun konnten.«

»Ich habe mich schrecklich feige verhalten«, sagte Sally.

»Unsinn. Ich an Ihrer Stelle hätte fluchtartig das Land verlassen. Noch irgend etwas?«

»Nein, das war wirklich alles. Ich habe es sehr schlecht erzählt. Oh, ich glaube, der Mann mit dem bandagierten Gesicht war ein Arzt: Und einer von den anderen nannte ihn King's Lynn. Das ist einer von den Namen in der Annonce, wissen Sie. Diese Männer, die Sie weggejagt haben, sagten, er habe irgend etwas herausgefunden, das mich entlaste. Ich mußte mit ihnen mitgehen. Ich erinnere mich daran, daß er sehr dünn war.«

Fen nickte. »Was ist mit den beiden anderen?«

»Ich hatte wirklich zuviel Angst, um sie mir genauer anzusehen. Die Frau war korpulent und ältlich, und der Mann ziemlich klein und klapperdürr. Ihre Gesichter konnte ich natürlich nicht erkennen.«

»Sharman?« schlug Cadogan vor.

»Wahrscheinlich«, sagte Fen. »Da wir damit nun über King's Lynn und Wald und Grasse – vermutlich die Frau, und Essen – Sie selbst, Sally – Bescheid wissen, fehlt uns in unserer Sammlung nur noch Carnac. Können Sie uns irgend etwas über die Uhrzeiten sagen?«

Sally schüttelte den Kopf. »Es tut mir leid. Es geschah alles irgendwann zwischen elf und zwölf – beim Heimgehen habe ich gehört, wie es Mitternacht schlug.«

Ein langes Schweigen trat ein. Dann sagte Cadogan zu Fen: »Was ist deiner Meinung nach geschehen?«

Fen zuckte die Achseln. »Aller Wahrscheinlichkeit nach eine von Rosseter angezettelte Verschwörung, um Miss Tardy aus dem Weg zu räumen und so zu verhindern, daß sie einen Anspruch auf ihr Erbe geltend machte. Sobald sie erst einmal tot war, würde man die Leiche verschwinden lassen, was ja vermutlich auch geschehen ist, und alles würde nach Plan verlaufen. Ihnen, Sally, wurde aufgetragen, Miss Tardy zum Spielzeugladen zu bringen, damit die wirklichen Verschwörer ihre Hände in Unschuld waschen konnten, falls jemals irgend jemand einen Verdacht schöpfen sollte; und danach« – er setzte ein grimmiges Lächeln auf – »nun, danach hätten Sie nicht mehr groß darüber nachgedacht, oder? Falls doch, hätte Rosseter abgeleugnet, Ihnen diesen Brief geschrieben zu haben, hätte einfach alles abgeleugnet. Unter diesen Umständen, und ohne *Corpus delicti* und Spielzeugladen, welche Anklage hätte man da schon gegen irgend jemand erheben können, und für welches Verbrechen? Dummerweise lief alles schief: (a) Sie blieben im Laden, anstatt heimzugehen; (b) Cadogan kam unerwartet herein und fand die Leiche; und (c) Cadogan wurde später dabei gesehen, wie er in der offenkundigen Absicht, Informationen einzuholen, hinter Ihnen herlief. Deshalb konnte man Sie nicht auf freiem Fuß lassen; Sie mußten ebenfalls verschwinden. Und das wäre auch um ein Haar geschehen. Das einzige, was ich mir nicht zu erklären vermag, ist, wieso Rosseter so aufgewühlt gewesen sein und gedacht haben sollte, Sie hätten die Frau vielleicht umgebracht. Das legt die Vermutung nahe ... Nein, ich weiß nicht, welche Vermutung das nahelegt. Auf alle Fälle fahre ich zurück nach Oxford, um mich noch einmal mit Rosseter zu unterhalten – und ich werde unterwegs am College halten und eine Pistole mitnehmen.«

VIII. DIE EPISODE MIT DER EXZENTRISCHEN MILLIONÄRIN

Es kam jedoch noch etwas dazwischen, ehe er diesen Plan ausführen konnte. Sie quetschten sich unter großen Schwierigkeiten zu fünft in Lily Christine III. Sally setzte sich bei Cadogan auf den Schoß, was Cadogan recht gut gefiel, und sie fuhren mit Fen am Steuer los und rasten auf der schmalen Straße dahin, wobei sie ein ebenso scharfes wie nervenaufpeitschendes Tempo hinlegten, gleich einer Modelleisenbahn in einer künstlich angelegten Landschaft über Brücken setzten und umherirrendes Vieh und Fußgänger nur um Zentimeter verfehlten. Wie es ihnen gelang, den AA-Mann an der Kreuzung mit der Banbury Road weder zu verstümmeln noch ins Jenseits zu befördern, vermochte sich Cadogan nie vorzustellen; sie ließen ihn schreckensstarr zurück, von einem solch namenlosen Grauen gepackt, daß er keinen einzigen Ton herausbrachte. Cadogan setzte Sally und Mr. Hoskins in telegrammartigen, abgehackten Sätzen über das in Kenntnis, was sie bislang von dem Fall wußten.

»Mensch«, sagte Sally, als er geendet hatte; und fügte verschämt hinzu: »Sie glauben mir doch, was ich Ihnen erzählt habe, oder? Ich weiß, es klingt phantastisch, aber –«

»Meine liebe Sally, diese ganze Geschichte ist so aberwitzig, daß ich es Ihnen glauben würde, wenn Sie mir sagten, Sie seien die Dame von Shalott.«

»Sie haben wirklich eine komische Art zu reden, was?« Doch die Worte wurden vom Brausen des Fahrtwindes und Geknatter des Motors verschluckt.

»Was?« sagte Cadogan.

Wilkes drehte sich auf dem Beifahrersitz um. Er hörte bei Lärm besser. »Sie sagt, Sie haben eine komische Art zu reden.«

»Habe ich das?« Es war Cadogan bislang nicht in den Sinn gekommen, daß er eine komische Art zu reden hatte: Der Gedanke beunruhigte ihn.

»Ich wollte nicht grob sein«, sagte Sally. »Was machen Sie denn so? Ich meine, was haben Sie für einen Beruf?«

»Ich bin Dichter.«

»Manometer.« Sally war beeindruckt. »Ich habe noch nie einen Dichter getroffen. Sie sehen nicht wie einer aus.«

»Ich fühle mich auch nicht wie einer.«

»Wir haben in der Schule Gedichte durchgenommen«, fuhr Sally erinnerungsvoll fort. »Ein Abschnitt hat mir gefallen. Er ging so:

Vernichtigt alles, was gemacht,
Zu grünem Sinn in grüner Nacht.

Ich habe nicht die leiseste Ahnung, was das bedeutet, aber es hört sich gut an. Es stand in einem Buch, das *Lyrik für die Mittelstufe* hieß . . . Ich bin doch nicht zu schwer für Sie, oder?«

»Nein, ich mag es so.«

»Es muß einen Riesenspaß machen, ein Dichter zu sein«, sagte Sally träumerisch. »Niemand, der einen herumkommandiert, und niemand, der einen zum Arbeiten anhält, wenn man keine Lust dazu hat.«

»Es wäre soweit ganz in Ordnung, wenn es einem auch etwas Geld einbrächte«, gab Cadogan zurück.

»Raus mit der Sprache. Wieviel verdienen Sie denn?«

»In meiner Eigenschaft als Dichter? Zirka zwei Pfund pro Woche.«

»Mensch, das ist nicht gerade viel. Vielleicht sind Sie noch nicht sehr bedeutend.«

»Das wird es vermutlich sein.«

Diese Antwort schien Sally zufriedenzustellen, und sie sang munter vor sich hin, bis Fen ihrer aller Gedanken von dem Thema ablenkte, indem er eine besonders scharfe Kurve mit zwei Reifen auf dem Bürgersteig nahm.

Kurz hierauf ereignete sich der Zwischenfall. Da sie sich nun Oxford näherten, begannen Geschäfte aufzutauchen; der Verkehr nahm zu, und es gab vermehrte Anzeichen dafür, daß allerorten Studenten wohnten. Knapp vor der Kreuzung, wo es zur Lady Margaret Hall abgeht, rief Cadogan, der geistesabwesend in die Landschaft hinausgestarrt hatte, Fen plötzlich zu, er solle anhalten, und Fen tat dies so abrupt, daß sie beinahe von einem nachfolgenden Auto gerammt wurden, dessen Fahrer das Lenkrad aber zum Glück gerade noch herumreißen konnte, wenn er dabei auch schimpfte wie ein Rohrspatz. Fen wirbelte auf seinem Sitz herum und sagte:

»Um Himmels willen, was ist denn los?«

Cadogan streckte den Arm aus und deutete auf einen Spielzeugladen, der ungefähr dreißig Meter hinter ihnen stand.

»Ich *glaube,* es ist derselbe«, sagte er, während er aus dem Wagen kletterte. »Ich bin mir sogar fast sicher . . .« Die anderen folgten ihm und scharten sich um das Fenster.

»Ja«, sagte Cadogan. »Ich kann mich noch gut daran erinnern, wie häßlich mir diese Puppe mit dem gesprungenen Gesicht vorgekommen ist.«

»An die erinnere ich mich auch«, sagte Sally.

»Und da ist die Kiste mit den Luftballons, die ich umgestoßen habe . . . Sie sieht zumindest ganz so aus.« Cadogan suchte nach dem Namen über dem Laden. Er lautete »Heston«, und die verblaßten weißen Lettern waren mit kunstvollen Schneckenornamenten verziert.

Cadogan und Fen gingen hinein. In dem Laden hielt sich lediglich ein unscheinbarer junger Mann mit einem roten Haarschopf auf.

»Guten Nachmittag, Sir. Guten Nachmittag, Sir«, sagte er. »Was darf es denn sein? Ein Puppenhaus für das Töchterchen?« Er hatte gerade ein Handbuch über Verkaufspsychologie gelesen.

»Welches Töchterchen?« fragte Fen verwirrt.

»Oder ein Satz Bauklötze oder ein paar Zinnsoldaten?« Cadogan kaufte einen Luftballon und ging hinaus, um ihn Sally zu überreichen.

»Ist die Ladeninhaberin da? Es ist eine Miss Winkworth, nicht?« fragte Fen.

»Ja, Sir, Miss Winkworth. Nein, Sir, ich fürchte, sie ist nicht da. Wenn ich irgend etwas für Sie tun kann . . .«

»Nein. Ich wollte mit ihr persönlich sprechen. Sie haben nicht zufällig ihre Adresse, oder?«

»Nein, Sir, da muß ich Sie leider enttäuschen. Sie müssen wissen, daß ich erst seit kurzem hier angestellt bin. Aber sie wohnt nicht hier im Haus. Das weiß ich bestimmt.«

Also gab es eigentlich nichts mehr zu sagen. Doch beim Hinausgehen fragte Fen:

»Ist Ihnen irgend etwas Ungewöhnliches aufgefallen, als Sie den Laden heute morgen aufgesperrt haben?«

»Nun, Sir, es ist seltsam, daß Sie das anschneiden, weil nämlich ein paar Sachen tatsächlich nicht an ihrem gewohnten Platz zu sein schienen. Ich befürchtete schon, es sei eingebrochen worden, aber da es keinerlei Anzeichen für ein gewaltsames Eindringen gab und, soweit ich dies erkennen konnte, auch nichts entwendet worden war . . .«

Als sie wieder im Auto saßen und in Richtung von St. Christopher's fuhren, sagte Fen: »Offenkundig ist das der normale Standort des Spielzeugladens. Es ist aufschlußreich, aber nicht weiter erstaunlich, daß er dieser Miss Winkworth gehört. Sie scheint bei dieser Sache für das ganze Drum und Dran verantwortlich gewesen zu sein. Ich schätze, sie ist Grasse.«

»Wir hätten Danny beerdigen sollen«, sagte Sally unvermittelt. »Wir hätten ihn nicht so liegenlassen sollen.« Sie fuhren schweigend zum vorderen Tor von St. Christopher's.

Parsons, der Pförtner, begrüßte sie, als sie durch die Loge gingen. »Die Polizisten haben zum dritten Mal wegen Mr. Cadogan nachgefragt«, sagte er düster. »Sie werden langsam ziemlich wütend. Sie haben sich in Ihrem Zimmer umgesehen, Professor Fen. Ich habe aufgepaßt, daß sie nichts durcheinanderbrachten.«

»Was haben Sie ihnen erzählt?«

»Daß ich nichts darüber wüßte. So etwas nennt man *Meineid.*« Parsons zog sich brummend zurück, um den ›Daily Mirror‹ weiterzulesen.

Sie alle überquerten die zwei Höfe, die zu Fens Zimmer führten. »Was hat ihm die Polizei denn vorzuwerfen?« flüsterte Sally Fen zu.

»*Pornographisches Schrifttum*«, sagte Fen gewichtig.

»Nein, im Ernst.«

»Er hat ein paar Lebensmittel aus einem Gemischtwarenladen gestohlen – als wir uns heute morgen dort umgesehen haben.«

»Mensch, was für eine Unbedachtheit.«

Wie sich herausstellte, hielt sich in Fens Zimmer bereits jemand auf. Mr. Erwin Spode, von Spode, Nutling und Orlick, jenem auf Literatur der gehobenen Klasse spezialisierten Verlag, sprang auf die Beine, als sie hereinkamen; er machte einen ziemlich zerfahrenen Eindruck.

»Hallo, Erwin«, sagte Cadogan überrascht. »Was tun Sie denn hier?«

Mr. Spode hüstelte nervös. »Um die Wahrheit zu sagen, habe ich Sie gesucht. Wo ich schon einmal in Oxford war, habe ich mir gedacht, ich schaue bei Ihnen vorbei. Es geht um diese Vortragsreise durch die Vereinigten Staaten.«

Cadogan stöhnte. »Darf ich Sie vorstellen«, sagte er. »Mr. Spode, mein Verleger: Professor Fen, Miss Carstairs, Mr. Hoskins, Dr. Wilkes.«

»Da dies Ihr College ist, habe ich mir gedacht, daß ich Sie vielleicht hier finde.« Mr. Spode wandte sich an Fen. »Ich hoffe, Sie verzeihen mir meine Aufdringlichkeit.« Sein halbkreisförmiges Profil legte Zeugnis von seiner inneren Unruhe ab, und sein schütteres Haar stand ihm wirr um den Kopf. Er fuhr sich mit einem Taschentuch über das Gesicht. »Es ist heiß«, klagte er.

Es war in der Tat heiß. Die Sonne stand zwar nicht mehr so hoch am Himmel, brannte aber noch immer mit unverminderter Kraft hernieder. Der grüne Boden und die cremefarbenen Wände hatten eine kühlende Wirkung, und die Fenster standen weit offen; nichtsdestotrotz war es heiß. Cadogan hatte das Gefühl, er könne ein Bad gebrauchen.

»Wann sind Sie denn angekommen?» fragte er Mr. Spode, weniger aus Wißbegierde denn aus dem ganz einfachen Grund, daß ihm sonst nichts einfiel.

»Letzte Nacht«, sagte Mr. Spode in einem Tonfall, der höchste Gewissensnöte offenbarte.

»*Oh?*« Cadogans Interesse war jäh geweckt. »Aber als Sie von mir weggingen, sagten Sie doch, Sie führen nach Caxton's Folly zurück.«

Mr. Spode wand sich vor Verlegenheit; er hüstelte wiederholt. »Ich habe auf dem Rückweg im Verlag vorbeigeschaut und eine Nachricht des Inhalts vorgefunden, ich solle unverzüglich hierherkommen. Ich bin gefahren. Ich hätte Sie ja mitgenommen, aber als ich Sie angerufen habe, waren Sie bereits außer Haus. Ich wohne im ›Mace and Sceptre‹«, schloß er abwehrend, als ob damit alles nicht nur erklärt, sondern zugleich auch entschuldigt sei.

Fen, der bei einem ältlichen, miesepetrigen Individuum, das sich als sein Aufwärter entpuppte, einen kalten Imbiß und Tee bestellt hatte, kehrte ins Zimmer zurück, schloß eine Schublade seines unaufgeräumten Schreibtisches auf und entnahm ihr eine kleine automatische Pistole. Für einen Augenblick geriet die Unterhaltung ins Stocken: Etwas von der dieser Handlung innewohnenden Bedeutung drängte sich allen Anwesenden auf.

»Es tut mir leid, daß ich Sie verlassen muß«, sagte er. »Aber dieses Gespräch mit Mr. Rosseter kann nicht länger warten. Fühlen Sie sich wie zu Hause. Sally, Sie rühren sich nicht vom Fleck, bis ich wieder da bin – denken Sie daran, daß Sie für diese Leute noch immer eine große Gefahr darstellen. Mr. Hoskins, lassen Sie Sally keine Sekunde aus den Augen.«

»Ich vermag bereits jetzt kaum den Blick von ihr zu wenden», sagte Mr. Hoskins galant, worauf ihn Sally mit einem spitzbübischen Grinsen beehrte.

Die Neugierde und das Verlangen nach etwas zu essen lieferten sich in Cadogans Gehirn ein Scheingefecht; die Neugierde trug den Sieg davon. »Ich komme auch mit«, verkündete er.

»Ich will dich nicht dabeihaben«, sagte Fen. »Denk daran, was beim letzten Mal passiert ist.«

»Aber wenn ich hierbleibe«, entgegnete Cadogan, »findet mich die Polizei.« (»Es wird auch langsam Zeit«, murmelte Fen.) »Außerdem bin ich neugierig.«

»Heiliges Hippopotamus«, lautete Fens Kommentar. »Ich brauche wohl erst gar nicht versuchen, dich aufzuhalten.«

»Aber es wäre vielleicht keine schlechte Idee, wenn ich zuerst zum Bahnhof gehe und meine Tasche hole: Es ist ein Revolver darin.«

»Nein«, sagte Fen barsch. »Es fehlte noch, daß du wie ein Cowboy überall in den Straßen von Oxford herumballerst. Überleg dir einmal, was passiert, wenn du mit einer Waffe aufgegriffen wirst ... Hör also auf zu quatschen und komm.« Und Fen hatte eine so starke Ausstrahlung, daß Cadogan tatsächlich zu quatschen aufhörte und mitkam.

»Es freut mich, daß ich Mr. Spode entwischt bin«, sagte Cadogan zu Fen, während sie zu Mr. Rosseters Kanzlei gingen.

»Wieso?«

»Er will, daß ich in Amerika Vorträge über moderne englische Lyrik halte.«

»Mich ersucht nie jemand darum, in Amerika über irgend etwas Vorträge zu halten«, sagte Fen finster. »Du solltest froh sein. Ich würde mich glücklich schätzen.« Er neigte zu jähen Stimmungswechseln. »Was hältst du von dem Mädchen, Sally?«

»Bildhübsch.«

»Nein, du alter Lüstling«, sagte Fen warmherzig. »Ich meine, sagt sie die Wahrheit?«

»Da bin ich mir ziemlich sicher. Du etwa nicht?«

»Doch, eigentlich schon, aber ich bin eben nun einmal von Natur aus mißtrauisch. Schließlich haben wir es hier mit einer ziemlich ungewöhnlichen Geschichte zu tun, nicht wahr?«

»So ungewöhnlich, daß sie niemand mit gesundem Verstand erfinden würde.«

»Ja, da magst du recht haben. Weißt du, mir fällt gerade ein – zugegebenermaßen etwas spät – daß die Miss Tardy gesetzte Frist alles in allem keine sehr große Rolle spielt. Sie mußte beseitigt werden, damit sie gar nicht erst beginnen konnte, wegen ihres Anspruches Stunk zu machen, das ist alles. Und man zog es natürlich vor, sie verschwinden zu lassen, ehe irgend jemand davon Wind bekam, daß sie in England war. Ich wüßte gerne, wann genau sie angekommen ist und ob sie vor ihrem Eintreffen in Oxford irgendwo übernachtet oder jemanden besucht hat. Ich halte es nicht für sehr wahrscheinlich – das hätte zu viele deutliche Spuren hinterlassen; unter diesen Umständen wäre es riskant gewesen, sie aus dem Weg zu räumen.«

»Was glaubst du, ist mit der Leiche passiert?«

Fen zuckte die Achseln. »Sie ist vermutlich in einem Heizkessel – oder bei irgend jemandem im Hintergarten gelandet. Es dürfte inzwischen kaum noch möglich sein, sie ausfindig zu machen.«

Sie passierten die Kirche von St. Michael, die dem Laden, wo Sally arbeitete, fast direkt gegenüberlag, überquerten die Cornmarket und gingen vorbei am Clarendon Hotel auf Mr. Rosseters Kanzlei zu. Das ärgste Verkehrsgedränge hatte sich gelegt. Cadogan kam fast um vor Hunger, und sein Kopf begann, ihm wieder wehzutun; er spürte auch, daß er im »Mace and Sceptre« zuviel Bier getrunken hatte.

»Ich fühle mich wie Gerontius«, sagte er düster und brach damit ein langes Schweigen.

»Gerontius?«

»*Dieses Zerfallen in sämtliche Bestandteile* ... Flau, meine ich.«

»Mach dir nichts daraus. Wenn wir mit Rosseter gesprochen haben, genehmigen wir uns bei Fuller's etwas zu essen ... Da wären wir.«

Sie polterten die von billigen Sportlithographien und Du-Maurier-Karikaturen seit langem verstorbener Leuchten auf dem Gebiet der Rechtspflege gesäumte Treppe hinauf. Der vordere Raum, in dem sich der an Dickens gemahnende Kanzlist hätte aufhalten sollen, war leer, und sie traten an die Milchglastür, die zu Mr. Rosseters Zimmer führte. Cadogan bemerkte, daß Fens Hand in der Tasche mit der Pistole steckte und daß er die Tür aufstieß, ohne sogleich einzutreten. Der lange Raum mit der niedrigen Decke war ebenfalls leer, und der große Schreibtisch, der vor den auf die Cornmarket hinausgehenden Fenstern stand, war abgeräumt. Einige der dicken Bände mit juristischen Präzedenzfällen waren aus dem Regal gezogen worden und gaben den Blick auf einen kleinen Wandsafe frei, dessen Tür offenstand. Das schräg durch die Fenster einfallende Licht erhellte einen verlassenen und wie ausgestorben daliegenden Raum.

»Er muß verduftet sein«, sagte Cadogan ohne Überraschung.

»Ich weiß nicht recht«, erwiderte Fen. Er trat in das Zimmer.

»Nehmen Sie beide die Hände hoch«, sagte eine Stimme hinter ihnen. »Und zwar ein bißchen plötzlich, bitte, sonst schieße ich.«

Cadogan fuhr herum, und in diesem Sekundenbruchteil sah er, wie der Schlagbolzen eines Revolvers in die Höhe schnellte, während der Abzug auf den Druckpunkt zuglitt, und ergab sich – ohne große Begeisterung – in die Ewigkeit. Doch es folgte kein Schuß.

»Das war sehr dumm von Ihnen«, sagte Mr. Rosseter, wobei seine Stimme ein wenig zitterte. »Sie sollten bedenken, daß ich es mir nicht leisten kann, auch nur das geringste Risiko einzugehen.«

Die Waffe, die er hielt, hatte einen sonderbar ummantelten Lauf – es steckte eine Art perforierter Schlauch darauf. Die Hand, die den Kolben umfaßte, glänzte vor Schweiß, war aber vollkommen ruhig. Mr. Rosseter trug nun nicht mehr jene dunkelfarbigen Kleider, die die Amtstracht seines Berufsstandes darstellen; er hatte statt dessen einen hellgrauen Nadelstreifenanzug an. Die grünen Augen hinter seiner Brille waren bis auf einen schmalen Schlitz zugekniffen, während er in der Manier eines Meisterschützen sorgfältig zielte. Sein kahler, sich nach oben hin verjüngender Schädel schimmerte im Widerschein des Lichts, und es fiel Cadogan zum ersten Mal auf, daß seine fetten, sorgfältig manikürten Hände mit einem feinen, rötlichen Flaum bedeckt waren.

»Ich dachte mir, daß Sie früher oder später hier auftauchen würden«, fuhr er fort, »und habe deshalb im zweiten Stock auf Sie gewartet. Es wird Sie freuen zu hören, daß ich meinem Kanzlisten freigegeben habe: Wir können uns ungestört unterhalten. Gehen Sie bitte in mein Büro und versuchen Sie nicht, die Hände herunterzunehmen; ich bin zu weit hinter Ihnen, als daß sich das lohnen würde.« Er folgte ihnen hinein, und Cadogan hörte, wie er den Schlüssel im Schloß herumdrehte.

»Sie müssen mir gestatten, Ihnen diese Pistole abzunehmen, Professor. Werfen Sie sie bitte auf den Boden ... Danke. Mr. Cadogan, ich sehe mich leider gezwungen, nachzusehen, ob Sie ...« Er tastete Cadogans Anzug ab.

»Sie kitzeln mich«, sagte Cadogan.

»Verzeihung«, sagte Mr. Rosseter sarkastisch. »Sie können die Hände jetzt herunternehmen, aber machen Sie bitte keine abrupten Bewegungen. Wie Sie sicher verstehen werden, ist mein Nervenkostüm momentan äußerst dünn. Bleiben Sie am Ende des Zimmers, neben der Tür.« Er beförderte Fens Pistole mit einem Fußtritt in die Nähe des Schreibtisches, ging rückwärts zu dem Drehstuhl und nahm vorsichtig Platz. Dann legte er den Lauf des Revolvers auf die Schreibtischkante, doch ohne den Hahn zu entspannen; sie waren zwei gegen einen, und er war nicht geneigt, sich auf die Vorsehung zu verlassen. »Als passionierter Kinogänger«, fügte er hinzu, »bin ich mir bewußt, welche Gefahr es darstellt, Sie zu dicht vor mir zu haben. Da, wo Sie stehen, kann ich einen von Ihnen erschießen, ohne daß der andere genug Zeit hat, mich zu überrumpeln, ehe ich auf ihn anlege. Und ich bin wirklich ein ziemlich treffsicherer Schütze – letztes Jahr zum Beispiel habe ich die internationalen schwedischen Meisterschaften in Stockholm gewonnen.«

»Diese biographischen Auskünfte sind ja ungemein interessant«, sagte Fen konziliant, »aber nicht das, weswegen wir eigentlich hergekommen sind.«

»Natürlich nicht«, schnurrte Mr. Rosseter. »Höchst unaufmerksam von mir. Die Tatsache ist die, Gentlemen, daß mich die Nachricht von dem schmählichen Versagen« – seine Stimme wurde lauter – »dem schmählichen Versagen dieser beiden Männer völlig aus der Bahn geworfen hat. Es ist mir, mit Verlaub, ziemlich dreckig gegangen, Gentlemen.«

»Sehr bedauerlich«, sagte Fen.

»Aber da mir klar war, daß Sie mir einen Besuch abstatten würden, mußte ich natürlich warten. Sie haben mir wirklich eine Menge Unannehmlichkeiten bereitet. Ich verspüre den brennenden Wunsch, Sie zu töten – das heißt, ich würde es auch dann tun, wenn es nicht von essentieller Bedeutung für meine Sicherheit wäre.«

»Ich begreife wirklich nicht, wie Sie damit durchkommen wollen.«

»Tja, also: zum einen hat dieser Revolver, wie Sie sehen, einen Schalldämpfer; zum anderen kenne ich ein Versteck, an dem man Ihre Leichen erst finden wird, wenn ich außer Reichweite des Gesetzes bin –«

»Sie sind sich doch darüber im klaren, daß wir Freunde haben, die wissen, wo wir sind. Sie werden so einige Nachforschungen anstellen, wenn wir nicht zurückkommen.«

»Natürlich haben Sie Freunde«, sagte Mr. Rosseter huldvoll. Es hörte sich fast wie ein Kompliment an. »Das ist mir keineswegs entgangen. Ich werde ihnen eine Mitteilung des Inhalts zukommen lassen, daß Sie mich nach – na, sagen wir mal – Edinburgh – verfolgt hätten. Oder irgendeinen anderen Ort, der gebührend weit von hier entfernt ist.«

»Und Sie selbst?«

»Mir wird gerade genug Zeit bleiben, um die Maschine zu nehmen, die heute abend von Croydon nach Paris fliegt. Dort werde ich meine Identität wechseln, und morgen mittag werde ich mich auf einem Schiff befinden, das unter der Flagge eines Staates fährt, mit dem Großbritannien keinen Auslieferungsvertrag abgeschlossen hat ... Wie Sie sehen, ist dies alles äußerst unerquicklich und entspricht ganz und gar nicht dem, was ich ursprünglich vorhatte. Nun komme ich nicht mehr dazu, Miss Snaiths Vermögensangelegenheiten zu regeln.«

Cadogan fragte: »Haben Sie Miss Tardy getötet?«

»Das ist ja das Ungerechte an der ganzen Sache.« Mit seiner linken Hand machte Mr. Rosseter eine weitläufige Gebärde, die die Geister einer unerträglichen Verfolgung heraufbeschwor. »Das habe ich nicht. Ich war fest dazu entschlossen, aber irgend jemand ist mir zuvorgekommen.«

Fen blickte gespannt auf. »Wissen Sie, wer?«

Mr. Rosseter lachte plötzlich – ein ausgelassenes, stillvergnügtes Wiehern bar jeglicher Böswilligkeit. »Wie es sich so trifft, ja – und was für große Augen Sie machen werden, wenn ich es Ihnen erzähle! Es sah alles so schwierig aus – so unglaubhaft. Fast schon ein *locked-room mystery;* bestimmt ein ›unmöglicher Mord‹. Aber ich habe ihn gelöst. Ich habe ihn gelöst.« Er lachte erneut. »Und der Mörder – der natürlich einer der Erben ist – wird mich für mein Schweigen bezahlen. Erpressung – eine liebenswerte Kunst. Sehen Sie, die Verteilung von Miss Snaiths Vermögen wird durch meine Flucht so gut wie nicht beeinflußt; das Amt des Testamentvollstreckers wird auf jemand anderen übergehen, und die Erben werden ihren Anteil zur rechten Zeit erhalten. Einem von ihnen wird jedoch nicht besonders viel davon übrigbleiben, da er mir den Großteil in ein anderes Land überweisen wird. Falls er das nicht tut, wird ein uneigennütziger Freund von mir der Polizei eine Menge interessanter Informationen aushändigen.« Er wies mit dem Kopf auf einen Aktenkoffer, der gegen die Seite des Schreibtisches gelehnt war. »Ich werde ihm diese Informationen zusenden, sobald ich außerhalb von Oxford bin.«

»Ist es Ihnen denn noch nie in den Sinn gekommen«, fragte Fen, »daß die Polizei Ihren Erben große Aufmerksamkeit schenken wird, wenn Sie sich so mir nichts, dir nichts aus dem Staub machen?«

»Natürlich wird sie das.« Mr. Rosseter war die Güte selbst. »Aber was kann sie ihnen denn schon zur Last legen? Den Mord an Ihnen beiden? Aber der geht eindeutig auf meine Kappe. Den Mord an Miss Tardy? Aber wie wollen sie den überhaupt nachweisen? Einzig und allein auf Grund der Aussage dieser blutjungen Carstairs? Mein Verehrtester, die Polizei ist doch nicht auf den Kopf gefallen; sie wird sich hüten, auch nur einen Haftbefehl auszustellen. Und ich sollte vielleicht auch noch anmerken, daß ich sorgfältig darauf geachtet habe, daß es keinerlei Beweise dafür gibt, daß Miss Tardy je einen Fuß in dieses Land gesetzt hat. Sie ist gestern mittag mit der Fähre aus Dieppe gekommen und unverzüglich nach Oxford weitergefahren, ohne irgendwo auszusteigen oder jemanden zu besuchen. Was die Aussagen von Fahrkartenkontrolleuren, Schaffnern und so weiter angeht – selbst wenn sich einer von ihnen an sie erinnern sollte (was äußerst unwahrscheinlich ist), wäre es einem gewieften Anwalt ein leichtes, ihn vorzuführen. Und die Leiche schließlich befindet sich mittlerweile an einem Ort, an dem keinerlei Hoffnung besteht, daß sie je gefunden wird. Nein, nein: die Erben werden vielleicht ein paar Unannehmlichkeiten bekommen, aber sie haben absolut nichts zu befürchten.«

Es wurde Cadogan zum ersten Male voll und ganz bewußt, daß Mr. Rosseter tatsächlich fest dazu entschlossen war, sie zu töten; jetzt wo er ihnen dies alles erzählt hatte, blieb ihm keine andere Wahl. Cadogan merkte, wie sich ihm plötzlich der Magen umdrehte; jedes Wort, das Mr. Rosseter sagte, jede neue Auskunft, die er ihnen gab, war ein weiterer Nagel, den er in ihre Särge trieb. Und dennoch blickte er durch das Fenster auf die Straße hinaus, die er so gut kannte, und stellte fest, daß er nicht so recht an seinen unmittelbar bevorstehenden Tod glauben konnte. Zwei Arten von Logik rangen in seinem Inneren miteinander: die Logik von »Ich bin hellwach, und da dem so ist, wird es unweigerlich geschehen«; und die Logik von »Derlei geschieht *einfach nicht*«. Er blickte Fen flüchtig an. In seinen harten blauen Augen war keine Spur mehr von dem naiven Anstrich zu erkennen, den er sich sonst meistens gab; aber es ließ sich nicht erraten, was in seinem Kopf vorging.

»Und jetzt«, sagte Mr. Rosseter gerade, »werden Sie alles darüber wissen wollen – und zwar von Anfang an. Mir bleibt noch eine halbe Stunde, ehe ich gehen muß, und Sie verdienen es, die Einzelheiten zu erfahren. Über die Hintergründe brauche ich mich nicht noch einmal auszulassen. Sie wissen, welche Gefühle Miss Snaith für ihre Nichte, Miss Tardy, hegte; Sie wissen, daß sie sehr exzentrisch war; und Sie haben fraglos herausgefunden, daß ich in ihrem Testament als Alleinerbe eingesetzt bin. Es dürfte Ihnen inzwischen aber ebenfalls bekannt sein, daß ich in diesem Zusammenhang lediglich das Instrument einer Geheimstiftung bin. Der Grund hierfür ist schlicht und einfach folgender: Miss Snaith benannte in ihrem letzten Willen so oft andere Erben, daß sich das Aufsetzen immer neuer Testamente für jedermann zu einem Ärgernis auswuchs. Im Rahmen einer Geheimstiftung konnte sie diese fortwährenden Änderungen wesentlich bequemer vornehmen. Als ihr Rechtsbeistand empfand ich ein so unkonventionelles Verfahren natürlich als bedauerlich, doch ich konnte nichts dagegen unternehmen. Und die abschließende Regelung sah dann so aus, daß ich für sie gewisse Sicherheiten ausstellte, die auf sämtliche Personen übertragen werden konnten, die sie zu ihren Erben auserkor. Sie weigerte sich, mir ihre Namen zu nennen, da sie, wie Sie wissen, übertriebene Angst davor hatte, eines gewaltsamen Todes zu sterben, und sich daher vermutlich einbildete, ich würde mich ansonsten an die Empfänger ihrer wohltätigen Gaben wenden und sie dazu anstacheln, sie zu ermorden. Es ist kaum nachvollziehbar, wie jemand so kindisch sein kann, aber das ist nun einmal der Sachverhalt. Im Falle ihres Todes sollte ich eine Liste mit den Namen dieser Erben erhalten, und sobald die Miss Tardy zugestandenen sechs Monate vorüber waren, sollte ich sie über eine Suchanzeige in der ›Oxford Mail‹ benachrichtigen. Sie würden sodann mit ihren Sicherheiten zur Bank gehen und dort die Papiere erhalten, die ihren Anspruch unter Beweis stellten und zur gleichen Zeit gewährleisteten, daß ich sie nicht etwa um ihr Erbe betrog. Und ich sollte vielleicht noch eines hinzufügen; da Miss Snaith ein Faible für die Werke von Edward Lear hatte, zog sie es vor, die Erben mit Namen aus seinen Limericks zu belegen. Sie standen in der Annonce, die Sie gelesen haben – Essen, Grasse, Carnac, Wald und King's Lynn.«

(*Das vorzeitige Begräbnis,* dachte Cadogan: Mußte der Held dieser Geschichte nicht mitanhören, wie sein eigener Sarg zugenagelt wurde?)

»Ich habe eine Suchanzeige nach Miss Tardy inseriert, wie es das Testament verlangte«, fuhr Mr. Rosseter fort. Der Revolver ruhte noch immer mit dem Lauf auf der Schreibtischkante. »Halten Sie sich bitte vor Augen, daß ich mich zu diesem Zeitpunkt noch nicht mit kriminellen Absichten trug; ich fand es bloß jammerschade, daß eine solche Menge Geldes an ein paar dahergelaufene Nichtsnutze verplempert werden sollte, denen sich Miss Snaith wegen irgendwelcher belangloser Gefälligkeiten verpflichtet fühlte. Und wie ich einräumen muß, hat es mich verärgert, daß sie es für richtig erachtet hatte, mir selbst nichts zu hinterlassen. Ich fürchte, daß ein Teil meiner Vergangenheit, Gentlemen, keine sehr gründlichen Nachforschungen dulden würde; ich erwähne das nur, weil es von großem Belang für das Folgende ist.«

Ein weiterer Nagel.

»Drei Tage vor Ablauf der sechs Monate erhielt ich einen Brief von Miss Tardy, in dem sie förmlich Anspruch auf ihr Erbe erhob und mitteilte, daß sie auf dem Weg nach England sei. Sie schrieb mir aus Dinkelsbühl, in Deutschland. Und ungefähr eine Stunde später ereignete sich der Vorfall, der die ganze Sache ins Rollen brachte.

Ein Mann stattete mir einen Besuch ab – nennen wir ihn für den Augenblick King's Lynn. Er hatte herausgefunden, daß ich Miss Snaiths Rechtsbeistand war, und hatte von ihr eine der bereits erwähnten Sicherheiten erhalten; und wollte sich deshalb nun bei mir erkundigen, ob er einer der Erbschaftsempfänger sei. Ich gab natürlich zurück, daß ich ihm keinerlei Auskünfte geben könne. Und da wurde ich von den Geistern meiner Vergangenheit eingeholt.

Er war zur gleichen Zeit wie ich in Amerika gewesen und

wußte bestimmte Dinge über mich – jedenfalls genug, um mir mein berufliches Fortkommen äußerst schwierig zu gestalten, falls sie je enthüllt würden. Ich sah mich gezwungen, Gentlemen, ihn über das Testament und Miss Tardy in Kenntnis zu setzen, und die Vorstellung, auf so viel Geld verzichten zu müssen, war ihm offenkundig unerträglich. Zuerst verlangte er, ich solle Miss Tardys Anspruch für erloschen erklären, doch ich erwiderte natürlich, daß solch ein albernes Vorhaben undurchführbar sei. Dann schlug er vor, Miss Tardy mit gezielten Einschüchterungsversuchen dazu zu bewegen, das Geld zu überschreiben. Nun, die Wahrscheinlichkeit, daß einem solchen Unterfangen letztlich irgendein Erfolg beschieden sein würde, war verschwindend gering; jedes von Miss Tardy unterzeichnete Schriftstück würde von den Erben bei Gericht vorgelegt werden müssen, und die Umstände, unter denen es signiert worden war, würden genauestens untersucht werden. Doch während er redete, hatte ich mir selber einen Plan zurechtgelegt, weshalb ich es vorzog, ihn über die Schwierigkeiten im dunklen zu lassen, und so tat, als stimmte ich zu.

Wir verständigten uns darauf, die Sache zu einem späteren Zeitpunkt weiter zu bereden, und er ging. Ich machte mich sofort daran, meine eigene Idee in die Tat umzusetzen. Ich schickte Miss Tardy ein Telegramm und schwor sie darin unter irgendeinem juristischen Vorwand darauf ein, unmittelbar nach ihrer Ankunft in England zu mir zu kommen; und ich setzte die für die anderen Erbschaftsempfänger bestimmte Annonce um zwei Tage zu früh in die Zeitung. Am Tage ihres Erscheinens stellten sich mit einer Ausnahme auch alle hier bei mir ein. Ich brauche sie Ihnen nicht im einzelnen zu beschreiben; es genügt, wenn ich erwähne, daß zwei von ihnen Leute von zweifelhaftem Ruf waren und sich aus Geldgier bereit erklärten, an diesem absurden Einschüchterungskomplott mitzuwirken und mir als Bezahlung für meine Dienste einen Teil ihres Erbes abzutreten. Einer von ihnen erbot sich, als Schauplatz der Handlung ein Geschäft in der Iffley Road zur Verfügung zu stellen, das vorübergehend als Spielzeugladen ausstaffiert werden sollte, um es Miss Tardy unmöglich zu machen, es später wiederzufinden. In meinen Augen war die ganze Angelegenheit nichts als eine bessere Schmierenkomödie, zumal die Verschwörer zu allem Überdruß auch noch Masken tragen sollten, damit sie einander nicht identifizieren konnten. Ich fügte mich in diesen Unsinn, wobei ich mich innerlich jedoch fragte, was für ein Einfaltspinsel man wohl sein mußte, um auf derlei zu verfallen; mir war nämlich die ganze Zeit über klar, daß es in bezug auf Miss Tardy nur eine einzige erfolgversprechende Verfahrensweise gab, und zwar, sie zu töten.«

Es entstand eine kurze Stille. Draußen konnte Cadogan das Gebrumme des Straßenverkehrs hören und sehen, wie sich auf den Fenstern einer leerstehenden Wohnung im Haus gegenüber das Sonnenlicht spiegelte. Ein Spatz ließ sich auf dem Fensterbrett nieder, plusterte seine Federn auf und flog wieder davon.

»Es war schade, daß praktisch nichts klappte«, fuhr Mr. Rosseter versonnen fort. Er hatte zu keiner Zeit den Finger vom Abzug genommen. »Jammerschade. Erstens brachte jemand die Frau um, ehe ich mein eigenes Vorhaben ausführen konnte; zweitens blieb dieses Carstairs-Mädchen im Laden und sah uns; und drittens kamen Sie, Mr. Cadogan, daher und entdeckten die Leiche. Das war alles völlig unvorhersehbar. Der Plan selbst, denke ich, war wohldurchdacht. Miss Tardy hatte mir telegraphisch mitgeteilt, wann sie ankommen würde, und das Carstairs-Mädchen sollte, ohne etwas davon zu ahnen, den Lockvogel spielen. Sie sollte mich bei ihrer Ankunft im Spielzeugladen nicht zu Gesicht bekommen, sondern lediglich unseren Freund King's Lynn, der ihr jedoch einen falschen Namen nennen sollte; so daß sie mich höchstens auf dem Umweg über den Brief mit der

Sache in Verbindung bringen konnte, in welchem Falle ich jedoch geschworen hätte, ihn nie geschrieben zu haben. Doch ich will mich kurz fassen. Wenn irgend etwas schiefgelaufen und Miss Tardy vermißt worden wäre, hätten die Erben den größten, ich hingegen wenig oder gar keinen Verdacht erregt. Natürlich hoffte ich, daß alles nach Plan verlaufen und Miss Tardy sich quasi in Luft auflösen würde. Ich hätte sie getötet – natürlich ohne mir auch nur im mindesten den Anschein eines Mörders zu geben – und die anderen auf ihre mißliche Lage hingewiesen. Es wäre nicht das erste Mal gewesen, daß ich jemanden ums Leben gebracht oder, wie es so schön heißt, kaltgemacht habe. Die anderen hätten mir für die erfolgreiche Vertuschung der Sache (auf finanziellem Wege) gedankt, und alles wäre gut gewesen.

Wie Sie wissen, schlug der Plan fehl.« Mr. Rosseter erhob sich und schlenderte an die Seite des Schreibtisches. »Aber lassen Sie mich Ihnen erzählen, was tatsächlich geschehen ist. Und lassen Sie mich Ihnen die Namen der beteiligten Personen nennen – es ist lächerlich, weiterhin diese kindischen Pseudonyme zu benützen.« Er zeichnete sich schwarz gegen das Fenster ab. »Als erstes war da –«

Draußen auf der Straße ertönte so etwas wie ein Auspuffknall. Mr. Rosseter hielt mitten im Satz inne. Seine Augen trübten sich, wie Lampen, über die jählings eine Regenböe hinwegfegt; seine Lippen klafften auseinander, und aus seinem Mundwinkel begann in einem dünnen Strahl Blut zu rinnen. Er fiel nach vorne auf den Schreibtisch und sackte von dort auf den Boden. Cadogan ertappte sich dabei, wie er benommen auf das saubere runde Loch starrte, das sich in der Fensterscheibe befand.

IX. DIE EPISODE MIT DEM MISSGÜNSTIGEN MEDIUM

»Der ist hinüber«, sagte Fen, der sich über die Leiche beugte. »Genickschuß – so etwas Ähnliches wie ein leichtes Jagdgewehr, würde ich meinen. Erpresser enden manchmal so. Jedenfalls besser er als wir.«

Cadogan war über ihre wunderbare Errettung nicht einmal erleichtert; er interpretierte sie, mit Recht, als Folge davon, daß er nie wirklich geglaubt hatte, er würde getötet werden. Doch Fen gab ihm wenig Gelegenheit, über diese Dinge nachzusinnen.

»Der Schuß ist horizontal eingetreten«, sagte er, »was bedeutet, daß er aus den oberen Fenstern des gegenüberliegenden Hauses gekommen sein muß. Unser Freund wird gerade dabei sein, von dort abzuhauen.« Er hob seine Pistole auf und zog Mr. Rosseter den Schlüssel für die Bürotür aus der Tasche.

»Sollten wir nicht die Polizei anrufen?«

»Später. Später«, sagte Fen und zerrte Cadogan aus dem Zimmer. »Es nützt herzlich wenig, die Polizei anzurufen, wenn der Mörder währenddessen entkommt.«

»Entkommen wird er so oder so.« Cadogan glitt auf einer Läuferstange aus und kam beinahe zu Fall. »Du glaubst doch nicht etwa, daß er dort drüben rumsteht und auf uns wartet, oder?« Doch er erhielt auf diese Frage keine Antwort.

Die Ampel auf der Höhe von Carfax hielt den Verkehr gerade in einer Richtung auf, so daß sie ohne Verzögerung auf die andere Seite der Cornmarket gelangten. Sie vergeudeten jedoch einige Minuten mit der Suche nach dem Eingang zur gegenüberliegenden Wohnung, und als sie ihn in einem Durchgang hinter den Geschäften entdeckten, erwies er sich als abgesperrt.

»Wenn *das* hier auch Miss Alice Winkworth gehört«, sagte Fen, »schreie ich.« Er vermittelte den Eindruck, als stünde er wirklich kurz davor, dies zu tun.

Ein Konstabler, der auf der anderen Straßenseite auf dem Trottoir stand, ließ ihren Possen ein beträchtliches Maß an Neugierde angedeihen, doch Fen war gegen diese bedeutsame Tatsache so blind, daß er das Fenster aufgestemmt hatte und hineinkletterte, ehe ihn Cadogan daran zu hindern vermochte. Der Konstabler kam zu ihnen herübergeeilt und richtete empört das Wort an Fens entschwindende Gestalt.

»Heda! Heda!« rief er. »Was glauben Sie eigentlich, was Sie da tun?«

Nachdem es ihm geglückt war, durch das Fenster ins Hausinnere zu gelangen, wandte Fen sich um und lehnte sich wieder hinaus. Er gebärdete sich wie ein Priester, der von der Kanzel zu seiner Gemeinde spricht.

»In der gegenüberliegenden Wohnung ist soeben ein Mann erschossen worden«, erwiderte er. »Und der Schuß kam von hier. Reicht Ihnen das als Begründung?«

Der Konstabler starrte Fen ungefähr so an, wie Bileam seinen Esel angestarrt haben muß. »He, machen Sie Witze?« sagte er.

»Nein, es ist mir bitterernst«, sagte Fen herrisch. »Überzeugen Sie sich selbst, wenn Sie mir nicht glauben.«

»Allmächtiger Gott«, sagte der Konstabler und hastete über die Cornmarket zurück.

»Der ist vielleicht gutgläubig«, bemerkte Cadogan. »Es kommt ihm anscheinend überhaupt nicht in den Sinn, daß du gerade dabeisein könntest, diese Wohnung auszurauben.«

»Sie steht leer, du Armleuchter«, entgegnete Fen; und verschwand. Binnen kürzester Zeit war er wieder am Fenster.

»Es ist niemand da«, sagte er. »Aber es gibt eine Feuerleiter, die zu einem kleinen begrünten Platz um die Ecke führt, und das Fenster daneben ist aufgebrochen. Weiß der Himmel, wo das Gewehr steckt – aber ich habe jetzt sowieso keine Zeit, um danach zu suchen.«

»Warum denn nicht?«

Fen kletterte durch das Fenster und ließ sich neben Cadogan auf den Bürgersteig hinab. »Weil ich mich, du altes Sumpfhuhn, nicht damit aufhalten will, vor diesem Konstabler eine Aussage zu machen. Dazu müßten wir mit aufs Revier, und das würde uns mindestens eine Stunde kosten.«

»Aber hör mal, ist es nicht langsam an der Zeit, daß die Polizei den Fall übernimmt?«

»Ja«, bekannte Fen frei heraus. »Das ist es. Und wenn ich ein um das Gemeinwohl besorgter Bürger wäre, würde ich sie das auch tun lassen. Aber ich bin nun einmal kein um das Gemeinwohl besorgter Bürger, und außerdem finde ich, daß dieser Fall einzig und allein unsere Sache ist. Die Polizei würde uns ohnehin kein Wort glauben, wenn wir anfingen, aus der Schule zu plaudern; *wir* haben die ganzen Nachforschungen angestellt, und *wir* haben das ganze Risiko auf uns genommen. Ich finde, es ist nur unser gutes Recht weiterzumachen und die Sache auf unsere Weise zu Ende zu bringen. Und, ehrlich gesagt, habe ich auch eine Stinkwut im Bauch. Ich bin ein verkappter Romantiker«, fügte er gedankenvoll hinzu. »Ein Abenteurer *manqué,* der außer seiner Zeit geboren ist.«

»So ein Stuß.«

»Nun, du kannst dich ja verdünnisieren, wenn du meinst. Nur zu, trab los und rede mit der Polizei. Mit diesem Büchsendiebstahl am Hals wirst du sowieso ins Kittchen gesteckt.«

»Du scheinst zu vergessen, daß es mir nicht so besonders geht.«

»Schon gut«, sagte Fen betont gleichgültig. »Mach, was du willst. Es ist mir egal. Ich komme ohne dich zurecht.«

»Es ist lächerlich, eine solche Haltung einzunehmen –«

»Mein lieber Freund, ich habe volles Verständnis. Reden wir nicht mehr davon. Schließlich bist du ein Dichter, und es stand zu erwarten.«

»Was stand zu erwarten?« fragte Cadogan erbost.

»Nichts. Gar nichts, wirklich. Tja, ich muß mich auf die Socken machen, bevor dieser Polizist zurückkommt.«

»Da du es dir offenbar in den Kopf gesetzt hast, dich wie ein zweijähriges Kind zu benehmen, sehe ich mich gezwungen, dich zu begleiten.«

»Ach? Und wozu soll das gut sein? Du würdest ja doch nur stören.«

»Nicht die Bohne.«

»Bis jetzt hast du nur gestört.«

»Das ist wirklich ungerecht ... Vorsicht, da ist wieder dieser Polizist.«

Der Durchgang führte in einem Bogen um das Gebäude herum und mündete an seinem entgegengesetzten Ende in die Market Street, die mehr oder minder gegenüber von Mr. Rosseters Kanzlei mit der Cornmarket zusammentraf. An dieser Stelle kamen Fen und Cadogan vorsichtig heraus; von dem Konstabler war im Moment nichts zu sehen.

»Die Markthalle«, sagte Fen kurz und bündig. Und schon eilten sie die Straße entlang und schwenkten in den Eingang auf der rechten Seite.

Die Markthalle von Oxford ist ziemlich groß und steht in dem rechten Winkel, der von der High Street und der Cornmarket gebildet wird. Hier konnten sie darauf hoffen, der Aufmerksamkeit des Konstablers zu entgehen, falls er beschließen sollte, sich ihnen an die Fersen zu heften, obwohl er dies, wie Fen feststellte, schwerlich tun konnte, ehe nicht jemand anderer kam, um Mr. Rosseters Kanzlei im Auge zu behalten. Es gab zwei breite, von Fleisch-, Obst-, Blumen- und Gemüseständen gesäumte Passagen, und eine davon schlenderten sie, geschubst von käfergleich umherwuselnden Hausfrauen auf der Jagd nach Sonderangeboten, hinab. Die Luft roch köstlich nach rohen, ungekochten Sachen, und das geräumige, scheunenartige Gebäude war nach dem draußen herrschenden Sonnenschein angenehm dunkel und kühl.

»Ich sage ja bloß«, fuhr Fen fort, »daß dieser Fall niemanden außer uns etwas angeht. Es mag zwar eine der glorreichen Errungenschaften eines gesetzestreuen Zeitalters sein, daß man buchstäblich nicht mehr seine eigenen Schlachten zu schlagen braucht, aber das Leben verliert dadurch doch viel von seinem Reiz. Außerdem ist das, was wir tun, völlig rechtens. Wir haben ein Schwerverbrechen aufgedeckt und sind hinter dem Täter her, und wenn sich die Polizei bemüßigt fühlt, uns dabei Knüppel zwischen die Beine zu werfen, ist das ihr Pech.« Er war diese Sophistereien plötzlich leid. »Aber was soll's; es ist mir sowieso Hekuba, ob ich rechtens handle oder nicht. Da ist ein Café. Laß uns einen Tee trinken und eine Kleinigkeit essen.«

Das Café war klein und dürftig eingerichtet, aber sauber. Cadogan trank gierig seinen Tee und begann, wieder gebührendes Interesse an den Dingen zu bekunden. Fen war in der Zwischenzeit hinausgeschlüpft, um ein Telefon zu suchen, und sprach mit Mr. Hoskins in seinem eigenen Zimmer.

»Mr. Spode«, sagte Mr. Hoskins gerade, »ist kurz nach Ihnen und Cadogan gegangen – wohin, weiß ich nicht, aber er schien sich etwas unbehaglich zu fühlen, in Gesellschaft anderer, meine ich. Sally und Dr. Wilkes sind immer noch hier.«

»Gut. Es wird Sie freuen zu hören, daß Rosseter soeben direkt vor unserer Nase in die ewigen Jagdgründe befördert worden ist. Aber er hat behauptet, er habe Miss Tardy nicht getötet.«

»Du lieber Himmel.« Mr. Hoskins war seine Bestürzung über diese Nachricht deutlich anzuhören. »Was meinen Sie, hat er die Wahrheit gesagt?«

»Ich glaube schon. Da er die Absicht hatte, uns am Ende umzubringen, gibt es keinen ersichtlichen Grund, warum er hätte lügen sollen. Jemand hat ihn aus der gegenüberliegenden Wohnung mit einem Gewehr erschossen – jemand, den er beschuldi – Ach, du dicke Alma mater.«

»Sind Sie in Ordnung?« fragte Mr. Hoskins.

»Physisch, aber nicht im Kopf. Mir ist gerade etwas klargeworden, und jetzt ist es zu spät. Schwamm drüber, ich erkläre es Ihnen später. Könnten Sie bis dahin wohl die Identität eines Verdächtigen für mich feststellen – King's Lynn? Er ist Arzt und außergewöhnlich dünn. Es hört sich leicht an, aber in der Praxis wird es vielleicht ein ziemlich harter Brocken.«

»Ich werde sehen, was ich tun kann. Aber Sally werde ich wohl oder übel hierlassen müssen. Sie sagt, sie hätte schon vor ein paar Stunden wieder im Laden sein sollen.«

»Sie *muß in meinem Zimmer bleiben.* Wilkes wird auf sie aufpassen. Es ist ein Jammer, daß er trotz seiner fortschreitenden Verkalkung noch immer so rüstig und empfänglich für weibliche Reize ist, aber dieses Risiko muß sie eben auf sich nehmen.«

»Kommen Sie jetzt zurück? Wo kann ich Sie erreichen, wenn ich den Mann finde?«

»Ich werde ungefähr um Viertel nach sechs im ›Mace and Sceptre‹ sein.« Fen senkte die Stimme und begann, Anweisungen zu erteilen.

Als er an den Tisch zurückkam, hatte Cadogan die Butterschnitten alle weggeputzt und nahm gerade ein Stück Kuchen in Angriff. »Die Episode mit dem verfressenen Barden«, sagte Fen, während er sich eine Zigarette anzündete. »Du kannst mir meinetwegen eine vor den Latz knallen . . . Nein«, fuhr er übellaunig fort. »Mach keinen Blödsinn; es ist nur so eine Redensart. Ich leide wohl auch schon an seniler Demenz.«

»Was gibt's denn?« fragte Cadogan mit vollem Mund.

»Es ist doch sicher nicht zwingend erforderlich, daß du immer gleich soviel auf einmal abbeißt ... Es dreht sich darum, wohin unser schießwütiger Freund gegangen ist, nachdem er die Wohnung verlassen hat.«

»Nun, wo ist er hin?«

»Fraglos in Rosseters Kanzlei. Erinnerst du dich nicht mehr daran, daß sich die Informationen, die ihn an den Galgen gebracht hätten, in Rosseters Aktenmappe befanden? Es hatte keinen Sinn, ihn zu töten, außer wenn der Mörder eben den Aktenkoffer in die Hände bekam. Und ich habe ihn in meiner kindischen Aufregung dort stehenlassen.«

»Ach, du liebe Zeit«, sagte Cadogan beeindruckt. »Und wir hätten vielleicht den ganzen Fall mit einem Schlag lösen können.«

»Ja. Aber jetzt ist es ohnehin zu spät. Inzwischen hat den Aktenkoffer entweder der Mörder oder die Polizei. Ein Nebenumstand, der mich interessiert, ist, wie der Mörder sein Gewehr weggeschafft hat. Ich glaube, daß es nur eine kleine Waffe war – könnte sogar eine 22-er gewesen sein – aber er muß trotzdem so etwas wie eine Golftasche dabeigehabt haben, in der er sie unauffällig mit sich herumtragen konnte.« Fen tat einen tiefen Seufzer.

»Was machen wir denn jetzt?«

»Ich denke, wir statten Miss Alice Winkworth einen Besuch ab.«

Eine Frau, die an einem der benachbarten Tische saß, erhob sich und kam zu ihnen herüber. »Sie haben meinen Namen erwähnt?« sagte sie.

Cadogan fuhr zusammen, und selbst Fen verlor vorübergehend die Fassung. Das unvermutete Auftauchen von Miss Alice Winkworth entbehrte jeglicher Logik; und dennoch gab es, wenn man alles erwog, keinen vernünftigen Grund, warum sie ihren Tee nicht in demselben Café nehmen sollte wie sie selbst. Ihnen erschien es merkwürdig; ihr erschien es genauso merkwürdig; aber ein Außenstehender wäre von ihrem zufälligen Zusammentreffen unberührt geblieben.

Sie starrte mit sichtlichem Mißmut auf sie hinab. Ihr feistes Mondgesicht war von gelblicher Hautfarbe, mit Ansätzen eines schwarzen Damenbartes, einer Knollennase und verschlagenen Schweinsäuglein – das Gesicht einer Frau, die daran gewöhnt war, ein selbstgefälliges Regiment zu führen. Es wurde von angegrauten, über den Ohren zu Knoten gesteckten Haaren sowie einem schwarzen Hut gekrönt, auf den eine Unzahl winziger roter und purpurner Perlen aufgenäht war. An dem vierten Finger ihrer rechten Hand steckte ein protziger Diamantring, und sie trug einen teuren, aber schlechtsitzenden schwarzen Mantel und Rock.

»Sie haben über mich geredet?« wiederholte sie.

»Setzen Sie sich«, sagte Fen liebenswürdig, »und lassen Sie uns einen kleinen Schwatz halten.«

»Ich habe nicht die Absicht, mich zu Ihnen zu setzen«, erwiderte Miss Winkworth. »Sie sind vermutlich Mr. Cadogan und Mr. Fen. Ich weiß von meinen Angestellten, daß Sie sie mit Fragen zu meiner Person belästigt haben und daß Sie, Mr. Cadogan, die Anmaßung besaßen, einen Teil meines Eigentums zu entwenden. Jetzt, wo ich Sie gefunden habe, werde ich unverzüglich zur Polizei gehen und ihr mitteilen, daß Sie hier sind.«

Fen stand auf. »Setzen Sie sich«, sagte er von neuem, und sein Ton war nun nicht mehr liebenswürdig.

»Erdreisten Sie sich ja nicht, mir zu dro-«

»Wie Sie sehr wohl wissen, wurde gestern nacht eine Frau ermordet. Wir brauchten da ein paar Informationen, die Sie uns geben können.«

»Was für ein Unfug: Ich bestreite –«

»Sie wurde in einem Ihrer Häuser und mit Ihrem stillschweigenden Einverständnis ermordet», fuhr Fen erbarmungslos fort, »und Sie profitieren von ihrem Tod.«

»Sie können nichts beweisen –«

»Im Gegenteil. Ich kann eine ganze Menge beweisen. Rosseter hat ausgepackt. Außerdem ist er – wie Sie ja vielleicht wissen – tot. Sie befinden sich wirklich in einer äußerst mißlichen Lage. Sie täten besser daran, uns alles zu erzählen, was Sie wissen.«

»Ich werde meinen Rechtsanwalt aufsuchen. Wie können Sie es wagen, mich derart zu beleidigen? Ich werde dafür sorgen, daß man Sie beide wegen verleumderischer Nachrede ins Gefängnis wirft.«

»Jetzt aber Schluß mit diesen Torheiten«, sagte Fen abrupt. »Gehen Sie ruhig zur Polizei. Man wird Sie stehenden Fußes wegen Beihilfe zum Mord verhaften, wenn nicht gar wegen des Mordes selbst.«

In den gierigen kleinen Augen der Frau mischten sich Unschlüssigkeit und Angst.

»Wohingegen Sie vielleicht völlig ungeschoren davonkommen werden«, fuhr Fen fort, »wenn Sie uns alles erzählen, was Sie wissen. Ich sage *vielleicht:* Ich weiß es nicht. Nun denn, treffen Sie Ihre Wahl.«

Unversehens ließ sich Miss Winkworth schwerfällig auf einen Stuhl plumpsen und zog ein nach Lavendel duftendes Taschentuch hervor, mit dem sie sich den Schweiß von den Händen wischte. »Ich habe sie nicht getötet«, sagte sie mit leiser Stimme. »Ich habe sie nicht getötet. Wir hatten überhaupt nie die Absicht, sie zu töten.« Sie blickte sich jählings um. »Hier können wir nicht reden.«

»Ich sehe keinen Grund, der dagegenspricht«, sagte Fen. Und tatsächlich war das Café so gut wie leer. Eine einzelne Bedienung lehnte an einer Säule neben der Tür; ihr bleiches Gesicht war ausdruckslos, und sie hielt ein Geschirrtuch in der Hand. Der Besitzer fummelte unbeholfen an seiner Teemaschine herum.

»Also«, sagte Fen schroff. »Beantworten Sie meine Fragen.«

Es bereitete ihnen große Schwierigkeiten, Miss Winkworth eine halbwegs kohärente Darstellung der Ereignisse zu entlocken, aber schließlich zeichneten sich die ungefähren Umrisse mit genügender Klarheit ab. Sie bestätigte Mr. Rosseters Ausführungen hinsichtlich des Einschüchterungsplanes; doch auf die Frage, ob sie die Identität der beiden anderen beteiligten Männer kenne, antwortete sie lediglich mit einem Kopfschütteln.

»Sie waren maskiert«, sagte sie. »So wie ich auch. Wir haben die Namen benützt, die uns die alte Dame gegeben hat.«

»Wie haben Sie Miss Snaith denn überhaupt kennengelernt?«

»Ich bin ein Medium. Ein telepathisch veranlagtes Medium. Ich besitze übersinnliche Kräfte. Die alte Dame wollte sich mit dem Jenseits in Verbindung setzen; sie hatte Angst vor dem Sterben.« Ein Hauch von Verschmitztheit schlich sich in ihre Augen und Mundwinkel. »Natürlich kann man eine solche Verbindung nicht zu jeder beliebigen Zeit herstellen, so daß ich manchmal ein bißchen nachhelfen mußte, um sie nicht zu enttäuschen. Sehr tröstliche Nachrichten haben wir dann immer erhalten – genau das, was sie hören wollte.«

»Und für den Hokuspokus, den Sie da mit irgendwelchen fingierten ektoplasmischen Erscheinungen getrieben haben, hat Ihnen das arme, irregeleitete Ding auch noch Geld hinterlassen . . . Weiter im Text. Die zwei Läden in der Iffley und in der Banbury Road gehören doch Ihnen, oder?«

»Ja.«

»Waren Sie für den Austausch des Inventars verantwortlich?«

»Ja. Ich habe die Spielsachen in meinem Wagen von der Banbury Road in die Iffley Road gebracht. Es war nicht besonders schwierig. Wir haben die ganzen Lebensmittel in den hinteren Teil des anderen Ladens geräumt und die

Spielsachen an ihren Platz gestellt. Bei beiden Läden waren die Rolläden heruntergelassen, damit kein Außenstehender etwas von dem Austausch merkte.«

»Weißt du«, sagte Fen zu Cadogan, »wenn ich mir diese kriminellen Halbirren dabei vorstelle, wie sie mitten in der Nacht Lebensmittel und Spielzeug durch die Gegend karren, könnte ich mich schief und scheckig lachen. Ich stimme mit Mr. Rosseter überein – kindischer geht's eigentlich nicht mehr.«

»Es hat funktioniert, oder?« sagte die Frau giftig. »Die Polizei hat Ihrem Freund hier kein Wort geglaubt, als er ihr mit seinem kostbaren Spielzeugladen gekommen ist.«

»Es hat nicht lange funktioniert. Ein Spielzeugladen, der an Ort und Stelle bleibt, ist so unverdächtig, wie es nur irgend geht, aber einer, der sich auf Wanderschaft begibt ... Du liebe Zeit! So etwas schreit ja förmlich nach einer genaueren Untersuchung. Ach, übrigens, wie haben Sie das mit Cadogan und der Polizei denn eigentlich erfahren?«

»Mr. Rosseter hat es herausgefunden. Er hat es mir am Telefon erzählt.«

»Ich verstehe. Wer war dafür zuständig, das Spielzeug wieder in den anderen Laden zurückzubringen?«

»Derjenige, der auch die Leiche weggeschafft hat.«

»Und das war –?«

»Das weiß ich nicht«, sagte die Frau überraschenderweise. »Sie haben es ausgelost.«

»Was?«

»Ich habe es Ihnen doch gerade gesagt: Sie haben es ausgelost. Es war eine gefährliche Aufgabe, und keiner wollte sie freiwillig übernehmen. Also haben sie es ausgelost.«

»Das entwickelt sich langsam von der Komödie zur Farce«, sagte Fen trocken. »Obwohl es in gewisser Hinsicht ja durchaus Sinn macht. Und wer hat das entscheidende Los gezogen?«

»Das wollten sie nicht verraten. Ich weiß es nicht. Wer immer es war, sollte auch die Spielsachen zurückbringen. Ich habe meinen Wagen und die beiden Ladenschlüssel für ihn dagelassen. Er sollte den Wagen an einer bestimmten Stelle parken – ich habe ihn heute morgen geholt – und mir die Schlüssel per Einschreiben zuschicken. Dann bin ich gegangen. Ich weiß nicht, wer dortgeblieben ist.«

»Wann war das?«

»Als ich mich auf den Weg gemacht habe, dürfte es etwa halb ein Uhr morgens gewesen sein.«

»Ah», sagte Fen. Er blickte Cadogan an. »Und du bist kurz nach eins *in medias res* getapst. Du mußt dem Leichenräuber schön die Katze den Buckel hinaufgejagt haben.«

»Er hat sie mir hinaufgejagt«, brummte Cadogan.

Sie hörten zu reden auf, da die Bedienung herüberkam, um das Teegeschirr wegzuräumen und ihnen die Rechnung zu bringen. Als sie wieder gegangen war, fragte Fen:

»Und wer genau war nun an dieser Sache beteiligt?«

»Ich und Mr. Rosseter und die beiden Männer namens Wald und King's Lynn.«

»Können Sie sie beschreiben?«

»Einer von ihnen war – na ja, ziemlich schmächtig, und der andere war so dünn wie ein Strich. Der eine – der, den wir King's Lynn nannten – war ein Doktor.«

»Schön.« Fen aschte seine Zigarette in einer Untertasse ab, die auf dem Nebentisch stand. »Jetzt erzählen Sie uns einmal, was genau geschehen ist.«

Miss Winkworth gab sich verstockt. »Ich sage gar nichts mehr. Sie können mich nicht zwingen.«

»Nein? In diesem Fall gehen wir eben zur Polizei. Die wird es schon aus Ihnen herauskitzeln.«

»Ich habe meine Rechte –«

»Ein Verbrecher hat in einer geistig gesunden Gesellschaft keinerlei Rechte.« Cadogan hatte Fen noch nie zuvor so grob erlebt; es war eine neue und ungewohnte Seite seines Charakters. Oder war es lediglich eine zweckdienliche Pose? »Sie glauben doch wohl nicht etwa, daß sich nach Ihrer schmutzigen kleinen Verschwörung zur Ermordung einer schwerhörigen, hilflosen Frau irgend jemand groß um Ihre Rechte bekümmern wird? Meinetwegen können Sie ja gerne die Probe aufs Exempel machen – aber an Ihrer Stelle würde ich es lieber nicht darauf ankommen lassen.«

Miss Winkworth führte ihr Taschentuch zu ihrer Knollennase und schneuzte sich. »Wir hatten nicht die Absicht, sie zu ermorden«, sagte sie.

»Einer von Ihnen hat es getan.«

»Ich nicht; das schwöre ich Ihnen!« Die Frau sprach so laut, daß der Besitzer des Cafés große Augen machte.

»Das endgültige Urteil hierüber behalte ich mir vor«, sagte Fen. »Sprechen Sie leiser, wenn Sie nicht wollen, daß die ganze Welt davon erfährt.«

»Ich – ich – Sie lassen es doch nicht zu, daß ich Scherereien bekomme, oder? Ich hatte keine bösen Absichten. Wir wollten sie nicht mißhandeln.« Die Stimme war ein leises, hündisches Winseln. »Ich – ich glaube, es war Viertel nach zehn, als wir unten im Laden mit allem fertig waren. Dann sind wir hinaufgegangen. Mr. Rosseter, Wald und ich haben uns in eines der Hinterzimmer zurückgezogen, und der Mann namens King's Lynn ist draußen geblieben, um die alte Frau zu empfangen. Er hatte sich Mullbinden um das Gesicht gewickelt, damit man ihn nicht erkennen konnte. Mr. Rosseter war für alles verantwortlich – er sagte, er würde uns erklären, was wir zu tun hätten und wie wir dabei zu Werke gehen sollten.«

Cadogan war in Gedanken wieder in jener dunklen, häßlichen kleinen Wohnung – er erinnerte sich an den Flur mit dem Linoleumboden, dem wackligen Tisch, auf dem er seine Taschenlampe gelassen hatte, sowie den zwei Schlafzimmern an der Rückseite und den zwei Wohnzimmern an der Vorderseite; die schmale, nackte Holzstiege; den Staub, nach dem es überall roch und der sich auf seinen Fingerspitzen wie feinkörniger Sand anfühlte; die zugezogenen Vorhänge an den Fenstern, die billige Anrichte und Ledergarnitur; die stickige Wärme und den schwachen Blutgeruch und das blaue, aufgedunsene Gesicht der Leiche auf dem Boden ...

»Dann brachte das Mädchen die Frau und ging wieder weg – wenigstens dachten wir das. Wir hörten, wie der Mann namens King's Lynn kurz mit der Frau redete, dann kam er zu uns zurück. Darauf sagte Mr. Rosseter, er müsse sich mit der Frau unterhalten, und wir sollten warten. Mir kam das merkwürdig vor, da er keine Maske trug, aber ich habe zu der Zeit nichts darüber gesagt. Bevor er hinausging, sagte er uns, wir sollten uns lieber trennen und in verschiedenen Zimmern warten. Der Mann namens Wald fragte, warum – er hatte getrunken, und er war aggressiv – aber der andere sagte zu ihm, er solle ruhig sein und diese Anweisung befolgen; er sagte, er habe die ganze Sache mit Mr. Rosseter abgesprochen, und es sei von wesentlicher Bedeutung für den Plan. Es kam mir so vor, als wirke Mr. Rosseter ein wenig überrascht, doch er nickte. King's Lynn ging in das andere Zimmer an der Vorderseite, und ich blieb, wo ich war, und Wald ging in das zweite Schlafzimmer. Nach einer Weile kam King's Lynn herein und setzte sich zu mir, und ein wenig später erschien Mr. Rosseter –«

»Einen Augenblick«, warf Fen ein. »Wo ist Rosseter die ganze Zeit über gewesen?«

»Bei der Frau. Ich habe ihn zu ihr hineingehen sehen.«

»Hat sie noch gelebt, als er wieder herausgekommen ist?«

»Ja. Ich habe ihre Stimme gehört; als er die Tür schloß, hat sie etwas zu ihm gesagt.«

»Ist noch irgend jemand anderer hineingegangen, während er sich dort aufgehalten hat?«

»Nein. Meine Tür war auf, und ich hätte es gesehen.«

»Und als er gegangen ist, hat er sich gleich wieder in Ihr Zimmer begeben?«

»Ganz recht. Er sagte zu King's Lynn und mir, daß es kein leichtes sein werde, ihr angst zu machen, und er und King's Lynn begannen, sich über irgend etwas zu streiten, und ich sagte, wenn sie die Tür nicht zumachten, könne sie ihnen zuhören. Also haben sie sie zugemacht.«

»Dann muß sie Sharman ermordet haben«, warf Cadogan ein.

»Warten Sie mal einen Augenblick«, sagte Fen. »Worüber haben Sie denn gestritten?«

»Es war irgend etwas Juristisches und hatte mit Beglaubigungen und so weiter zu tun. Ich habe es nicht verstanden. Ungefähr fünf Minuten später kam dann der andere Mann – Wald – herein und sagte, er glaube, irgend jemand schleiche im Laden umher, und wir sollten uns am besten einmal still verhalten, und das haben wir auch getan. Ich habe gefragt, ob denn keine Gefahr bestünde, daß die Frau in der Zwischenzeit das Weite suche, aber Mr. Rosseter meinte, das sei schon in Ordnung, da sie noch keine Angst hätte und glaube, daß er einige zeitaufwendige Papiere vorbereiten müsse. Nun, wir sind eine ganze Weile lang stillgeblieben, und ich weiß noch, daß ich gegen Ende hörte, wie eine der Uhren in der Stadt Viertel vor zwölf schlug. Schließlich fingen Mr. Rosseter und King's Lynn wieder an zu streiten und sagten, es sei alles ein falscher Alarm gewesen, und Mr. Rosseter gab Wald einen Revolver und irgendein Schriftstück und befahl ihm, hinauszugehen und endlich Nägel mit Köpfen zu machen.«

»Einen Moment. Von dem Zeitpunkt an, zu dem Wald hereinkam und Ihnen sagte, daß jemand herumschleiche, sind Sie alle zusammen in diesem Zimmer geblieben?«

»Ja.«

»Niemand hat es auch nur für einen Augenblick verlassen?«

»Nein.«

»Wie lange, denken Sie, haben Sie alle dort gewartet?«

»Ungefähr zwanzig Minuten.«

»In Ordnung. Erzählen Sie weiter.«

»Dieser Mann namens Wald war offenbar derjenige, den sie für die Sache ausgewählt hatten. Er sagte, er würde uns rufen, falls er uns brauche, und ging hinaus. Doch nach rund einer Minute kam er wieder zurück und sagte, daß es in dem Zimmer, in dem sich die Frau befinde, kein Licht gäbe. Jemand hatte die Glühbirne herausgeschraubt. Er dachte, die Frau sei gegangen, und er war gerade dabei, nach einer Kerze zu tasten, von der er wußte, daß sie irgendwo ganz in der Nähe stand, als er über ihren Körper stolperte, der dort auf dem Boden lag. Wir sind mit einer Taschenlampe hingegangen, und sie war tot und ganz aufgedunsen, wegen der Schnur, die um ihren Hals geschlungen war. Der Mann namens King's Lynn sagte, er sei Arzt, und beugte sich nieder, um sie zu untersuchen. Mr. Rosseter war ganz gelb im Gesicht und wirkte völlig verstört. Er sagte, der Täter müsse von draußen hereingekommen sein, und wir sollten am besten einmal unten im Laden nachsehen. Gerade als wir hinuntergingen, sahen wir eine junge Frau, die sich dort versteckt hielt. Mr. Rosseter zeigte ihr die Leiche und sagte etwas zu ihr, das ihr angst machte, und schickte sie weg. Uns mißfiel das, doch er sagte, sie würde uns auf Grund der Masken nicht wiedererkennen und schon zu ihrem eigenen Besten den Mund halten. King's Lynn stand von der Leiche auf und schaute uns sonderbar an und sagte plötzlich: ›Niemand hier hat das getan.‹ Mr. Rosseter sagte: ›Seien Sie kein verdammter Narr. Wer soll es denn sonst getan haben?‹ Dann sagte Wald: ›Wir müssen es geheimhalten‹, und ich pflichtete ihm bei. Und hierauf beschlossen sie dann, auszulosen, wer die Leiche beiseite schaffen sollte.«

Die Frau hielt jählings inne. Der Bericht hatte sie in körperlicher Hinsicht erschöpft, doch Cadogan sah keine Anzeichen dafür, daß sie wegen der geschilderten Ereignisse irgendwelche moralischen Bedenken hegte. Statt über den

Mord hätte sie genausogut über das Wetter reden können – selbstsüchtig, dickfellig und phantasielos wie sie war, vermochte sie weder die Konsequenzen jener endgültigen, unwiderruflichen Tat noch die ihrer eigenen Mittäterschaft zu erkennen.

»Wir dringen langsam zum eigentlichen Kern der Dinge vor«, sagte Fen träumerisch. »Personal: Wald (entspricht unserem Mr. Sharman), King's Lynn (der Arzt, unidentifiziert), Grasse (dieses Wesen hier), Essen (Sally) und Carnac – ich möchte bloß einmal wissen, welche Rolle diesem enigmatischen Carnac zukommt? Hat er einen Anspruch auf sein Erbe geltend gemacht? Rosseter hat nichts über ihn gesagt. Man kann sich des Eindrucks nicht erwehren, daß die Sache von vorne bis hinten vermurkst und vermasselt worden ist – außer in einem Fall natürlich. Weiß der Himmel, welchen Blödsinn Rosseter Sharman und dem Doktor aufgetischt hat und worin ihr kostbarer Plan bestanden haben mag; es ist jetzt sowieso gehopst wie gesprungen. Und es dürfte inzwischen auch ziemlich belanglos sein, wie Rosseter seinen Mordplan realisieren und an das Geld der Erben gelangen wollte; dieses Vorhaben ist ja gleicherweise mißglückt. Der springende Punkt ist nicht, wer die Frau ermorden *wollte*, sondern wer sie ermordet *hat*. Ich kann es kaum erwarten herauszufinden, was der Arzt wohl gemeint hat, als er sagte, es könne niemand dort gewesen sein – das paßt zu Rosseters Gerede über einen unmöglichen Mord.« Er wandte sich wieder der Frau zu, die gerade an einer kleinen gelben Flasche Hirschhornsalz schnupperte; Cadogan bemerkte, daß ihre Fingernägel schmutzige Ränder hatten. »Hätte sich irgend jemand vor Ihrer Ankunft in der Wohnung oder im Laden verstecken können?«

»Nein. Er war abgesperrt, und außerdem haben wir uns gründlich umgesehen.«

»Hätte irgend jemand durch das Fenster zu Miss Tardy hineingelangen können?«

»Nein, es war zugenagelt. Das waren sie alle. Ich habe die Wohnung seit einem Jahr nicht mehr benutzt.«

»Wodurch Carnac aus dem Schneider wäre«, sagte Fen. »Wenn irgend jemand durch den Laden gegangen wäre, hätte es Sally gesagt, und es gibt keinen anderen Zugang zu der Wohnung als die Treppe, die vom Laden hinaufführt, oder?«

»Nein.«

»Keine Feuerleiter, zum Beispiel?«

»Nein. Ich bin fest davon überzeugt«, sagte die Frau plötzlich, »daß es dieses Mädchen war.«

»Soweit es sich momentan einschätzen läßt, ist das durchaus möglich«, räumte Fen ein. »Außer«, fügte er an die Adresse von Cadogan hinzu, »daß ich nicht glaube, daß sie uns dann so bereitwillig Auskunft gegeben hätte. Ein derartiger Bluff hätte enorme Nervenstärke erfordert, und es bestand keinerlei Notwendigkeit für sie, überhaupt etwas zu sagen. Wir werden ja sehen.« Er blickte auf seine Uhr. »Zwanzig nach fünf – wir müssen uns auf die Socken machen. Ich will mich vergewissern, daß mit Sally alles in Ordnung ist, und dann ins ›Mace and Sceptre‹ gehen, um auf Nachricht von Mr. Hoskins zu warten. Wir werden uns wohl oder übel auf irgendwelchen Schleichpfaden zurückstehlen müssen; wenn dieser Konstabler ganze Arbeit geleistet hat, sucht mittlerweile bestimmt jeder zweite Polizist in Oxford nach uns.« Er stand auf.

»Hören Sie«, sagte die Frau flehentlich. »Sie halten meinen Namen doch aus der Sache heraus, nicht wahr? Nicht wahr?«

»Du lieber Himmel, nein«, sagte Fen, dessen gewohnte Munterkeit wiederhergestellt schien. »Dazu ist Ihre Aussage viel zu bedeutsam. Sie haben doch nicht etwa wirklich geglaubt, daß ich das tun würde, oder?«

»Sie Mistkerl«, sagte sie. »Sie verdammter Mistkerl.«

»Welche Worte«, sagte Fen wohlwollend. »Welche Worte.

Ach, und versuchen Sie erst gar nicht, Oxford zu verlassen, Sie werden doch bloß geschnappt. Guten Nachmittag.«

»Hören Sie mich an –«

»Guten Nachmittag auch.«

X. DIE EPISODE MIT DEM UNTERBROCHENEN SEMINAR

Die Sonne strahlte nicht mehr direkt in das Zimmer im *New College;* es war wohltuend kühl. Das Uccello-Martyrium, das über dem offenen Kamin hing, lag fast im Schatten. Auf den Bücherborden waren ohne Großtuerei Erstausgaben aufgestellt. Neben jedem der tiefen und bequemen Sessel stand ein riesiger Messingaschenbecher bereit, und auf der Anrichte aus Mahagoni funkelten Gläser und Karaffen. Der Bewohner des Zimmers, Mr. Adrian Barnaby, lehnte sich zwanglos zurück; er hielt ein Glas Madeira in der Hand, aß Zuckerplätzchen und hörte in Ermangelung eines Besseren den Gesprächen der anderen Studenten zu, die sein Zimmer übervölkerten. Diese Kuchen-und-Madeira-Partys im Stil der Restaurationszeit, überlegte er, wären ja soweit ganz annehmbar gewesen, hätten sie nicht die Anwesenheit von Leuten zur Folge gehabt, die nach ihren Anstrengungen auf dem Fluß nur unvollkommen gewaschen und bekleidet waren; und jetzt, wo er sich genauer umsah, entdeckte er zudem eine ganze Reihe von Personen, die er mit Sicherheit nicht eingeladen und, was das betraf, auch noch nie zuvor gesehen hatte. In seinem Inneren regte sich ein leichter Anflug von Zorn. Die Augen auf einen zottelhaarigen Jüngling heftend, der in der Nähe stand und gierig Butterschnitten hinunterschlang, neigte er sich mit Verschwörermiene nach vorn und sagte:

»Und wer bist du?«

»Oh, das ist schon in Ordnung, weißt du«, sagte der Jüngling. »Ich bin mit Rabbit da, weißt du. Er sagte, es würde dir nichts ausmachen.«

»Rabbit?« Mr. Barnaby verstand nur Bahnhof.

»Ja. Schau. Der Kerl mit der Sturmfrisur dort drüben.«

»Ah«, sagte Mr. Barnaby, der sich keine wie auch immer geartete Erinnerung an Rabbit ins Bewußtsein zu rufen vermochte.

»Hör mal, du hast doch hoffentlich nichts dagegen«, sagte der zottelhaarige Jüngling. »Daß ich hier einfach so hereingeplatzt bin und so, meine ich.«

»Ach was«, erwiderte Mr. Barnaby. »Du bist herzlich willkommen.«

»Köstlicher Sherry ist das.« Der Jüngling deutete auf sein Glas Madeira. Mr. Barnaby schenkte ihm ein wohlwollendes Lächeln, als er sich entfernte.

Ein weiterer junger Mann, beinahe ebenso elegant wie Mr. Barnaby selbst, näherte sich seinem Gastgeber. »Adrian«, sagte er, »wer sind alle diese *gräßlichen Leute?* Sie unterhalten sich übers Rudern.«

»Mein lieber Charles, ich weiß: *Höcker am Schädel* und so weiter. Wie ein *Phrenologe* ... Ich muß wirklich die Außentür schließen, sonst haben wir bald die ganze Ruderclique hier. Schau!« quiekte Mr. Barnaby und setzte sich unvermittelt auf. »Da kommt schon wieder einer.«

Doch einen Augenblick später begann er abermals zu lächeln, da der Neuankömmling in Wirklichkeit Mr. Hoskins war, von dem jedermann wußte, daß er noch nie irgendeinem Sport gefrönt hatte außer dem ältesten überhaupt. Er zwängte seine unförmige Gestalt unter allerlei Entschuldigungen durch die Gruppen der Plaudernden und trat Mr. Barnaby mit einem flüchtigen Lächeln auf seinem melancholischen Gesicht gegenüber.

»Mein lieber Anthony, wie reizend, dich zu sehen«, sagte Mr. Barnaby erfreut. »Es tut mir leid, daß es hier überall von diesen schrecklichen Gymnasten wimmelt, aber sie haben sich einfach selber eingeladen. Was willst du trinken?«

»Was trinkt Charles denn da?«

»Oh, Äther und Milch oder irgend so ein furchtbares chemisches Zeug. Aber du kennst ja Charles. Der Ärmste weigert sich zu begreifen, daß die Epoche der romantischen Dekadenz vorüber ist. Er schreibt noch immer Gedichte über *affreuses juives* und dergleichen. Wie wär's mit etwas Madeira?«

Als der Madeira für Mr. Hoskins gebracht worden war, sagte er: »Adrian, kennst du dich eigentlich mit den hiesigen Ärzten aus?«

»Du lieber Himmel, nein – du bist doch nicht etwa *krank,* oder, Anthony?«

»Nein, kerngesund. Ich versuche, für Fen einen Mann zu identifizieren.«

»Für Fen . . .? Ich weiß: Irgend jemand hat ein *abscheuliches Verbrechen* begangen.« Mr. Barnaby sprach die Worte mit sichtlichem Genuß. »Aber ich fahre zu einem Arzt in London, wenn ich mich unpäßlich fühle. Tja, wer käme da wohl in Frage . . . Natürlich. Gower.«

»Gower?«

»Ein hypochondrischer Waliser, lieber Anthony, im *Jesus*. Aber er hat eine Wohnung in der Holywell, nur einen Katzensprung von hier. Es gibt *weit und breit* keinen Arzt, bei dem er nicht schon einmal gewesen ist. Wenn du möchtest, können wir ihn gleich jetzt besuchen. Es wird mir *ein reines Vergnügen sein, mich von dieser Party zu verabschieden.*«

»Das ist äußerst zuvorkommend von dir.«

»Unsinn. Ich handle aus purem *Eigennutz* und Egoismus. Komm jetzt. Aber trink zuerst deinen Madeira aus.«

Sie bahnten sich einen Weg nach draußen, wobei sich Mr. Barnaby in unnötigen Entschuldigungen und Ausflüchten erging. Das zweite Tor des College brachte sie in die Holywell, und nach einem kurzen Fußmarsch, in dessen Verlauf Mr. Barnaby ununterbrochen weiterplapperte, gelangten sie zu Mr. Gowers Wohnung. Das Schlafzimmer, in dem Mr. Gower darniederlag, zeigte einen eingebildeten Kranken, wie man ihn seit den Tagen Molières wohl nur selten erblickt hatte. Das Zimmer war von oben bis unten mit Arzneiflaschen, Nachtstühlen, Pillengläsern und Rachensprays vollgestopft; die fest verschlossenen Fenster machten es unerträglich heiß, und die Vorhänge waren so zugezogen, daß nur ein Mindestmaß an Licht hereindrang. Nichtsdestotrotz ließ sich unschwer erkennen, daß Mr. Gower das Erscheinungsbild eines fast schon abnorm gesunden Menschen bot.

»Also, daß Sie's wissen, ich pin krank«, bemerkte Mr. Gower, als sie ins Zimmer traten. »Ich kann keinen Pesuch geprauchen, wenn ich ein Fieper auskuriere.«

»Mein Lieber, Sie sehen ja wirklich völlig abgezehrt aus«, sagte Mr. Barnaby. Ein Freudenschimmer huschte über Mr. Gowers Gesicht. »Ich bin mir sicher, daß *jeden Augenblick* Ihr letztes Stündlein schlagen könnte. Das ist Mr. Hoskins, den ich Ihnen da mitgebracht habe.«

»In Anbetracht Ihres bedenklichen Zustandes sollten wir Sie eigentlich nicht stören«, sagte Mr. Hoskins mit Grabesstimme. Mr. Gower streckte aus den Bettlaken eine schlaffe Hand hervor und ließ sie sich von ihm schütteln.

»Mein lieber Teithryn, ich habe Ihnen etwas Obst gekauft«, sagte Mr. Barnaby, der über ein beträchtliches Improvisationstalent verfügte, »aber in einem Augenblick von Zerstreutheit habe ich es *selbst gegessen*.«

»Der Verzehr von Opst ist mir untersagt, nur damit Sie's wissen«, sagte Mr. Gower. »Aper ich danke Ihnen für Ihre Fürsorglichkeit. Also, wie kann Ihnen ein armer Invalide pehilflich sein?«

»Kennen Sie in Oxford einen Arzt«, fragte Mr. Hoskins, »der ungewöhnlich dünn ist?«

»Oh, es geht um Ärzte, wie? Sie sind samt und sonders Scharlatane, nur damit Sie's wissen. Ich kenne sie alle. Ihre Rechnungen stehen in keinem Verhältnis zu ihren Heilerfolgen, das versichere ich Ihnen. Ich mache mir üper diese Ärzte keine Illusionen. Der Mann, von dem Sie sprechen, ist einer der schlimmsten – Darmentleerung lautet sein Patentrezept. Ich rate Ihnen von einem Pesuch bei ihm ap.«

»Wie heißt er?«

»Sein Name ist Havering – Dr. Havering, und er ist Herzspezialist. Aper halten Sie sich von ihm fern. Er taugt nichts. Wenn Sie mich jetzt entschuldigen wollen; dieses viele Reden hat doch sehr an meinen Kräften gezehrt.«

»Natürlich«, sagte Mr. Hoskins beschwichtigend. »Wir gehen gleich. Havering, so hieß er doch, oder?«

»Sie Ärmster, Sie«, sagte Mr. Barnaby. »Sie müssen versuchen zu schlafen. Ich werde Ihrer Vermieterin sagen, daß Sie *niemand* stören darf.«

»Schiepen Sie pitte die Keile unter die Tür zurück, wenn Sie draußen sind«, sagte Mr. Gower. »Wenn sie im Rahmen klappert, geht es mir durch und durch.« Er drehte sich im Bett herum, um anzuzeigen, daß die Unterredung hiermit beendet war, und Mr. Hoskins und Mr. Barnaby verabschiedeten sich.

»Der gute Gower«, sagte letzterer, als sie wieder auf der Straße waren. »Diese gräßlichen Mittelchen lassen ihn scheint's nur so blühen und gedeihen. Aber du hast bekommen, was du wolltest, nicht, Anthony?«

»Ja«, sagte Mr. Hoskins und blieb unschlüssig stehen. »Ich glaube, ich schaue am besten einmal bei diesem Havering vorbei. Aber dazu brauche ich ein paar Mann Verstärkung. Er wird vielleicht ungemütlich.«

»Du liebe Zeit, das klingt ja nach der reinsten Angstpartie«, erwiderte Mr. Barnaby pflichtschuldig, doch ohne große Anzeichen von Furcht. »Du hast wirklich *Mut,* Anthony. Laß mich mitkommen.«

»In Ordnung. Und wir trommeln vielleicht auch noch ein paar von den Leuten in deinem Zimmer zusammen.«

»Ach, muß das sein?« Mr. Barnaby schien enttäuscht. »Na ja, ich schätze, bei diesen Mordgeschichten kommt es eben in erster Linie auf *Muskelkraft* an. Wir schlagen im Telefonbuch die Adresse des Mannes nach und holen dann ein paar von den anderen. Sie werden denken, daß wir irgendeinen

Unfug vorhaben. Wie amüsant. Ich kenne ein paar *bärenstarke* Männer.«

Es stellte sich heraus, daß Mr. Barnaby zur Abwechslung einmal nicht übertrieben hatte; er kannte tatsächlich ein paar bärenstarke Männer. Sie wurden mit einer für Oxford bezeichnenden Methode geködert – der vagen Zusicherung, sie würden etwas Aufregendes erleben, begleitet von dem schon konkreteren Versprechen, es gäbe dabei Alkohol satt. Mr. Barnaby entpuppte sich als vorzüglicher Impresario – wie ein *Werbeoffizier,* mein lieber Anthony, nachgerade Farquhar – voll makabrer, unglaubwürdiger Details, die er in Windeseile erfand. Als zwölf mehr oder weniger interessierte und angeheiterte Leute beisammen waren, sprach sie Mr. Hoskins in ihrer Gesamtheit an, indem er dunkel auf Mord und junge Frauen in Bedrängnis anspielte, und sie brachen alle in Hochrufe aus. Es zeigte sich, daß Dr. Havering in der Nähe des Radcliffe-Krankenhauses in der Woodstock Road wohnte, und dorthin setzte sich der wilde Haufen, befeuert von Mr. Barnabys Madeira, nun in Bewegung. Dr. Havering saß derweil, ohne etwas von dem heraufdräuenden Unheil zu ahnen, allein in seinem Sprechzimmer und starrte zum Fenster hinaus.

Fen und Cadogan gelangten völlig ungehindert nach St. Christopher's zurück. Es hatte den Anschein, als ob die Suche nach Cadogan vorübergehend abgebrochen war, und es lag im Bereich des Möglichen, daß es dem Konstabler, den sie von der Ermordung Mr. Rosseters in Kenntnis gesetzt hatten, bislang nicht gelungen war, sie zu identifizieren. Jedenfalls wußte der Pförtner, als sie das College erreichten, von keinen weiteren Aufdringlichkeiten zu berichten.

»Wilkes und Sally spielen inzwischen wahrscheinlich Strip-Poker«, sagte Fen, während sie über die Treppe zu seinem Zimmer hinaufgingen; und dann, etwas ernster: »Ich hoffe, daß mit ihnen alles in Ordnung ist.«

Dem war so, obgleich Sally in tausend Ängsten schwebte, weil sie nachmittags nicht in den Laden gegangen war. Wilkes hatte Fens Whisky gefunden und döste mehr oder minder vor sich hin; das Klingeln des Telefons rüttelte ihn aber wach. Fen nahm den Anruf entgegen; aus dem Hörer drang die wutschnaubende Stimme des Chief Constable.

»Da steckst du also«, sagte sie. »Was zum Teufel bildest du dir eigentlich ein? Soweit ich es beurteilen kann, bist du mit diesem verrückten Cadogan Augenzeuge eines Mordes geworden und einfach abgehauen.«

»Ha, ha«, sagte Fen kaltschnäuzig. »Du hättest eben von Anfang an auf mich hören sollen.«

»Weißt du, wer es war?«

»Nein. Aber ich könnte es vielleicht herausfinden, wenn du mir nicht mit idiotischen Anrufen meine ganze Zeit stehlen würdest. Hat man neben der Leiche einen Aktenkoffer gefunden?«

»Wozu willst du das wissen? Nein, hat man nicht.«

»Das habe ich mir gedacht«, sagte Fen gelassen. »Ist die Nachricht von Mr. Rosseters Ermordung schon in die Öffentlichkeit gedrungen?«

»Nein.«

»Sicher?«

»Natürlich bin ich sicher. Sie halten es bis morgen unter Verschluß. Niemand außer dir und diesem wahnsinnigen Cadogan und der Polizei ist irgend etwas darüber bekannt. Und jetzt hör mir mal ganz genau zu. Ich komme in die Stadt, und ich will mit dir reden. Bleib also schön, wo du bist, verstanden? Man sollte dich einsperren – und deinen feinen Freund gleich dazu. Ich hab's langsam satt. Es wäre dir durchaus zuzutrauen, daß du diesen Rechtsverdreher selber getötet hast.«

»Ich habe mir durch den Kopf gehen lassen, was du über *Maß für Maß* gesagt hast –«

»Pah«, sagte der Chief Constable und legte auf.

»Feuer unterm Förderturm«, sang Fen fröhlich, während er den Hörer einhängte. »Feuer nicht zu knapp. Also holt einen Eimer Wasser, Jungs, sonst brennt hier noch alles an – Ach, übrigens, Sally, es ist doch niemand durch den Laden gekommen, während Sie sich dort versteckt hielten, oder?«

»Mensch, nein.«

»Sind Sie sich hundertprozentig sicher?«

»Hundertprozentig. Ich hätte mich zu Tode erschrocken, wenn plötzlich irgend jemand aufgetaucht wäre.«

»Na, jetzt erzählen Sie uns mal, was los war«, sagte Wilkes mürrisch. »Sie wollen es doch nicht etwa für sich behalten? Heh, Sie *Meisterdetektiv?*«

»Mr. Rosseter«, sagte Fen und warf Wilkes einen feindseligen Blick zu, »hat den gerechten Lohn für seine Taten erhalten. Wir wissen ein paar Dinge über die Vorfälle im Laden, aber nicht genug, um Miss Tardys Mörder dingfest zu machen. Mr. Rosseter wollte sie zwar umbringen, ist aber nicht dazu gekommen. Die anderen hatten vor, sie mit irgendwelchen Einschüchterungsversuchen zum Überschreiben des Geldes zu bewegen. Wir haben die Besitzerin des Spielzeugladens getroffen – eine so unleidliche Person, wie man es sich nur wünschen kann.«

»Mr. Hoskins hat sich auf die Suche nach dem Arzt gemacht«, sagte Sally.

»Ja. Warum ist Spode eigentlich gegangen?«

»Keine Ahnung. Ich schätze, er hatte eine Verabredung. Er hat eine Tasse Tee hinuntergestürzt, und weg war er.«

»Sonst ist nichts passiert – keine Besucher oder Anrufe?«

»Einer Ihrer Studenten hat einen Aufsatz abgegeben. Ich habe gerade darin gelesen. Er heißt« – Sally runzelte ihre reizvolle Stirn – »Der Einfluß von *Sir Gawain* auf Arnolds *Empedokles auf dem Ätna*.«

»Du lieber Himmel«, ächzte Fen. »Das muß Larkin sein: der eifrigste Erforscher unmaßgeblicher Analogien, den die Welt je gesehen hat. Aber damit können wir uns jetzt nicht aufhalten. Ich habe um dreiviertel sechs ein Seminar über *Hamlet*, und bis dahin ist es nicht mehr lang. Ich werde es absagen müssen, wenn mich die Polizei nicht am Schlafittchen kriegen soll. Moment.« Er schnalzte mit den Fingern. »Ich habe eine Idee.«

»Der Herr stehe uns allen bei«, sagte Wilkes voll Gefühl.

»Lily Christine ist immer noch draußen, oder?« fragte Fen Cadogan, der verblüfft mit dem Kopf nickte.

»Gut«, sagte Fen. »Wir werden zu diesem Seminar hinuntergehen. Ausgenommen Sie, Wilkes«, fügte er hinzu.

»Ich komme auch mit«, sagte Wilkes entschlossen.

»Warum sind Sie immer eine solche Nervensäge?« sagte Fen gereizt. »Man wird Sie einfach nicht los.«

»Lassen Sie ihn doch mitkommen, Professor Fen«, bat Sally inständig. »Er war richtig süß.«

»*Süß*«, sagte Fen bedeutungsvoll, aber da er keine Alternative sah, gab er widerwillig nach. Er holte seinen Hut und einen Regenmantel aus einem Schrank, und sie marschierten alle hinaus, wobei Cadogan sich fragte, was um alles in der Welt Fen wohl vorhatte. Er sollte es bald erfahren.

Der Hörsaal, in dem Fens Seminar stattfinden sollte, war ein kleiner Raum. Daß er eigentlich zur klassischen Fakultät gehörte, wurde durch zwei Bilder offenbar, die sich an seinen beiden Enden gegenüberhingen – eine bräunlich eingefärbte Fotoreproduktion des Hermes von Praxiteles sowie eine Darstellung einer Aphrodite Kallipygos, welche die männlichen Studenten in Augenblicken der Langeweile schmachtend anzustarren pflegten. Eine unglaublich zerfledderte Ausgabe von Liddell und Scott lag auf einem Tisch, der auf einer kleinen Estrade an der Vorderseite stand. Auf den Holzbänken saßen etwa zwanzig Studenten und Studentinnen; die Frauen, die Talare trugen, schnatterten hektisch durcheinander, und die Männer, die keine Talare trugen, blickten geistesabwesend in die Runde. Ihre Texte und Schreibblöcke lagen auf den Pulten verstreut.

Als Fen, gefolgt von den anderen, hereinkam, breitete sich erwartungsvolle Stille aus. Er erklomm die Estrade und sah seine Zuhörer einen Augenblick an, ehe er das Wort ergriff. Dann sagte er:

»Mir obliegt die undankbare Aufgabe, heute abend mit Ihnen *Hamlet* von dem allseits bekannten englischen Dramatiker William Shakespeare zu besprechen. Vielleicht sollte ich besser sagen, mir *obläge* die undankbare Aufgabe, da ich, so wie die Dinge stehen, nichts dergleichen zu tun gedenke. Sie werden sich vielleicht daran erinnern, daß die Person, nach der das Stück benannt ist, an einer Stelle eine Bemerkung des Inhalts fallenläßt, der angebornen Farbe der Entschließung werde allzuoft des Gedankens Blässe angekränkelt und *Unternehmungen voller Mark und Nachdruck* verlören, durch diese Rücksicht aus der Bahn gelenkt, so zu allem Überdruß auch noch der Handlung Namen. Kürzer, wenn auch lange nicht so präzise ausgedrückt (und halten Sie sich bitte vor Augen, daß die Dichtkunst ungemein präzise ist), heißt das ›Hört auf, hier herumzusalbadern, und schmeißt euch auf die Pferde‹. Und genau das würde ich mit Hilfe zweier hier anwesender Gentlemen nun gerne tun.«

Dichtkunst ungemein präzise, schrieben die Frauen auf ihre Blöcke.

»Ladies und Gentlemen«, fuhr Fen dramatisch fort, »ich werde von der Polizei verfolgt.« Jedermann spitzte die Ohren. »Nicht wegen irgendeines Verbrechens, das ich begangen habe, sondern schlicht und ergreifend deshalb, weil die Hüter des Gesetzes nicht wissen, daß ich einem besonders kaltblütigen und brutalen Mörder auf den Fersen bin.« An dieser Stelle ertönte aus den hinteren Bankreihen verhaltener Applaus. Fen verbeugte sich.

»Dankeschön. Vielleicht stelle ich Ihnen am besten zuerst diese anderen Leute vor.« Er blickte sich mißlaunig um. »Dieses verlotterte Subjekt hier ist Mr. Richard Cadogan, der berühmte Dichter.«

Laute, peinliche Beifallsbekundungen.

»Das ist Dr. Wilkes, der bei den Erdarbeiten für die New Bodleian ausgegraben wurde.«

Weitere, noch etwas lautere Beifallsbekundungen. (»New Bodleian«, bemerkte Wilkes gütig. »Scheußlicher Kasten.«)

»Und das ist eine attraktive Frau namens Sally.«

Überlaute Beifallsbekundungen von seiten der männlichen Studenten und ein paar Zwischenrufe wie: »Telefonnummer?« Sally grinste, wenn auch ziemlich befangen.

»Sie sind meine Gefährten«, fuhr Fen sentenzhaft fort. »Ich könnte fast sagen, meine Verbündeten.«

»Kommen Sie endlich zur Sache«, warf Wilkes plötzlich ein. »Wir können uns hier nicht den ganzen Abend die Beine in den Bauch stehen, während Sie weitschweifige Reden halten. Was haben Sie vor?«

»Seien Sie ruhig, Wilkes«, sagte Fen gereizt. »Darauf wollte ich gerade zu sprechen kommen ... Mr. Scott!« rief er einem hochaufgeschossenen, schlaksigen jungen Mann zu, der im hinteren Teil des Raumes saß.

»Ja, Sir?« sagte Mr. Scott und stand auf.

»Können Sie Auto fahren, Mr. Scott?«

»Ja, Sir.«

»Mr. Scott, sind Sie bereit, Ihr Abendessen aufs Spiel zu setzen, indem Sie mich verkörpern?«

»Gewiß, Sir.«

»Sie werden sich gehörig etwas einfallen lassen müssen, Mr. Scott.«

»Meinem Einfallsreichtum sind keine Grenzen gesetzt, Sir.«

»Gut – bewundernswürdig. Verstehen Sie mich recht; es muß so aussehen, als seien Sie ich und versuchten, sich zu verkleiden.« Fen holte aus seiner Tasche eine Sonnenbrille hervor. »Wenn Sie die aufsetzen – und meinen Hut und Mantel anziehen –«

Mr. Scott tat wie geheißen. Er schritt versuchsweise im

Hörsaal auf und ab. Aus einiger Entfernung war die Ähnlichkeit frappant. Fen nickte zustimmend mit dem Kopf.

»Nun brauchen wir jemand, der Mr. Cadogan spielt«, verkündete er. »Mr. Beavis, Sie haben ungefähr die richtige Größe. Aber Sie sollten auch einen Hut und einen Mantel und eine Sonnenbrille tragen.« Er überlegte. »Sally, meine Liebe, würden Sie in mein Zimmer hinaufgehen? In meinem Kleiderschrank finden Sie Hüte und Mäntel – jeder davon genügt für unseren Zweck – und in der oberen linken Schublade meines Schreibtisches ist eine Sonnenbrille. Ich frage mich, ob ein falscher Bart . . . Nein, vielleicht nicht.«

Sally machte sich im Laufschritt auf den Weg.

»Nun denn, Gentlemen, ich will, daß Sie folgendes tun. In ein paar Minuten wird die Polizei hier sein und nach mir und Mr. Cadogan suchen. Kennen Sie meinen Wagen?«

»Der ist unverkennbar, Sir.«

»Nein. Ich verstehe, worauf Sie hinauswollen. Er steht neben dem Haupttor – nicht abgesperrt oder dergleichen. Sobald die Polizei hier auftaucht, will ich, daß Sie Gentlemen in ihn hineinspringen und so schnell losfahren, wie Ihnen das irgend möglich ist. Die Sache erfordert ein ziemlich sorgfältiges Timing; Sie sollen sie dazu verleiten, sich an Ihre Sohlen zu heften, gleichzeitig aber einen genügend großen Vorsprung herausholen.«

»Sie wollen, daß wir sie weglocken, Sir?« fragte Mr. Scott.

»Genau. Und führen Sie sie in die Irre, wie es Ihnen gerade einfällt, meinetwegen querfeldein über Land. Das überlasse ich ganz Ihrer Erfindungsgabe. Es ist reichlich Benzin im Tank, und Lily Christine fährt sehr schnell. Sie müssen natürlich verhindern, daß man Sie einholt und Ihre wahre Identität feststellt.«

»Ich glaube nicht, daß es funktionieren wird«, bemerkte Mr. Beavis mit einiger Besorgnis.

»Es wird schon funktionieren«, gab Fen zuversichtlich zurück, »weil außerhalb eines Buches niemand auf diese Art von Täuschungsmanöver *gefaßt* ist. Ich sollte hinzufügen, daß etwaige Bußgelder wegen Geschwindigkeitsübertretung auf meine Rechnung gehen und ich Ihnen auch aus jeder anderen brenzligen Situation helfen werde, in die Sie vielleicht geraten. Also, sind Sie dabei?«

Mr. Scott und Mr. Beavis blickten sich an. Dann nickten sie. Sally kam mit Hut, Mantel und Sonnenbrille zurück und half Mr. Beavis beim Verkleiden.

»Er sieht nicht so aus wie ich«, sagte Cadogan.

»Er sieht haargenau so aus wie du«, sagte Fen. »Derselbe schlurfende, heimlichtuerische Gang ... Ich danke Ihnen allen für Ihre Aufmerksamkeit, Ladies und Gentlemen. Das Seminar ist hiermit zu Ende. Nächstes Mal«, fügte er hinzu, plötzlich seiner Pflichten eingedenk, »werden wir uns wieder *Hamlet* zuwenden und vergleichende Quellenstudien betreiben, vor allem in bezug auf die verschollene frühere Fassung. Sie werden sehen, daß dies ein hervorragendes Betätigungsfeld für wilde Spekulationen darstellt ... Nun denn. Wenn alles bereit ist –«

Jetzt, wo der Bann gebrochen war, begaben sich die Studenten und Studentinnen unter aufgeregtem Geplapper hinaus. Mr. Scott und Mr. Beavis beratschlagten sich leise miteinander und bezogen ihren Posten.

»Ich halte nicht viel von *ihrer* Figur«, sagte Sally, die gerade die Aphrodite in Augenschein nahm.

»Gehen wir doch auf den Turm hinauf«, sagte Fen. »Es gibt dort oben ein Fenster, von dem aus wir alles beobachten können.«

Sie brauchten nicht lange zu warten. Es fuhr ein schwarzes Polizeiauto vor, aus dem der Chief Constable, mit eisengrauem Haar und Schnurrbart, ein Sergeant und ein Konstabler ausstiegen. Sie blickten äußerst grimmig und entschlossen drein. Mr. Scott und Mr. Beavis warteten, bis sie knapp vor dem Haupttor waren, und schossen dann aus einem in der Nähe gelegenen Torweg hervor und stürzten sich in Lily

Christine III. Für einen bangen Augenblick dachte Cadogan, der Wagen werde nicht anspringen, doch dann heulte der Motor auf, und sie sausten mit Karacho über die Woodstock Road hinab, wo in diesem Augenblick, wenn sie es nur gewußt hätten, Dr. Reginald Havering von seinem Schicksal ereilt wurde. Der Chief Constable wollte gerade durch das Tor treten, als Lärm seine Aufmerksamkeit erregte.

»Da sind sie!« brüllte er, außer sich vor Zorn. »Ihnen nach, ihr Trottel!« Alle drei Männer warfen sich wieder in das Polizeiauto, und einen Augenblick später raste es los.

Fen seufzte erleichtert auf. »Mein armer Freund«, bemerkte er. »Jetzt haben wir vielleicht eine Zeitlang Ruhe. Kommt alle mit. Wir gehen ins ›Mace and Sceptre‹. Ich warte dort auf Nachricht von Mr. Hoskins.«

In jenen alkyonischen Tagen, als die Flüsse Starkbier führten und der Vorrat an Spirituosen unerschöpflich war, öffnete die Bar des »Mace and Sceptre« bereits um 5.30 nachmittags. Es war fast genau sechs Uhr, als Fen, Sally, Cadogan und Wilkes dort eintrafen. Der junge Mann mit der Brille und dem langen Hals saß in seiner Ecke und las gerade *Nachtmahr-Abtei* zu Ende, doch der einzige andere Insasse jener neogotischen Herrlichkeiten war Mr. Sharman, den sie inzwischen unter dem Namen Wald kannten; er war eingemummt wie eh und je und sah so aus, als habe er sich nicht vom Fleck gerührt, seit sie ihn verlassen hatten, um sich unter den Verkäuferinnen von Oxford auf die Suche zu machen. Er winkte ihnen zu, als sie hereinkamen, und schreckte dann in seinem Stuhl zurück, als er Sally erblickte; sein Gesicht wirkte plötzlich wie ausgehöhlt und verriet, was für ein erbärmlicher Feigling er war. »Genau der Mann, den ich sehen wollte«, sagte Fen leutselig und schlenderte auf ihn zu. »Richard, besorg uns allen etwas zu trinken, ja?« Er baute sich vor dem schmächtigen Mr. Sharman auf. »Tja, Mr. Sharman, ich schätze, Sie erinnern sich an Miss Carstairs, Ihre Miterbin, die Sie letzte Nacht in der Iffley Road getroffen haben?«

Mr. Sharman leckte sich die trockenen Lippen. »Ich weiß nicht, wovon Sie reden.«

»Kommen Sie, kommen Sie.« Fen zog für Sally einen Stuhl heran und nahm dann selber Platz. Wilkes stand am Tresen und half Cadogan mit den Drinks. »Wir haben eine Menge in Erfahrung gebracht, seit wir Sie zum letzten Mal gesehen haben. Viel zuviel, als daß Sie hier noch länger den Ahnungslosen spielen könnten. Rosseter hat ausgepackt. Miss Winkworth hat ausgepackt.« Fen setzte eine düstere Miene auf. »Und jetzt werden Sie auspacken.«

»Ich versichere Ihnen, ich weiß nicht, worauf Sie hinauswollen. Ich habe dieses Mädchen noch nie zuvor in meinem Leben gesehen. Lassen Sie mich also gefälligst in Frieden.«

»Um die Wahrheit zu sagen, hat uns Miss Winkworth – die Sie als Grasse kennen – erzählt, sie hätte mit angesehen, wie Sie Miss Tardy getötet haben.«

Mr. Sharman reagierte panisch. »Das ist eine Lüge!«

»Immerhin wissen Sie, daß sie getötet wurde, nicht«, hob Fen versöhnlich hervor. »Was heißt, daß Sie dort gewesen sein müssen.«

»Ich –«

»Schildern Sie uns einmal, was genau geschehen ist. Und halten Sie sich dabei lieber an die Wahrheit, da wir alles nachprüfen können.«

»Aus mir werden Sie nichts herausbekommen.«

»Oh, doch, das werden wir«, sagte Fen gelassen. »Eine ganze Menge sogar.« Er hielt inne, da Cadogan und Wilkes mit Bier, Whisky und einem Cider für Sally zurückkamen. »Dann mal los, Mr. Sharman.«

Doch Mr. Sharman gewann Selbstvertrauen. Er entblößte seine langen Kaninchenzähne und brachte so etwas wie ein Lächeln zustande. »Sie sind nicht von der Polizei«, sagte er. »Sie haben kein Recht, mir Fragen zu stellen.«

»In diesem Fall bringen wir Sie eben aufs Polizeirevier, und man wird Ihnen dort Fragen stellen.«

»Sie haben kein Recht, mich irgendwohin zu bringen.«

»Das haben wir sehr wohl. Jeder Bürger hat das Recht – und die Pflicht – einen bei einem Schwerverbrechen ertappten Missetäter zu ergreifen. Ein Mordkomplott ist ein Schwerverbrechen, wissen Sie.« Fen strahlte über beide Backen.

»Beweisen Sie es«, sagte Mr. Sharman markig.

Fen blickte ihn nachdenklich an. »Wenn es um Mord geht, stellt man humanitäre Gefühle gezwungenermaßen hintan, nicht wahr? Deswegen unterscheiden die Amerikaner ja auch zwischen Tötungsdelikten ersten, zweiten und dritten Grades. In einem Fall wie diesem kann man sich des Eindrucks nicht erwehren, daß das gerechtfertigt ist.«

In Mr. Sharmans rotgeränderten Augen spiegelte sich Furcht. »Wie meinen Sie das?«

»Ich meine das so, daß wir Sie vielleicht irgendwohin mitnehmen und Ihnen gehörig weh tun.«

Mr. Sharman machte Anstalten, sich von seinem Stuhl zu erheben. Cadogan, der den Wortwechsel interessiert verfolgt hatte, gab ihm einen kräftigen Tritt vors Schienbein. Mr. Sharman jaulte schrill auf und setzte sich wieder. »Sie A-«, sagte er gehässig.

»Werden Sie uns jetzt erzählen, was Sie wissen?« fragte Fen.

Mr. Sharman dachte nach. »Ein mit Drohungen erzwungenes Geständnis ist vor Gericht wertlos«, sagte er. »Und keine Menschenseele kann bezeugen, daß ich an irgendeinem Komplott beteiligt war. Ja, ich werde es Ihnen erzählen, und Sie können daraus schlußfolgern, was Sie wollen.«

»Das klingt schon vernünftiger.«

Einige Neuankömmlinge traten in die Bar, und Mr. Sharman senkte die Stimme. »Ich bin zu dem Laden gegangen und habe mitgeholfen, diese vermaledeiten Spielsachen hin und her zu räumen – da Sie so ein kluges Köpfchen sind, werden Sie wissen, warum. Dann haben wir darauf gewartet, daß die Frau kam. Als sie da war, hat uns Rosseter alle in verschiedene Zimmer geschickt und sich ein bißchen mit ihr unterhalten. Dann haben sich die anderen drei zusammengesetzt – Rosseter und King's Lynn und die Frau – und nach einer Weile habe ich gehört, daß jemand im Laden herumschlich, also habe ich sie gewarnt. Wir sind eine Zeitlang stillgeblieben. Dann bin ich zu der Frau hineingegangen; es brannte kein Licht, und sie war tot. Das ist alles. Machen Sie daraus, was Sie wollen. Falls die Sache je zur Verhandlung kommt, werde ich das Ganze ableugnen.«

»Parturiunt montes«, sagte Fen, *»nascetur ridiculus mus.* Nun ja, das ist trotzdem sehr erhellend. Haben Sie die Leiche weggeschafft und Cadogan hier bewußtlos geschlagen?«

»Nein, das habe ich nicht. Rosseter oder King's Lynn müssen es getan haben. Nun gehen Sie, und lassen Sie mich in Ruhe.« Mr. Sharman fuhr sich mit einer dreckigen Hand über seine unregelmäßigen Augenbrauen.

Ein Page kam in die Bar. »Anruf für Mr. T.S. Eliot!« flötete er. »Mr. T.S. Eliot?«

Zu jedermanns Erstaunen sagte Fen »Das bin ich«, stand auf und ging hinaus, gefolgt von den neugierigen Blicken der anderen Leute in der Bar. In der Telefonzelle sprach er mit Mr. Hoskins, der arg außer Atem war und seinen gewohnten Gleichmut schmerzlich vermissen ließ.

»Der Fuchs ist fort, Sir«, keuchte er in den Apparat. »In offenem Gelände, und auf der Suche nach einem Unterschlupf.«

»Halali«, sagte Fen. »In welche Richtung läuft er denn?«

»Wenn Sie es hinüber nach St. Christopher's schaffen, können Sie ihm vielleicht den Weg abschneiden. Er hat ein Fahrrad. Ein paar von meinen Freunden sind hinter ihm her. Ich rufe aus seinem Haus an. Sie müssen sich beeilen.« Mr. Hoskins legte auf.

Fen tauchte wieder in der Tür der Bar auf und winkte den anderen so rasend zu, als wolle er sie vor dem nahen Weltuntergang warnen. »Kommt!« schrie er. »Schnell!« Cadogan, der den Mund voller Bier hatte, verschluckte sich auf das heftigste. Sie gesellten sich im Sturmschritt zu Fen und überließen Mr. Sharman seinen eigenen niederträchtigen Gedanken.

»Sie haben den Doktor gefunden«, erklärte Fen aufgeregt. »Aber er ist getürmt. Wir müssen die Beine in die Hand nehmen. Oh, hätte ich doch bloß Lily Christine!«

Sie hasteten durch die Drehtür. Wilkes, dessen athletische Tage gezählt waren, schnappte sich das einzige Fahrrad in Sichtweite (unnötig zu sagen, daß es nicht seines war) und eierte unsicher damit los, während Fen, Cadogan und Sally rannten – wie Derwische: die George Street hinab, bei Taphouses Musikladen um die Ecke, über die Einfahrt zur Beaumont Street (dort wurden sie beinahe von einem Bus erfaßt), vorbei an der Taylorian, vorbei am »Bird and Baby« . . . Und dort blieben sie, nach Luft japsend, stehen, um das erstaunliche Schauspiel zu betrachten, das sich ihnen bot.

Über die Woodstock Road strampelte auf einem Fahrrad ein älterer, außergewöhnlich dünner Mann auf sie zu, dessen schütteres weißes Haar im Wind flatterte und in dessen Augen die blanke Verzweiflung geschrieben stand. Unmittelbar hinter ihm, um ihr Leben laufend, kamen Scylla und Charybdis; hinter ihnen eine brüllende, rauflustige Horde von Studenten, mit Mr. Adrian Barnaby (ebenfalls auf einem Fahrrad) an der Spitze; hinter ihnen der zweite Proktor, sein Begleiter und zwei Bullers, die zusammengedrängt in einem kleinen Austin saßen und äußerst gesetzt, ehrfurchterheischend und ratlos aussahen; und ganz am Schluß schleppte sich, ermattet, doch keineswegs abgeschlagen, die unförmige Gestalt von Mr. Hoskins dahin.

Es war ein Anblick, den Cadogan zeit seines Lebens niemals vergessen sollte.

XI. DIE EPISODE MIT DEM NEUROTISCHEN ARZT

Er hatte jedoch keine Gelegenheit, das Spektakel eingehend zu betrachten, da nun alles Schlag auf Schlag ging. Die St. Giles' hinunter kam Dr. Havering, und die St. Giles' hinauf, in die entgegengesetzte Richtung und auf der falschen Straßenseite fahrend, kam Wilkes. Gerade noch rechtzeitig erkannte der Arzt die Gefahr. Er schwenkte schräg nach rechts, um Wilkes auszuweichen, und fand sich Angesicht zu Angesicht mit Fen und Cadogan wieder, die auf ihn zurannten. Der Studentenhaufen sprengte von hinten heran. Dr. Havering zögerte und brach dann kurz entschlossen nach links aus. Wilkes bremste heftig, wobei er beinahe zu Fall kam. Und der Arzt trat wie wild in die Pedale und bog in den Durchgang, der zwischen dem »Lamb and Flag« und St. John's verläuft. Ohne einen Augenblick zu zögern, heftete sich ihm jedermann an die Fersen – das heißt, jedermann bis auf den Proktor und seine Pedelle, die verwirrt stehenblieben; der Durchgang ist nämlich zu schmal, als daß man ihn mit einem Wagen passieren könnte. Nach einigem Zaudern nahmen sie Richtung auf die Parks Road, in die der Durchgang einmündet, und es war das reinste Pech, daß sie unterwegs über einen Nagel fuhren und so lange aufgehalten wurden, daß sie die Hetzjagd aus den Augen verloren.

Irgendein findiger Kopf hat in der Mitte des Durchganges eine aus allerlei Pfosten und Ketten bestehende Sperre errichtet, die man nur zu Fuß überwinden kann, und die Verfolgermeute holte Dr. Havering dort auch beinahe ein. Doch er schaffte es gerade noch zu entwischen und radelte wie von Sinnen die kurze, von Wohnhäusern flankierte Straße hinab, die neben den verschiedenen wissenschaftlichen Laboratorien in die Parks Road hinausführt. Die

Chancen waren natürlich ungleich verteilt, und weder Mr. Barnaby noch Wilkes, die beiden einzigen Personen mit Fahrrädern, schienen imstande, den Arzt zusammen oder gar im Alleingang aufzuhalten. Aber in Mr. Barnabys Heerschar befanden sich etliche entschlossene Blaue; Fen lief noch immer mit leichten, weit ausgreifenden Schritten; und Sally, die in blendender Form war und zum Glück flache Schuhe und einen geschlitzten Rock trug, hatte offenbar keine Mühe mitzuhalten. Scylla und Charybdis zogen sich geschlagen aus dem Rennen zurück, doch für den Augenblick schenkte ihnen niemand auch nur die geringste Beachtung, und sie trabten schwerfällig hinterdrein.

Aus der Parks Road bog Dr. Havering nach links in die schmucke und baumgesäumte South Parks Road. Der wilde Haufen folgte ihm nimmermüde auf dem Fuß und brandete über zwei Tutoren der klassischen Fakultät hinweg, die sich gerade über Vergil unterhielten; sie machten zwar erstaunte Gesichter, behaupteten aber standhaft ihren Platz. »Mein lieber Freund«, sagte einer von ihnen, »kann das der von der Universität ausgerichtete Hindernislauf sein?« Da ihm jedoch keine Aufklärung zuteil wurde, ließ er das Thema wieder fallen. »Also, was ich da eben über die *Eclogae* sagte –«

Es war am Ende der South Parks Road, wo Dr. Havering seinen großen Fehler machte – einen Fehler, den man nur einer aus blinder Panik geborenen Kopflosigkeit zuschreiben kann. Zweifelsohne hatte er gehofft, seine Verfolger lange zuvor abzuschütteln, und war in einem Albtraum gefangen. Jedenfalls rannte er, gerade als Fen seinen Atem damit vergeudete, (ziemlich unpassenderweise) *»Doch sachten Schritts und bedachten Tritts, würdevoll mit Weile eilend . . .«* zu singen, das Gäßchen hinunter, das zu Parson's Pleasure führt, ließ sein Fahrrad im Stich, warf dem Torwächter eine Sixpence-Münze zu und verschwand im Inneren. Und die Hetzhunde stimmten ein Triumphgeheul an.

Hier ist ein Wort der Erklärung vonnöten. Da Oxford eine der wenigen zivilisierten Städte auf dem Erdenrund ist, bietet es seinen Bewohnern die Möglichkeit, in der einzigen Art und Weise zu baden, die dieser Tätigkeit angemessen ist: will sagen, nackt; wenn dabei auch – neigen doch selbst zivilisierte Menschen zu Verfehlungen ihres mit der Erbsünde behafteten Fleisches – eine gewisse Geschlechtertrennung erfolgt. Parson's Pleasure ist Männern vorbehalten. Es besteht aus ein paar stallartigen Umkleidekabinen und einem breiten Streifen grünen, eingezäunten Rasens, der zu einer Flußschleife mit einer Insel hinuntergeht. Junge Frauen in Kähnen müssen diese auf der dem Freibad abgewandten Seite passieren oder, errötend und verschämt, einen wahren Hagel anzüglicher Bemerkungen auf sich niederprasseln lassen. Es gibt ein anderes Gelände am Fluß, das Dame's Delight heißt und ihnen zur Verfügung steht, obwohl nicht bekannt ist, daß allzu viele von ihnen davon auch Gebrauch machen; und damit sind wir hier sowieso nicht befaßt. Der springende Punkt ist der, daß man Parson's Pleasure nur durch das Tor oder über den Fluß verlassen kann, was die Freude, die sich der Verfolger von Dr. Havering bemächtigte, wohl zur Genüge erklärt.

Mr. Barnaby traf als erster ein. Er stieg von seinem Fahrrad und bemerkte, während er dem Torwächter diskret eine Pfundnote in die Hand drückte: »Das sind *alles* meine Freunde. Lassen Sie bitte *jedermann* ein.« Mit diesem Ansuchen war er jedoch überoptimistisch. Nichts auf der Welt hätte den Torwächter dazu bewegt, Sally Zutritt zu gewähren, und sie mußte draußen bleiben und machte einen ziemlich verlassenen und niedergeschlagenen Eindruck. Cadogan, der sich hinter den anderen hineinzwängte, versprach zurückzukehren und ihr baldmöglichst Nachricht zu geben.

Es war ein warmer Abend, und ein paar Leute plantschten im Wasser herum oder standen am Ufer, als Dr. Havering sie aus ihrer Ruhe riß; ein alter Mann bekam es ob des zunehmenden Lärms doch tatsächlich so mit der Angst zu tun, daß er auf dem schnellsten Wege zurück in seine Umkleidekabine floh. Der Arzt lief, nachdem er einen Moment lang unschlüssig dagestanden und verzweifelt in die Runde geblickt hatte, auf die gegenüberliegende Seite der Einfriedung und machte sich daran, über den Zaun zu steigen. Seine Klettersuche waren noch nicht weit gediehen, als Mr. Barnaby auftauchte. Hilflos über die Schulter blickend, ließ er sich wieder auf den federnden grünen Rasen hinunter und stürzte zu einem Kahn, der direkt neben dem Sprungbrett vertäut war. Ein kurzer Kampf mit dem Kahnfahrer, und schon war er drinnen und stieß sich vom Ufer ab. Doch zu diesem Zeitpunkt hatte ihn die Vorhut erreicht, und es war zu spät. Während er zusammenhanglos durch die Gegend brüllte, sich wand und sträubte wie eine Seele, derer die ewige Verdammnis harrt, wurde er vor den erstaunten Augen der Badenden wieder an Land gezerrt.

Und da hörten sie plötzlich Sally in dem Gäßchen draußen um Hilfe rufen. Scylla und Charybdis, glücklos und im Hintergrund vergessen, hatten sie eingeholt. Cadogan ließ Dr. Havering wohlbewacht zurück und stürmte an der Spitze eines Rettungskommandos hinaus. Das Handgemenge, das folgte, war hitzig, ungestüm und schnell entschieden, und an Verlusten waren lediglich Scylla und Charybdis und Cadogan selbst zu beklagen, der von einem seiner Mitstreiter einen Kinnhaken verpaßt bekam, der ihn beinahe zu Boden streckte. Zuletzt wurden die beiden Männer auf das Gelände des Freibades verfrachtet (wobei man sie halb trug und halb schleifte und Mr. Barnaby den Torwächter mit einer weiteren Pfundnote und einem verschwörerischen Seitenblick beehrte) und triumphierend in den Fluß geworfen. Anfangs schrien sie zwar Zeter und Mordio und ließen schreckliche Flüche vom Stapel, einmal im Wasser, nahmen sie jedoch eine versöhnliche Haltung an, was vor allem darauf zurückzuführen war, daß sie nicht schwimmen konnten. Ein Tutor der naturwissenschaftlichen Fakultät, der am Ufer stand und sich auf den Bauch klatschte, wandte sich ihnen voller Hilfsbereitschaft zu. »Jetzt ist die Zeit zu lernen«, sagte er. »Bringen Sie Ihren Körper in eine horizontale Lage und entspannen Sie Ihre Muskeln. Die Oberflächenspannung wird Sie tragen.« Aber sie riefen nur noch lauter »Hilfe!«, während ihre Hüte einsam und verlassen neben ihnen auf den Fluten trieben. Schließlich trug sie die Strömung flußabwärts zu einer seichteren Stelle, wo es ihnen gelang, sich an Land zu schleppen. Es steht zu vermuten, daß sie Oxford nach diesem Fiasko verlassen haben, da man dort nie wieder etwas von ihnen gehört oder gesehen hat.

In der Zwischenzeit war Wichtigeres im Gange. Es bestand zum einen darin, daß sich Fen den Kahn ausborgte, indem er seinem widerstrebenden Besitzer mit allerlei Schmeicheleien um den Bart ging; und zweitens darin, Dr. Havering an Bord zu bringen. Falls nun jemand denken sollte, der Arzt habe diese Prozedur womöglich ruhig über sich ergehen lassen, muß hier mit aller Deutlichkeit gesagt werden, daß er dies mitnichten tat – sondern vielmehr eine klägliche Miene zog und die verdutzten Nacktbader um Beistand anflehte. Doch selbst wenn diese nicht in ihrem ungeschützten Zustand gewesen wären, hätten sie sich tunlichst gehütet, einer Gruppe von Studenten entgegenzutreten, die sich gerade einen Spaß erlaubten; noch dazu, wo dieser von einem illustren Lyriker und dem Oxforder Professor für englische Sprache und Literatur geduldet – nein, in Szene gesetzt – zu werden schien. Ja, einige von ihnen ließen der Sache sogar ihre Unterstützung angedeihen, was die allseits bekannte Macht der mehrheitlichen Meinung wieder einmal eindrucksvoll unter Beweis stellt. Dr. Havering stieg mit Fen, Cadogan, Wilkes und Mr. Hoskins in den Kahn. Sally versprach, auf Fens Zimmer zurückzukehren und dort zu warten. Und Mr. Barnaby stand mit seiner Heerschar am Ufer, um ihnen zum Abschied nachzuwinken.

»Nachgerade Watteau, mein lieber Charles«, bemerkte er. »*Embarquement pour Cythère*. Oder würdest du sagen, daß es *Arthurs Seele* ist, die da nach *Avalon* befördert wird?«

Charles hielt dem entgegen, das Ganze erinnere eher an den Fliegenden Holländer, und da der Kahn inzwischen die Mitte des Flußes erreicht hatte, machten sie sich auf den Rückweg zu Mr. Barnabys Räumlichkeiten, um etwas zu trinken. Und keine Sekunde zu früh; als sie Parson's Pleasure verließen, konnten sie deutlich hören, wie der Torwächter das Büro des Proktors im Clarendon-Gebäude anrief. Seine Leidensgeschichte, die durch das offene Fenster drang, folgte ihnen eine kurze Weile wie ein Gespenst und verhallte dann.

Die fünf Männer im Kahn schwiegen für geraume Zeit. Dr. Haverings Zorn hatte sich in Furcht verwandelt, und Cadogan nahm ihn neugierig in Augenschein, während er mit Hilfe von Mr. Hoskins in eine vage, von Fen angedeutete Richtung ruderte. Die Magerkeit des Arztes stand außer Frage. Die Wangenknochen schienen sich durch die straffe, glänzende Gesichtshaut zu bohren, und der Körper war spindeldürr. Feine Spinnenfäden weißen Haares waren über die Schädelkuppe zerstreut. Die Nase war spitz und am Ende leicht gekrümmt; die Augen waren groß und grün, mit langen Wimpern unter konvexen Brauen, und wirkten seltsam glasig. Auf der Stirn zeichnete sich deutlich ein Geflecht von Adern ab, die Bewegungen waren sprunghaft und abgehackt, und die Hände zitterten in einem fort, wie im Anfangsstadium irgendeiner Nervenkrankheit. Cadogan fühlte sich an einen ausgehungerten, bösartigen, halbverwilderten Straßenköter erinnert, den er einmal im East End in der Gosse hatte kauern sehen. Wie Rosseter vermittelte Havering den düsteren Eindruck von Schäbigkeit und von beruflichem Mißerfolg.

»Wohin bringen Sie mich?« Haverings Stimme, leise und

monoton, durchbrach das Schweigen. »Dafür werden Sie mir zahlen – Sie alle.«

»Ein hübsches Altwasser«, sagte Fen verträumt. »Gleich hier in der Nähe. Wenn wir dort ankommen, werden Sie uns alles erzählen, was letzte Nacht geschehen ist.«

»Da irren Sie sich gewaltig, Sir. Ich werde nichts dergleichen tun.«

Fen gab keine Antwort. Seine Augen waren nachdenklich und in weiter Ferne; sie schweiften über die Ufer, die Weiden mit ihrem prächtigen, über das Wasser hängenden Astwerk, die Schilfbüschel, in denen sich abgestorbene Zweige verfangen hatten, den matten Schimmer des abendlichen Lichtes auf dem Fluß. Im Westen zogen Wolken herauf und schoben sich vor die untergehende Sonne – Regenwolken. Die Luft kühlte merklich ab. Ein Eisvogel mit leuchtend blaugrünem Gefieder flog von einem Ast auf, als sie darunter hindurchglitten. Wilkes am Bug sah aus, als ob er jeden Augenblick einschlafen würde. Mr. Hoskins ruderte stet und beharrlich; Cadogan, immer noch leicht benommen von dem Kinnhaken, nicht ganz so zielbewußt. Um der Wahrheit Genüge zu tun, ödete ihn sein Tun und Treiben mit der Zeit ein klein wenig an; als er Mr. Spode am Vorabend mit seinem Erlebnishunger in den Ohren gelegen war, hatte er sich beileibe nichts Derartiges ausgemalt und seine verschwommenen Vorstellungen von aufregenden Erlebnissen romantisch verbrämt und vorsorglich von allem Realitätsballast befreit. Er hoffte nur, daß sich das Ende abzeichnete; daß Havering der Mörder war; und daß er von niemandem mehr Schläge abbekommen würde. Er begann zu überlegen, wie es wohl gerade Mr. Scott und Mr. Beavis ergehen mochte, und sagte dann, als er diesem Thema nichts mehr abgewinnen konnte, zu Mr. Hoskins:

»Wie haben Sie diesen Mann eigentlich ausfindig gemacht?«

Während sich Dr. Havering in zorniges Schweigen hüllte

und ihn beobachtete, erstattete Mr. Hoskins mit schleppender, schwermütiger Stimme seinen Bericht. »Ein Waliser aus dem Jesus College«, sagte er, »hat uns auf ihn hingewiesen. Er schien auf Grund der Beschreibung anzunehmen, daß ein Irrtum ausgeschlossen sei, und dies« – ein schwacher Ausdruck von Dankbarkeit ließ das Gesicht von Mr. Hoskins aufleuchten – »war auch der Fall. Um mir Zutritt zu seinem Sprechzimmer zu verschaffen«, fuhr er umständlich fort, »bediente ich mich einer List, die mit den Gefahren des Gebärens und der unter solchen Umständen erforderlichen ärztlichen Soforthilfe verbunden war. Für den Fall, daß er einen Fluchtversuch wagen sollte, waren mehrere Leute an verschiedenen Stellen um das Haus postiert. Als ich ihn sah, kam ich ohne Umschweife zur Sache und fragte ihn, wie er es denn zuwege gebracht habe, die Leiche fortzuschaffen. Er war äußerst bestürzt, obwohl ich mir gut vorstellen könnte, daß er es jetzt abstreiten wird.«

»Sie elender Lump!« rief der Doktor dazwischen. »Natürlich streite ich es ab.«

»Hierauf«, fuhr Mr. Hoskins ungerührt fort, »erkundigte ich mich nach seinen Aktivitäten in der vorangegangenen Nacht, seinem Erbe, Mr. Rosseter und einigen anderen Dingen mehr. Obwohl er seine Bestürzung zu verbergen suchte, war deutlich zu sehen, wie sie von Sekunde zu Sekunde wuchs. Schließlich sagte ich ihm, daß ich ihn in Anbetracht der unbefriedigenden Natur seiner Antworten mit aufs Polizeirevier nehmen müsse. Er sagte, daß dies absurd sei, daß ich ihn mit jemandem verwechsle, daß er nicht die leiseste Ahnung hätte, wovon ich eigentlich spräche, und so weiter; wobei er jedoch hinzufügte, daß er bereit sei, mich aufs Polizeirevier zu begleiten, um seine Unschuld unter Beweis zu stellen und mir mein, wie er es kurioserweise nannte, »verleumderisches Eindringen« heimzuzahlen. Er ging hinaus, um seinen Hut und Mantel zu holen, und kam, wie ich vorhergesehen hatte, nicht zurück. Um die Wahrheit zu sagen, schob er kurz darauf ein Fahrrad mit einer kleinen Tasche auf dem Gepäckträger leise und verstohlen zum hinteren Tor hinaus.«

Hier hielt Mr. Hoskins inne und runzelte die Stirn. »Daß ihn unsere im Hinterhalt liegenden Leute nicht an Ort und Stelle dingfest gemacht haben, vermag ich nur damit zu erklären, daß sie Mr. Adrian Barnaby unterstanden und daß er kein Mensch ist, der sich für sehr lange auf eine bestimmte Sache konzentrieren kann. Jedenfalls war der Doktor aufgestiegen und losgefahren, ehe Alarm gegeben wurde. Ich bin noch für einen Augenblick im Sprechzimmer geblieben, um Sie im ›Mace and Sceptre‹ anzurufen, und der Rest ist Ihnen ja bekannt.«

»Ah«, sagte Fen. »Warum sind Sie nicht mit Ihrem Wagen geflohen, Havering?«

Havering knurrte: »Ich bin wie immer meiner Arbeit nachgegangen –«

»Heiliges Hippopotamus«, warf Fen angewidert ein. »Ich schätze, Sie dachten, Mr. Hoskins würde das Auto hören. Oder war es einfach so, daß Sie es zufälligerweise nicht daheim hatten?« Er blickte sich um. »So, da wären wir. Hart backbord . . . Nein, *backbord,* Richard – nach *links* . . .«

Der Kahn drehte sich einmal im Kreis herum und glitt zwischen ein paar Schilfbüscheln hindurch in das Altwasser, auf das er gedeutet hatte. Es war ein sumpfiger, ungesunder Ort. Das seichte Wasser war mit grünem Schleim bedeckt, und es gab ungemütlich viele Mücken. Cadogan konnte sich nicht vorstellen, warum Fen sie hierher gebracht hatte, aber er war mittlerweile darüber hinaus, irgendwelche Fragen zu stellen; er war so apathisch wie ein Ochse.

»Also«, sagte Fen und stand auf.

Der Kahn schaukelte heftig hin und her, und Wilkes wachte auf. Cadogan und Mr. Hoskins nahmen ihre Ruder herein und blickten Fen erwartungsvoll an. Dr. Haverings große grüne Augen verrieten zunehmende Furcht, doch sie hatten noch immer ein etwas glasiges, lebloses Aussehen; es war wie das Gesicht eines angsterfüllten Mannes, das man nur verschwommen durch eine schmutzige Fensterscheibe sieht.

»Es hat bei diesem Fall bereits viel zu viele Verzögerungen gegeben«, sagte Fen bedächtig, »und ich habe keine Zeit, Havering, mich noch länger mit Ihren kindischen Ausflüchten und gekünstelten Wutausbrüchen aufzuhalten. Wir wissen genug über den Tod von Miss Tardy, um Ihnen eine Anklage wegen Beihilfe zum Mord anzuhängen, aber wir wissen bislang noch nicht, wer sie getötet hat. Das ist der einzige Grund, warum wir uns mit Ihnen herumplagen.«

»Wenn Sie glauben, daß Sie mich mit Drohungen –«

Fen hob eine Hand. »Nein, nein. Taten, mein werter Medikus – Taten. Ich habe für Drohungen keine Zeit. Beantworten Sie meine Fragen.«

»Ich werde mich hüten. Wie können Sie es wagen, mich hier festzuhalten. Wie –?«

»Ich habe Sie vor derlei Ergüssen gewarnt«, sagte Fen grob. »Mr. Hoskins, seien Sie mir bitte dabei behilflich, seinen Kopf in diese Dreckbrühe zu tauchen und unter Wasser zu halten.«

Ein Kahn der flachgehenden, viereckigen Sorte, wie man sie in Oxford verwendet, ist das sicherste Boot für einen Kampf, da ihn buchstäblich nichts zum Kentern bringt. Havering hatte keine Chance. Sechsmal wurde sein Kopf in den grünen Schleim gestoßen, wobei Wilkes eine Art fortlaufenden Kommentars aus obskuren Anfeuerungen und Beifallsbekundungen beisteuerte. »Taucht ihn unter!« kreischte er mit mittelalterlich anmutender Grausamkeit. »Taucht den Höllenbraten von einem Mörder unter!« Cadogan begnügte sich damit, zuzuschauen und Havering vor jedem neuerlichen Eintauchen zum Lufttholen zu raten. Nach dem sechsten Mal sagte Fen: »Das reicht. Zieht die ertränkte Ehre an den Locken herauf.«

Havering fiel, würgend und keuchend, in den Kahn zurück. Er bot wirklich einen trostlosen Anblick. Sein schütteres Haar klebte feucht und wirr an seinem Kopf. Er war von oben bis unten mit grünen Flecken übersät, und er verströmte einen unangenehmen Geruch; es war offenkundig, daß er nicht mehr allzulange durchhalten würde.

»Hol Sie der Teufel«, flüsterte er. »Hol Sie der Teufel. Lassen Sie es gut sein! Ich sage Ihnen alles – ich sage Ihnen alles, was Sie wissen wollen.« Cadogan hatte urplötzlich Mitleid mit ihm. Er zog ein Taschentuch hervor, damit sich Havering das Gesicht und den Kopf abtrocknen konnte, und der ältere Mann nahm es dankbar entgegen.

»Nun denn«, sagte Fen energisch, »zuerst einmal, was war es, das Sie über Rosseter wußten, das ihn veranlaßt hat, sich an dem Plan zur Beschaffung des Geldes zu beteiligen?«

»Er – er war Rechtsanwalt in Philadelphia, als ich als junger Mann dort praktiziert habe. Er war in einige ziemlich dunkle Machenschaften verwickelt – Manipulationen der Börsenkurse und auch Unterschlagung von Kapital, das ihm als Treuhänder anvertraut worden war. Er – könnten Sie mir eine Zigarette geben?« Havering nahm sich eine aus Fens Etui, hielt sie zwischen zitternden Fingern und paffte nervös daran. »Ich brauche wohl nicht auf alle Einzelheiten einzugehen, doch schlußendlich mußte Rosseter – er hatte damals einen anderen Namen – das Land verlassen und hierherkommen. Ich habe ihn nie persönlich gekannt, müssen Sie wissen – nur aus der Presse. Ein paar Monate später habe ich meine Karriere in Amerika durch eine Abtreibung ruiniert. Die Leute waren damals nicht so tolerant. Ich hatte ein bißchen Geld auf die Seite gelegt, und so bin ich nach England gekommen und habe wieder zu praktizieren begonnen. Vor zehn Jahren habe ich mich hier niedergelassen – in Oxford. Ich habe Rosseter wiedererkannt, obwohl er mich natürlich nicht kannte. Aber ich wollte die alten Geschichten nicht aufwärmen und habe weder etwas gesagt noch getan.« Er blickte rasch in die Runde, um zu sehen, wie sie es aufnahmen. »Ich hatte die Zeitungsausschnitte gesammelt, müssen Sie wissen, mit Fotos von Rosseter. Er konnte es sich nicht leisten, daß sie veröffentlicht wurden.«

Im Schilf quakte ein Ochsenfrosch, und die Mücken wurden noch aufdringlicher. Cadogan zündete sich eine Zigarette an und stieß in dem vergeblichen Bemühen, sie sich vom Leib zu halten, dicke Rauchwolken aus. Es wurde allmählich dunkel, und zwischen den gezackten Rändern der Wolken zeigte sich da und dort ein farbloser Stern. Und auch kälter; Cadogan fröstelte ein wenig und zog seinen Mantel fester um sich.

»Ich habe eine leidlich gutgehende Praxis aufgebaut«, fuhr Havering fort. »Vor allem als Kardiologe. Sie hat mir zwar nicht gerade Unsummen eingebracht, aber es reicht zum Leben. Dann wurde ich eines schönen Tages zu der alten Frau gerufen.«

»Sie meinen Miss Snaith?«

»Ja.« Havering sog lustlos an seiner Zigarette. »Sie dachte, sie hätte ein schwaches Herz. Es fehlte ihr nicht mehr, als in diesem Alter normal ist. Aber sie hat gut gezahlt, und wenn sie in dem Wahn leben wollte, auf der Schwelle des Todes zu stehen, war ich nicht der Mann, um dem Einhalt zu gebieten. Ich ließ sie gefärbtes Wasser trinken und habe sie regelmäßig untersucht. Und eines schönen Tages, ungefähr einen Monat, bevor sie von diesem Bus überfahren wurde, sagte sie: ›Havering, Sie sind ein speichelleckerischer Narr, aber Sie haben einige Anstrengungen unternommen, um mich am Leben zu erhalten. Nehmen Sie das‹, und gab mir einen Umschlag und wies mich gleichzeitig an, die Kontaktanzeigen in der ›Oxford Mail‹ zu lesen –«

»Ja, ja«, sagte Fen ungeduldig. »Das ist uns alles bekannt. Und Sie vermuteten, sie wolle Ihnen in ihrem Testament etwas hinterlassen?«

»Sie nannte mich King's Lynn«, sagte Havering. »Sie

hatte den Namen aus irgendeinem dummen Gedicht. Ja.« Er zögerte und schien für einen Augenblick nicht recht zu wissen, wie er fortfahren sollte. »Ich habe herausgefunden, daß Rosseter ihr Rechtsbeistand war, und irgendwann nach ihrem Tod bin ich zu ihm gegangen. Ich habe eine Zeitlang gewartet, weil ich eigentlich nicht in der Vergangenheit herumkramen wollte. Aber sie hatte Geld, diese alte Frau. Sie hatte mir vielleicht eine große Summe hinterlassen, und ich wollte es *wissen.*« Er starrte sie an, und Cadogan konnte sehen, wie das vom Wasser zurückgeworfene Zwielicht in seine Augen fiel. »Es ist schon komisch, wenn man es recht bedenkt – daß ich auf dieses Geld so versessen war. Es ging mir nicht schlecht, und ich hatte keine Schulden und wurde von niemandem erpreßt. Ich wollte nur Geld – viel Geld. Ich habe in Amerika Männer mit viel Geld gesehen – nicht die Art von Geld, die man durch redliche Arbeit verdient.« Er lachte heiser auf. »Man sollte meinen, daß man in meinem Alter nicht mehr darauf erpicht ist, sich Frauen und Luxus zu kaufen, nicht wahr? Aber das war es, was ich wollte.«

Wieder starrte er sie an. Es war ein schwaches Werben um Verständnis und Sympathie, aber es ließ Cadogans Blut erstarren. Am Ufer hatte eine Kolonie von Grillen mit ihrem unaufhörlichen, metallischen Zirpen begonnen.

»Das wollten schon viele Männer«, bemerkte Fen trocken. »Die Gefängnisfriedhöfe sind mit ihnen überfüllt.«

Havering brüllte fast: »Ich habe sie nicht getötet! Sie können mich nicht hängen!« Dann, ein wenig ruhiger: »Eine Hinrichtung durch den Strang ist eine ekelhafte Angelegenheit. Als ich noch Polizeiarzt war, habe ich in Pentonville einmal einer beigewohnt. Eine Frau. Sie schrie und wehrte sich, und sie haben allein fünf Minuten gebraucht, um ihr den Strick um den Hals zu legen. Sie hatte die Nerven verloren. Ich habe mich damals gefragt, wie es wohl sein muß, wenn man darauf wartet, daß unter einem die Falltür aufklappt ...« Er verbarg sein Gesicht in den Händen.

»Erzählen Sie weiter«, sagte Fen darauf. In seiner Stimme schwang keine wie auch immer geartete Gefühlsregung mit.

Havering nahm sich zusammen. »Ich – habe Rosseter aufgesucht und ihm gesagt, daß ich wisse, wer er sei. Zuerst wollte er es nicht zugeben, aber er konnte sich nicht lange herausreden. Er hat mir die Testamentsklauseln erklärt – wissen Sie darüber Bescheid?«

»Ja. Wir kennen sie. Fahren Sie fort.«

»Wir hatten vor, diese Miss Tardy so weit zu bringen, daß sie uns das Geld überschrieb. Rosseter sagte, es würde ein leichtes sein, sie einzuschüchtern.«

»Nicht unbedingt das, was er uns erzählt hat«, warf Cadogan ein.

»Nein«, sagte Fen. »Aber in Anbetracht des ganzen Drumherums stand das zu erwarten.«

»Ich wollte, ich hätte nichts damit zu tun«, sagte Havering bitter. »Jetzt nützt mir meine ganze Erbschaft nichts. Und schuld hat nur diese verfluchte alte Frau mit ihren idiotischen Ränkespielchen.« Er hielt inne. »Rosseter hat nämlich noch zwei weitere Erben in die Sache eingeweiht. Anfangs war ich damit nicht einverstanden, aber er sagte, wir würden es so hindrehen, daß sie als die Schuldigen dastünden, falls jemals irgend etwas herauskommen sollte, und das klang nicht schlecht. Dann kam die Nacht, und wir haben in diesem Laden in der Iffley Road alles vorbereitet. Rosseter wollte nicht, daß ihn die Frau zu Gesicht bekam, da sie ihm im Gegensatz zu uns ja schon einmal begegnet war und folglich die Gefahr bestand, daß sie ihn vielleicht wiedererkannte. Deswegen haben wir auch ausgemacht, daß ich sie mit einbandagiertem Gesicht empfangen sollte; so war ich verkleidet, wenn auch nicht augenfällig. Ich konnte sagen, ich hätte einen Unfall gehabt. Und nachdem ich dann das Mädchen weggeschickt hatte, sollte der andere Mann – wir nannten ihn Wald – den Rest besorgen.«

Havering hielt erneut inne und blickte seine Zuhörer der

Reihe nach an. »Ich war nervös. Ich muß nervös gewesen sein, sonst hätte ich sofort begriffen, was es bedeutete, als Rosseter sagte, er würde zu der Frau hineingehen. Er sagte auch, er wolle, daß wir uns auf verschiedene Zimmer verteilten. Ich dachte, das gehöre zu dem Plan, die anderen als schuldig hinzustellen, also habe ich ihm den Rücken gestärkt. Und als ich dann allein war, ist mir plötzlich klar geworden, daß er die Absicht haben mußte, sie zu töten, da er sich sehen ließ, und daß diese Aufsplitterung den Zweck hatte, einem von uns den Schwarzen Peter zuzuschieben.« Er zündete seine Zigarette, die ausgegangen war, wieder an. »Es klingt aberwitzig, nicht? Und es war aberwitzig. Ich glaube, wir wußten alle, daß irgend etwas an der Sache faul war, aber wir hatten Rosseter dummerweise zuviel Spielraum gelassen, und jetzt wußte ich, daß er uns übers Ohr hauen wollte. Ich bin zu der Frau in dem anderen Zimmer gegangen – um mir ein Alibi zu verschaffen. Nach einer Weile ist Rosseter dann zurückgekommen. Zuerst war ich mir sicher, daß er sie getötet hatte. Aber das hatte er nicht, ich hörte, wie sie etwas zu ihm sagte, als er aus dem Zimmer ging, etwas über lästige juristische Formalitäten.«

»Augenblick. Wie spät war es da? Wissen Sie das?«

»Ja. Ich habe zufällig auf die Uhr gesehen. Es war fünfundzwanzig nach elf.«

»Also hat sie da noch gelebt. Wissen Sie, worüber sich Rosseter mit ihr unterhalten hat, und warum?«

»Nein, keine Ahnung. Ich könnte mir vorstellen, daß er alles für den letzten Akt vorbereitet hat. Fragen Sie ihn doch.«

Cadogan warf einen Blick auf seine Gefährten. Sie hatten alle den gleichen Gedanken. War dies ein geschickt inszenierter Bluff, ein Vorschützen von Unwissenheit im Hinblick auf Rosseters Tod, oder war es die lautere Wahrheit? Cadogan vermochte es absolut nicht zu sagen. Die Bemerkung war gefallen, ehe er Gelegenheit gehabt hatte, auf den

Gesichtsausdruck oder den Klang von Haverings tonloser Stimme zu achten. Wilkes saß friedlich am Bug, eine kleine, alte Gestalt, die eine ramponierte Pfeife anzündete.

»Rosseter sagte, die Frau hätte sich nicht so leicht einschüchtern lassen, wie er angenommen hatte, und wir sollten das Ganze besser aufgeben, da es zu gefährlich sei. Ich habe mich eine Weile mit ihm darüber gestritten, aber ich tat es eigentlich nur der Form halber; ich wußte, daß er sie töten würde, aber ich wollte nicht, daß er wußte, daß mir das bereits klar war. Dann kam der andere Mann – Wald – aus seinem Zimmer herüber und sagte, es schleiche jemand im Laden herum. Wir haben das Licht ausgemacht und uns für eine Weile ruhig verhalten – für eine ziemlich lange Weile. Schließlich kamen wir überein, daß es sich um einen falschen Alarm handeln müsse, und Rosseter gab dem anderen Mann eine Waffe und befahl ihm, die Sache in Angriff zu nehmen.«

»Wie spät war es da?«

»Etwa Viertel oder zehn vor zwölf. Er kam nach kurzer Zeit zurück und sagte, die Frau wäre tot.«

Es entstand eine kurze Pause. Euthanasie, dachte Cadogan; sie sahen es alle als Sterbehilfe an, und nicht als vorsätzliches Abschlachten, nicht als das gewaltsame Auseinanderreißen einer einmaligen Verbindung von Leidenschaft und Sehnsucht, Zuneigung und Willen; nicht als einen Stoß in ungeahnte und grenzenlose Finsternis. Er versuchte, Haverings Gesicht zu sehen, doch es war lediglich eine schmale Silhouette in dem dahinschwindenden Licht. Etwas begann in ihm Wurzeln zu schlagen, das in einer Woche, einem Monat, einem Jahr vielleicht zu einem Gedicht reifen würde. Er war plötzlich aufgeregt und seltsam zufrieden. Die Worte seiner Vorgänger in dieser großen Kunst kamen ihm in den Sinn. *»Sie sind alle hinweg in die Welt des Lichts.« »Ich, der ich in der Höll' war und im Glück.« »Staub hat Helens Aug' geschlossen . . .«* Die unermeßliche und furchterregende Bedeutung des Todes schloß sich für einen Augenblick um ihn wie die Blütenblätter einer schwarzen Blume.

»Ich bin hineingegangen und habe sie untersucht«, sagte Havering. »Sie hatte eine dünne Schnur um den Hals, mit den üblichen Quetschungen. Fraglos Tod durch Asphyxie. Während ich sie mir ansah, tauchte das Mädchen wieder auf. Sie hatte die ganze Zeit unten im Laden gesteckt. Rosseter schickte sie fort und sagte, sie würde striktes Stillschweigen bewahren. Er war entnervt, und das erstaunte mich, da ich dachte, er habe die Frau getötet. Wir waren alle entnervt und wollten nach Hause, aber jemand mußte die Leiche wegschaffen und die Spielsachen in den anderen Laden zurückbringen. Wir besprachen, wie es bewerkstelligt werden sollte, und dann haben wir drei Männer es ausgelost, und wie sich herausstellte, mußte ich es tun. Ich bin noch eine Weile dageblieben, um nachzudenken. Ich hatte Angst und befürchtete, man würde mich mit der Leiche erwischen.

»Dann ist jemand unten in den Laden getreten.« Er blickte Cadogan an. »Das waren Sie. Sie wissen, was geschah. Ich habe Sie bewußtlos geschlagen und in die Abstellkammer gesperrt. Um zu verhindern, daß Sie noch einmal in den Laden gingen und die Veränderungen sahen, habe ich die Tür abgesperrt, das Fenster aber aufgelassen, damit Sie hinauskonnten. Ich wußte, daß Sie zur Polizei gehen würden, aber ich dachte mir, wenn Sie zurückkämen und keine Leiche fänden, gäbe es nichts, was Sie tun könnten. Ich – ich wollte Sie nicht verletzen, verstehen Sie –«

»Heben Sie sich Ihre Entschuldigungen für später auf«, sagte Fen. »Was ist mit der Leiche geschehen?«

»Ich habe sie in den Wagen gebracht, den die Frau draußen stehenlassen hatte. Sie war schwer, und ich bin kein starker Mann und habe dementsprechend lange gebraucht. Zu diesem Zeitpunkt begann bereits die Leichenstarre einzusetzen, und ich mußte ihr den Kopf und die Arme zurückbiegen, um sie durch die Wagentür zu schieben. Das war grauenhaft. Ich habe sie zum Fluß gefahren, ihre Taschen mit Steinen gefüllt und sie hineingestoßen. Ich dachte, daß es dort tief sei, aber ich hatte mich getäuscht, und anstatt unterzugehen, ist sie nur am Rand auf- und abgedümpelt und schließlich zwischen den Steinen im Schlamm liegengeblieben. Ich mußte sie wieder herausfischen und woandershin bringen. Es war dunkel, und einmal bin ich ausgerutscht, und die nassen Arme sind mir um den Hals gefallen . . .« Wieder verbarg Havering sein Gesicht in den Händen.

»Wo haben Sie sie zum Schluß versenkt?« fragte Fen.

»Ein kleines Stück flußaufwärts von hier. Am Ufer stehen dicht nebeneinander drei Weiden.«

In der Abenddämmerung flog eine Fledermaus; das durchdringende, schrille Gezirpe der Grillen hörte niemals auf; und in weiter Ferne schlugen die Uhren der Stadt halb acht. Das Wasser des Flusses war nun schwarz, und die kleinen Fische würden sich an die Augen der Frau heften.

In dem Kahn waren sie nichts weiter als Schattenrisse, und die Dunkelheit wurde lediglich von den glühenden Enden ihrer Zigaretten durchdrungen.

Fen sagte: »Was ist eigentlich mit ihrer Handtasche?«

»Die hat Rosseter mitgenommen. Was er damit getan hat, weiß ich nicht.«

»Fahren Sie fort.«

»Ich war naß und verdreckt, aber ich mußte zurück und diese Spielsachen wegbringen, die Lebensmittel zurückstellen und die Wohnung auf Vordermann bringen. Als ich mit allem fertig war, war es fast Tag. Ich hörte Sie hinausklettern« – dies an die Adresse von Cadogan – »und habe noch dies und das in die Abstellkammer geräumt und bin dann heimgegangen. Ich glaube nicht, daß mich jemand gesehen hat.« Die tonlose Stimme entartete zum Winseln. »Niemand kann irgend etwas beweisen.«

»Was darf ich unter ›die Wohnung auf Vordermann bringen‹ verstehen?« wollte Cadogan wissen.

»Ich habe saubergemacht und die Möbel umgestellt und die Tür geölt. Ich wußte, daß Sie nur ein Zimmer gesehen hatten, und dachte, Sie würden glauben, Sie hätten sich im Haus getäuscht.«

»Da hatten Sie ganz recht«, räumte Cadogan ein. »Eine Zeitlang habe ich das tatsächlich geglaubt. Aber warum war die Ladentür denn überhaupt auf?«

Haverings Gesicht verdüsterte sich. »Diese Narren haben sie offengelassen – als sie gegangen sind. Ich wußte nicht, daß sie auf war. Wenn sie zu gewesen wäre, wäre das alles nicht passiert.«

Fen streckte seine langen Beine aus und glättete sein Haar. »Da Sie vorher das Thema Heimgehen angeschnitten haben: weiß eigentlich jemand, daß Sie letzte Nacht nicht zu Hause waren?«

»Nein, niemand«, erwiderte Havering verdrießlich. »Meine Hausangestellte schläft bei sich daheim. Sie geht um neun Uhr abends und kommt morgens nicht vor halb acht.«

»Und zu dieser Zeit lagen Sie bereits im Bett und haben geschlafen. Was haben Sie heute nachmittag zwischen 4.30 und 5 gemacht?«

»Was?« Havering riß die Augen auf. »Wie meinen Sie das?«

»Das spielt doch keine Rolle. Beantworten Sie meine Frage.«

»Ich – ich war auf dem Heimweg von meiner Nachmittagsvisite.«

»Wann war das?«

»Kurz nach fünf. Ich weiß es nicht genau.«

»Hat Sie jemand gesehen?«

»Das Mädchen. Aber wieso –«

»Wann haben Sie Ihren letzten Patienten verlassen?«

»Verdammt, ich kann mich nicht erinnern«, stieß Havering hervor. »Und wozu ist das überhaupt wichtig? Es hat doch nichts mit letzter Nacht zu tun. Hören Sie: Ich habe die

Frau nicht getötet, und Sie können mir nicht das Gegenteil beweisen. Ich werde nicht hängen. Ich bin ein kranker Mann, und ich stehe das nicht mehr lange durch.«

»Seien Sie still«, sagte Fen. »Haben Sie diese beiden Männer auf mich und Cadogan angesetzt?«

»Ja.«

»Wo waren sie her?«

»Ich kenne in London einen Mann; den habe ich gebeten, sie herzuschicken. Sie waren bereit, alles zu tun und keine Fragen zu stellen, solange sie nur gut bezahlt wurden.«

»Was ist genau geschehen?«

Havering sprach zu Cadogan. »Rosseter hat mich angerufen und gesagt, Sie wären bei ihm gewesen. Er hat Sie beschrieben und gefragt, wie Sie eigentlich dazu kämen, sich in die Angelegenheit einzumischen. Ich habe Sie als den Mann aus dem Laden erkannt. Ich bekam es mit der Angst zu tun. Ich gab Weaver und Faulkes den Auftrag, Sie zu beschatten, um zu verhindern, daß Sie mit jemandem sprechen, der Ihnen vielleicht alles verrät – und damit war insbesondere die junge Frau gemeint.«

»Und als es dann so aussah, als würden wir sie einholen, haben uns die beiden ausgeschaltet und sie mitgenommen, um ihr ein für allemal den Mund zu stopfen.«

»Ich habe keine Anweisungen zum Töten gegeben –«

»Machen Sie bitte keine Ausflüchte. Das Cottage, zu dem sie sie gebracht haben, gehört Miss Winkworth. Was hat die beiden veranlaßt, ausgerechnet dorthin zu fahren?«

»Ich kenne Miss Winkworth. Ich habe sie letzte Nacht trotz ihrer Maske erkannt, und sie hat mich erkannt. Ich habe sie angerufen und ihr gesagt, das Mädchen stelle eine Gefahr dar und müsse für ein paar Stunden ruhiggestellt werden. Und da hat sie den Vorschlag mit dem Cottage bei Wootton gemacht.«

»Wobei sie zweifelsohne wußte, was mit dem Euphemismus ›für ein paar Stunden ruhigstellen‹ gemeint war.«

»Das ist eine Lüge.«

»Das Mädchen hätte den Eigentümer doch später sicher ausfindig gemacht, oder?«

»Wir haben Weaver und Faulkes angewiesen, einen Einbruch vorzutäuschen. So konnte sie nicht belangt werden.«

»Bemühen Sie sich nicht weiter. Diese faulen Ausreden kauft Ihnen ja doch niemand ab.« Fen lehnte sich nach vorn. »Kommen wir lieber zu etwas Wichtigerem, und zwar zu der Kernfrage, die sich bei dem Ganzen stellt. Was genau hat Sie bei der Untersuchung der Leiche zu der Bemerkung veranlaßt, keiner der Anwesenden könne Miss Tardys Mörder sein?«

Havering schöpfte tief Atem. »Ah, das haben Sie gehört, was? Nun, es stimmt. Wie ich Ihnen bereits sagte, bin ich einmal Polizeiarzt gewesen. Man kann nie genau sagen, wie lange jemand tot gewesen ist, aber je schneller man bei einer Leiche ist, desto exakter kann man sein. Als ich sie mir angeschaut habe, war es etwa neun Minuten vor Mitternacht. Und ich bin bereit zu schwören, daß die Frau nicht nach 11.45 und nicht vor 11.35 gestorben ist. Verstehen Sie, was das heißt?«

»Aber gewiß«, antwortete Fen gelassen. »Nur interessehalber: Haben Sie einen der anderen in diesen Sachverhalt eingeweiht?«

»Ich habe es Rosseter gesagt.«

»Ah, ja.« Fen lächelte in der Dunkelheit. »Zwischen 11.35 und 11.45 waren sie alle zusammen in einem anderen Zimmer. Und von draußen hätte auch niemand zu ihr eindringen können.«

Havering zitterte und war am Rande der Hysterie. »Wenn sie also nicht das Mädchen getötet hat«, sagte er, »hat es niemand getan, weil es ein Ding der Unmöglichkeit ist.«

XII. DIE EPISODE MIT DEM FEHLENDEN BINDEGLIED

»Verdammt!« sagte Sally. »Es fängt an zu regnen.«

Unglücklicherweise tat es das wirklich. Dunkle Regenwolken machten den Nachthimmel noch dunkler, und es waren keine Sterne mehr zu sehen. Die Tropfen prasselten zischend ins Laub.

»Am Ende des Gartens hat früher ein Sommerhaus gestanden«, antwortete Cadogan. »Kommen Sie. Laufen wir hin.«

Es war immer noch da, und einen Augenblick später stolperten sie atemlos über die Stufen unter sein schützendes Dach. Cadogan riß ein Streichholz an, und das Licht zeigte einen verstaubten, trostlosen Innenraum, mit gegen die Wände gestapelten Liegestühlen, ein paar Gartengeräten und einer großen quadratischen Kiste, die einen Satz hölzerner Bowlingkugeln enthielt. Auf der gegenüberliegenden Seite der Tür stand eine Eichenbank, und sie nahmen darauf Platz. Cadogan blickte sich suchend in der Dunkelheit um.

»Mir wird hier drinnen eiskalt«, bemerkte er, und fügte ohne große Relevanz hinzu: »Als Student habe ich hier einmal mit einem Mädchen geschlafen.«

»Hübsch?«

»Nein, nicht besonders. Sie hatte ziemlich dicke Beine und hieß – hieß – verdammt, das habe ich doch glatt vergessen. *Tout lasse, tout casse, tout passe*. Ich weiß noch, daß ich mich nicht so besonders gefühlt habe und die Sache ziemlich lustlos angegangen bin. Ich glaube nicht, daß es dem armen Ding sonderlichen Spaß gemacht hat.«

Es war eine Stunde vergangen, seit Havering auf dem Fluß sein Geständnis abgelegt hatte, und er war nun, so teilnahmslos, als ob er unter Drogen stünde, vorübergehend in einem Zimmer neben dem von Fen eingesperrt. Fen selbst hatte sie hinausgescheucht, weil er, wie er sagte, nachdenken wollte. Von dort, wo sie auf dem Rasen umhergeschlendert waren, konnten sie das Licht in seinem Zimmer und alle die Lichter an der dem Garten zugewandten Seite von St. Christopher's sehen. Mr. Hoskins war mit Wilkes auf einen Drink auf dessen Zimmer gegangen, da Fens Whiskyvorräte aufgebraucht waren. Und so herrschte für den Augenblick – abgesehen von dem Jazzgedudel aus den Räumen eines Studenten – eitel Frieden.

»Es ist schon verrückt, zu was man sich alles hinreißen läßt«, sagte Cadogan versonnen. »Aber insgesamt gesehen, lange nicht so verrückt wie das, wozu sich andere hinreißen lassen. Nehmen Sie Miss Snaith. Nehmen Sie Rosseter. Nehmen Sie« – seine Miene nahm einen ziemlich finsteren Ausdruck an – »Fen.«

»Verbringen Sie eigentlich Ihre ganze Zeit damit, mit ihm hinter irgendwelchen Mördern herzujagen?«

»Ich?« Cadogan lachte plötzlich in sich hinein. »Nein – Gott sei's gedankt. Aber es ist wirklich komisch.«

»Was ist komisch?«

»Letzte Nacht – erst letzte Nacht – habe ich mich nach Abenteuern, nach Aufregung verzehrt: irgend etwas, um es mich vergessen zu lassen, daß ich ein Mann mittleren Alters bin. Goethe hat einmal gesagt, man solle bei seinen Wünschen äußerste Vorsicht walten lassen, da sie wahrscheinlich in Erfüllung gingen. Wie recht er hatte. Ich wollte von der Langeweile erlöst werden, und die Götter haben mich beim Wort genommen.«

»Ich hätte nicht gedacht, daß Sie ein langweiliges Leben führen.«

»Das tue ich aber. Sehe immer die gleichen Leute, mache immer die gleichen Sachen. Und versuche es dabei so einzurichten, daß sich das, was ich gerne tue, und das, wofür mich die Leute bezahlen, ein bißchen überschneidet.«

»Aber Sie sind berühmt«, hielt Sally dagegen. »Professor Fen sagte, daß Sie das wären, und mir ist gerade wieder eingefallen, wo ich Ihr Gesicht schon einmal gesehen habe. Es war in der *Radio Times*.«

»Ah«, sagte Cadogan ohne rechte Begeisterung. »Ich wollte, sie würden diese Bilder nicht veröffentlichen, ohne einen vorher zu fragen. Ich sah aus wie ein Mystiker, der mit dem Unendlichen zu kommunizieren versucht und gleichzeitig akute Verdauungsbeschwerden hat.«

»Was haben Sie gemacht?«

»Gemacht? Oh, ich verstehe, was Sie meinen. Ich habe Gedichte vorgelesen.«

»Welche Gedichte?«

»Ein paar von meinen eigenen.«

Sally grinste im Halbdunkel. »Ich kann mir immer noch nicht vorstellen, daß Sie Gedichte schreiben. Dazu kommt man viel zu gut mit Ihnen aus.«

Cadogan setzte sich auf. »Wissen Sie, das gibt mir Auftrieb. Ich befürchtete schon, ich würde zu einem bloßen Silbenstecher verkümmern und so werden wie weiland Wormius.«

»Mit diesen hochgestochenen Reden machen Sie alles wieder kaputt.«

»Entschuldigung. Es war ein Zitat von Pope.«

»Es ist mir egal, von wem das Zitat war. Diese Zitiererei ist wirklich ziemlich unhöflich; Sie wissen doch ganz genau, daß ich Ihnen nicht folgen kann. Das ist geradeso, als ob man über jemanden in einer Sprache redet, die er nicht versteht.«

»Du meine Zeit.« Cadogan war zerknirscht. »Ehrlich, es ist nur so eine Angewohnheit. Und es wäre doch noch weitaus unhöflicher, wenn ich mit Ihnen so einfach reden würde wie mit einem kleinen Kind.«

Sally dachte noch immer über die Unglaubwürdigkeit von Cadogans Behauptung nach, er sei ein Dichter. Sie fühlte sich durch sein schwermütiges, doch unauffälliges Äußeres verwirrt. »Sie sollten auch anders aussehen.«

»Warum?« fragte Cadogan. Er zündete sich eine Zigarette an und gab ihr auch eine. »Es gibt keinen Grund, weshalb Dichter irgendein besonderes Aussehen haben sollten. Wordsworth ähnelte einem Pferd mit felsenfesten Überzeugungen; Chesterton war der reinste Reservefalstaff; Whitman war so stark und rauschebärtig wie ein Goldgräber. Tatsache ist und bleibt, daß es so etwas wie den Typus des Dichters schlechthin nicht gibt. Chaucer war ein Regierungsbeamter, Sidney ein Soldat, Villon ein Dieb, Marvell ein Parlamentsmitglied, Burns ein Bauernjunge, Housman ein Dozent. Man kann jeder x-beliebigen Gattung von Mensch angehören und trotzdem ein Dichter sein. Man kann so selbstgefällig sein wie Wordsworth oder so bescheiden wie Hardy; so reich wie Byron oder so arm wie Francis Thompson; so religiös wie Cowper oder so gottlos wie Carew. Es ist einerlei, was man glaubt; Shelley glaubte jeden Unfug unter der Sonne, Keats einzig an die Heiligkeit der Gemütsregungen des Herzens. Und ich möchte wetten, meine liebe Sally, daß Sie Shakespeare zwanzig Jahre lang jeden Tag auf dem Weg zur Arbeit begegnen könnten, ohne ihn auch nur ein einziges Mal zu bemerken . . . Großer Gott, das artet ja zu einer regelrechten Vorlesung aus.«

»Trotzdem, Dichter müssen sich doch in *irgendeiner* Weise ähneln.«

»Aber sicher tun sie das. Sie schreiben alle Gedichte.«

»Na ja, das wäre immerhin schon einmal eine Ähnlichkeit, zumindest in gewisser Hinsicht.«

»Wirklich?« Cadogan stieß eine Rauchwolke aus und beobachtete, wie sie, geisterhaft und gazeartig, durch das fahle Rechteck der Türöffnung trieb. »Wenn dereinst alle Dichter in einem Vorraum des Paradieses versammelt sind, werden sie einander meiden, wo es nur geht. Marlowe wird sich weigern, das Wort an Dowson zu richten, und Emily Brontë wird mit wehenden Rockschößen davoneilen, sobald sich Chaucer auf sie zubewegt . . .« Er grinste, fuhr dann aber mit größerem Ernst fort: »Ich glaube, das einzige, was Dichter gemeinsam haben, ist eine Art phantasiereicher Hochherzigkeit ihren Mitmenschen gegenüber – und selbst da kann man sich nicht allzu sicher sein, mit Leuten wie Baudelaire und Pope und neurotischen kleinen Widerlingen wie Swinburne. Nein, so etwas wie *den* Dichter gibt es nicht. Und zwar aus einem sehr einleuchtenden Grund.«

»Wieso?«

Cadogan ächzte leise auf. »Es ist ja sehr nett von Ihnen, daß Sie so höflich sind, aber ich weiß, wann es des Guten zuviel ist.«

Sally zwickte ihn. »Sie Esel«, sagte sie. »Es interessiert mich. Erklären Sie mir, warum ein Dichter kein Mann sein muß, der einen Haarschnitt braucht.«

»Weil«, sagte Cadogan, während er beklommen versuchte, mit der linken Hand die Länge seines eigenen Haars abzuschätzen, »Poesie nicht das Resultat von Persönlichkeit ist. Damit meine ich, daß sie unabhängig von Gesinnungen, Gewohnheiten, Gefühlen und allem sonst existiert, was die Persönlichkeit eines Menschen ausmacht. Die dichterische Eingebung ist unpersönlich: Die Griechen hatten ganz recht, als sie sie Inspiration nannten. Und deshalb ist es völlig einerlei, was für ein Mensch man persönlich ist: Es kommt einzig und allein darauf an, ob man einen guten Empfänger für die poetischen Wellen hat. Die Ideen zu Gedichten befallen einen aus heiterem Himmel und kommen und gehen, wie es ihnen paßt.«

»Ja, und wie darf man sich das nun vorstellen?«

»Um die Wahrheit zu sagen, kann ich es nicht richtig erklären, da ich es selber nicht genau weiß, und ich hoffe, daß ich das auch niemals tun werde. Aber es ist sicherlich keine Frage von Oh-sieh-dir-die-hübschen-Rosen-an oder Oh-wie-elend-ich-mich-heute-doch-wieder-fühle. Wenn es das wäre, gäbe es gegenwärtig vierzig Millionen Dichter in England. Es ist eine sonderbar passive Empfindung. Manche Leute sagen, es sei so, als ob man etwas zum ersten Mal bemerke, aber ich finde, es ist eher so, als ob dieses Etwas einen *selbst* zum ersten Mal bemerkt. Man hat das Gefühl, als wolle sich einem die Rose oder was auch immer regelrecht offenbaren. Nach dem ersten Augenblick fällt einem unweigerlich die passende Formulierung ein, um das Ganze zu beschreiben; und sobald das geschehen ist, wird man sozusagen wieder ausgeklinkt und zurück in sein eigenes Ich katapultiert und schreibt die *Canterbury-Erzählungen* oder *Das verlorene Paradies* oder *König Lear,* je nachdem, was für eine Art von Mensch man ist. Das liegt an einem selbst.«

»Und geschieht das oft?«

Cadogan zuckte in der Dunkelheit die Achseln. »Jeden Tag. Jedes Jahr. Das steht in den Sternen geschrieben, und jedes Mal, wann immer das auch ist, kann vielleicht das letzte Mal sein . . . Und in der Zwischenzeit entwickelt man sich natürlich zu einem Langweiler und fällt dem mittleren Alter anheim.«

Der Regen trommelte stetig auf das Dach des Sommerhauses.

»Ich finde, Sie sollten heiraten«, sagte Sally nach einer Denkpause. »Sie sind doch ledig, oder?«

»Ja. Aber was für eine seltsame Diagnose. Warum sollte ich heiraten?«

»Sie brauchen jemanden, der sich um Sie kümmert und der Sie aufheitert, wenn Sie sich elend fühlen.«

»Da haben Sie vielleicht recht«, sagte Cadogan, »obwohl ich für mein Teil es bezweifeln möchte. Ich habe mich nur einmal in meinem Leben ernsthaft verliebt, und das ist Ewigkeiten her.«

»Wer war sie denn? Nein«, sagte Sally rasch. »Ich sollte nicht so neugierig sein. Ich nehme an, daß Sie nicht darüber reden wollen.«

»Um die Wahrheit zu sagen, macht es mir nicht das geringste aus, darüber zu reden«, erwiderte Cadogan etwas fröhlicher. »Ich bin längst darüber hinweg. Ihr Name war Phyllis Hume, und sie war Schauspielerin – brünett, mit großen Augen und einer tollen Figur. Aber wenn wir geheiratet hätten, wären nur so die Fetzen geflogen; wir waren beide rücksichtslose Egoisten, und wir konnten einander nur in den allerkleinsten Dosen ertragen. Schon nach einer Woche Zweisamkeit haben wir wie Jakob und der Engel gekämpft.«

»Das Problem ist«, sagte Sally, »daß Sie nicht sehr viel von Frauen verstehen.«

»Nein, das tue ich nicht«, räumte Cadogan ein. »Aber da ich mich nicht mit dem Gedanken trage zu heiraten, bekümmert mich das nicht sonderlich. Sie dagegen –«

»Oh –«

»Es werden Sie eine Menge Männer heiraten wollen.«

»Danke für das Kompliment, aber wieso –«

»Weil Sie unermeßlich reich sind, Sally Carstairs.«

Sie setzte sich auf. »Ja, meinen Sie denn, daß ich das Geld immer noch bekomme?«

»Ich sehe nicht, was dagegen spräche.«

»Aber ich habe nicht gedacht – Miss Tardy hat doch einen Anspruch darauf geltend gemacht. Es ist ihres.«

»Ich weiß nicht.« Cadogan überlegte. »Solange das Testament nicht von irgendwelchen Verwandten angefochten wird – und Mrs. Wheatley zufolge gibt es *keine* – würde ich doch meinen, daß es Ihnen gehört. Aber was ich über das Gesetz weiß, kann eine Katze auf dem Schwanz forttragen.«

»Oh«, sagte Sally, ziemlich überwältigt. »Ich *werde* vorsichtig sein müssen.«

»Seien Sie nicht zu vorsichtig.«

»Wie meinen Sie das?«

Cadogan ließ seine Zigarette auf den Boden fallen und trat sie aus. »Es gibt da eine deutsche Geschichte über eine sehr reiche und sehr schöne junge Frau, die sich vor Freiern kaum erretten konnte. Aber jedesmal, wenn sie beschloß, einen von ihnen zu heiraten, befürchtete sie plötzlich, er begehre sie nur ihres Geldes wegen, und die Angst war so groß, daß sie sich dazu hinreißen ließ, die Verlobung aufzulösen. Dann traf sie eines schönen Tages in Italien einen jungen Kaufmann, und die beiden verliebten sich ineinander. Doch selbst die wahre Liebe war nicht stark genug, um sie von ihrer alten Obsession zu heilen, und sie beschloß, ihn auf die Probe zu stellen. Sie sagte, daß sie in Deutschland einen Verlobten habe, daß ihr eigenes Geld zur Gänze aufgebraucht sei und daß ihr Verlobter zehntausend Gulden benötige, um sich als Geschäftsmann niederzulassen (zehntausend Gulden, wußte sie, war alles, was der junge Kaufmann besaß). Nun, da er sie liebte, gab er ihr das Geld, und sie nahm ihm das Versprechen ab, an einem bestimmten Tag nach Deutschland zu kommen und ihrer Hochzeit beizuwohnen. Dann begab sie sich glücklich nach Hause, da er die Probe, ohne es zu wissen, zu ihrer vollen Zufriedenheit bestanden hatte, und sie befahl, das Haus für den Tag seiner Ankunft festlich zu schmücken. Er ist nie gekommen, da sie zu weit gegangen war. Er zog statt dessen in den Krieg und wurde getötet.«

»Und sie?«

»Sie ist als alte Jungfer gestorben.«

»Sie war dumm«, sagte Sally, »aber ich verstehe ihren Standpunkt. Natürlich werde ich nie wirklich glauben können, daß dieses ganze Geld mir gehört. Was würden Sie damit anfangen, wenn es Ihres wäre?«

»Nach Italien fahren, um dem englischen Winter zu entfliehen«, entgegnete Cadogan wie aus der Pistole geschossen, »und einen Weinkeller anlegen. Was werden Sie tun?«

»Für Mami ein Cottage kaufen und eine Zugehfrau einstellen. Einen Haufen Kleider kaufen. Ein Auto kaufen. Und nach London und Paris und kreuz und quer durch die

Gegend fahren . . .« Ihr gingen die Ideen aus, und sie fügte lachend hinzu: »Aber ich werde so lange bei Lennox's arbeiten, bis ich es schwarz auf weiß habe.«

Cadogan seufzte. »Tja, das unwürdige Hin- und Hergerenne von heute hat Ihnen ein Vermögen eingebracht. Was hat es mir eingebracht?«

»Abenteuer«, entgegnete Sally mit einem Hauch von Boshaftigkeit. »Aufregung. Das war's doch, was Sie wollten, nicht?«

Cadogan, der sich ziemlich steif in den Gelenken fühlte, stand auf und begann, ziellos umherzugehen. »Ja«, sagte er. »Ja, das war, was ich wollte. Aber nun ist mein Bedarf gedeckt. Was Aufregung anbelangt, lobe ich mir einen täglichen Spaziergang auf dem Lande; und ich neige zu der Ansicht, daß man wesentlich mehr Abenteuer erleben kann, wenn man einfach nur morgens die Vorhänge aufzieht. Ich muß wohl sagen, daß das hasenfüßig und mittelalterlich klingt, aber schließlich *bin* ich ein Mann mittleren Alters, und daran führt kein Weg vorbei. Um die Wahrheit zu sagen, begrüße ich dies nach dem heutigen Tage sogar. Mittelalterlich zu sein, heißt zu wissen, woran einem gelegen ist. Diese ganze Geschichte war für mich absolut bedeutungslos, und ab jetzt werde ich meine Kräfte, so wie sie sich darstellen, nur noch auf bedeutsame Dinge verwenden. Wann immer mich Werbeplakate für Kreuzfahrten in Versuchung führen, werde ich ›Sharman‹ flüstern; jedesmal, wenn ich Schlagzeilen über internationale Gaunereien lese, werde ich ›Rosseter‹ murmeln. Ich schwöre Poictesme und Logres auf ewig und immerdar ab. Jedenfalls werde ich in ein paar Tagen nach London zurückfahren und wieder anfangen zu arbeiten – obwohl ich da so eine böse Ahnung habe, daß die Sache noch längst nicht ausgestanden ist.«

»Oh, Mensch, an das hätte ich jetzt fast überhaupt nicht mehr gedacht.« Während sie inhalierte, leuchtete die Spitze von Sallys Zigarette in der Dunkelheit auf. »Und Sie haben mir nicht verraten, was Sie dem Doktor aus der Nase gekitzelt haben.«

»Er sagte, Sie seien die einzige, die Miss Tardy getötet haben könne.«

Urplötzlich trat ein lähmendes Schweigen ein, und Cadogan schalt sich innerlich tüchtig aus. Doch es war nun zu spät, um die Worte zurückzunehmen.

»Wie hat er das gemeint?« fragte Sally verzagt. »Er muß doch irgendeinen Grund gehabt haben, um das zu sagen.«

Cadogan setzte ihr das Problem mit der Todeszeit auseinander. »Aber er könnte ja gelogen haben«, schloß er.

»Glauben Sie das?«

Er zögerte; dann erwiderte er: »Offen gesagt, nein. Aber das heißt nicht, daß Sie sich irgendwelche Sorgen zu machen brauchen. Es gibt sicher eine plausible Erklärung dafür; wir müssen bloß darauf kommen. Oder aber er hat sich ganz einfach geirrt.« (Doch das bezweifelte er.)

Wieder kam das Gespräch zum Stillstand. »Sehen Sie, es stimmt mit dem überein, was Rosseter und diese Miss Winkworth gesagt haben«, fuhr Cadogan schließlich fort. »Daß es ein unmöglicher Mord gewesen sei und Havering noch an Ort und Stelle gesagt habe, niemand dort könne es getan haben.«

»Trotzdem, er könnte *Sie* doch angelogen haben.«

»Warum?«

»Weil . . . Na ja, vielleicht, weil er es selber getan hat und wußte, daß ihn die wirkliche Todeszeit verraten würde.«

»Aber wieso sollte er dann *jedermann* entlasten? Er wußte zu dem Zeitpunkt ja nicht, daß Sie sich im Erdgeschoß aufhielten.«

»Er könnte jemanden gedeckt haben.«

Cadogan holte tief Luft. »Das ist natürlich nicht völlig von der Hand zu weisen – aber *wen,* zum Kuckuck? Rosseter? Sharman?«

»Was ist mit der Frau? Sie sagten, er habe sie gekannt.«

»Ja, aber wenn Sie sie *gesehen* hätten ... Und außerdem war sie nur zu der Zeit allein, als Rosseter bei Miss Tardy war. Wie hätte sie es also tun sollen?«

»In diesem Punkt könnten sie doch alle lügen.«

»Aber noch einmal, wieso? Wenn man einen Mörder deckt, sich selbst oder jemand anderen, stellt man es doch nicht bewußt als ein Ding der Unmöglichkeit hin.«

»Aber verstehen sie denn nicht – es könnte doch sein, daß sie sich diese Geschichte erst ausgedacht haben, als sie wußten, daß ich da war.«

»Oh.« Für einen Moment wußte Cadogan nicht, was er sagen sollte. Doch dann fiel ihm das augenfällige Gegenargument ein. »In diesem Falle hätten sie nicht versucht, Sie verschwinden zu lassen.«

»Doch, weil es sicherer war, wenn Sie überhaupt nie etwas von dem Ganzen erfuhren, als wenn sie auf diese Geschichte von mir als der Täterin zurückgreifen mußten.«

»Da ist etwas daran, aber ich glaube trotzdem noch immer, daß Havering die Wahrheit gesprochen hat –«

Er hatte sich so von seiner Dialektik mitreißen lassen, daß ihm darüber entgangen war, daß er ihre Verteidigung systematisch zerstörte. Jetzt brachte ihm eine weinerliche Stimme aus der Dunkelheit zu Bewußtsein, was er da angerichtet hatte.

»Mensch«, sagte Sally. »Ich sitze *schön* in der Tinte.«

»Blödsinn«, sagte Cadogan, ganz versessen darauf, Abbitte zu tun. »Sie sitzen überhaupt nicht in der Tinte. Wir wissen, daß Sie es nicht getan haben, und es ist nur eine Frage der Zeit, bis wir herausfinden, wer es war.« Er legte ihr tröstend die Hand auf den Schenkel und zog sie dann, sich zusammennehmend, hastig wieder zurück.

»Das ist schon in Ordnung, Sie Esel«, stieß Sally halb lachend und halb weinend hervor. »Sie sind alt genug, um mein Vater zu sein.«

»Das bin ich *nicht*.« Sie lachten beide. »So ist es besser«, sagte er.

»Oh, ich benehme mich wie ein Baby. Beachten Sie mich einfach nicht. Ich hasse Frauen, die immer gleich in Tränen ausbrechen.«

»Nun, Sie werden nichts verbessern, wenn Sie sich im Dunkeln Ihre Nase pudern.«

»Ich kann nun mal nicht anders. Wenn sich draußen herausstellt, daß ich so aussehe, als ob ich in eine Mehlkiste gefallen bin, sagen Sie es mir, ja?«

Cadogan versprach es.

»Wissen Sie, ich sollte wirklich heimgehen«, sagte sie. »Mami wird sich fragen, was in aller Welt aus mir geworden ist.«

»Nein, gehen Sie noch nicht. Rufen Sie sie an und verbringen Sie den Abend mit uns. Bis wir wieder drinnen sind, wird Gervase sowieso herausgefunden haben, wer der Mörder ist.«

»Mensch, das will ich aber hoffen. Er ist schon ein sonderbarer Mann, nicht?«

»Ja, vermutlich, wenn man auf einen Tutor der normalen Art gefaßt ist. Aber tief in seinem Inneren – nun, ich möchte ihn jedenfalls nicht zum Feind haben. Er hat etwas an sich, das man nur als furchterregend beschreiben kann – nicht an der Oberfläche, versteht sich. Da ist er auf gewinnende Art und Weise naiv. Aber wenn irgend jemand dieser Sache auf den Grund gehen kann, dann er.«

»Aber er weiß doch auch nicht mehr darüber als Sie.«

»Er kann die einzelnen Teile besser zusammensetzen. Diese Probleme sind nichts für meinen schwachen Intellekt.«

»Trotzdem, was glauben *Sie*, wer es getan hat?«

Er überlegte und rief sich dabei eher Gesichter als Fakten ins Gedächtnis zurück. Rosseter, gelb und asiatisch, mit seinem vorspringenden Kinn und seiner beruflichen Ungezwungenheit; Sharman, karnickelhaft, vermummt, betrunken und verachtenswert; Miss Winkworth mit ihrem Damenbart und ihren Schweinsäuglein; Havering, neurotisch, dünn, hölzern, angsterfüllt. Ein Rechtsbeistand, ein Lehrer, ein Möchtegernmedium und ein Arzt. Es waren ihre Hände, in die eine törichte alte Frau ihre Angelegenheiten gelegt hatte und mit ihnen das Leben ihrer Nichte. Aber da war natürlich noch ein anderer – der rätselhafte Carnac. Hatte er je einen Anspruch auf sein Erbe geltend gemacht? War er vielleicht die treibende Kraft im Hintergrund? Cadogan schüttelte den Kopf.

»Eine Menge davon ist klar«, sagte er laut. »Es gibt drei logische Verbindungen: den Plan, Miss Tardy einzuschüchtern; Rosseters Plan, sie zu töten; und den Plan von jemand anderem, das ebenfalls zu tun. Aus den ersten beiden Vorhaben ist nichts geworden, und über das dritte läßt sich nichts in Erfahrung bringen. Ehrlich, ich habe nicht die leiseste Ahnung. Es scheinen Havering, Sharman und die Frau in Frage zu kommen, da niemand sonst eine Möglichkeit hatte, in den Laden zu gelangen. Aber alles Weitere geht über meinen Horizont. Und wie Sie sagten, kann es durchaus sein, daß sie alle lügen, in welchem Falle es ziemlich hoffnungslos aussieht und wir genausogut aufgeben können.«

In der darauffolgenden Stille merkten sie, daß es zu regnen aufgehört hatte.

»Na«, sagte Sally, »dann wollen wir mal wieder hineingehen und schauen, ob irgend etwas passiert ist.«

Ohne noch einmal zu sprechen, marschierten sie über den nassen Rasen auf das College und das erhellte Fenster von Fens Zimmer zu.

Es war ihnen jedoch nicht bestimmt, dort ohne Unterbrechung anzukommen. In dem Durchgang, der die Gartenanlagen mit dem hinteren Hof verbindet und von einer einzelnen elektrischen Lampe beleuchtet wird, die in das Dach des Kreuzgewölbes eingelassen ist, begegneten sie der rundlichen kleinen Gestalt von Mr. Spode, der in dieselbe Richtung wie sie selbst ging. Sein Gesicht hellte sich beim Anblick von Cadogan auf.

»Oh, da sind Sie ja, mein lieber Freund«, begrüßte er sie. »Das nenne ich Glück.«

»Also, jetzt hören Sie mir einmal gut zu, Erwin«, sagte Cadogan streng. »Ich weiß nicht, welche Teufelei Sie hier in Oxford vorhaben, aber ich finde es ziemlich stark, daß ich nicht einmal in Urlaub fahren kann, ohne daß Sie mir wie ein Schreckgespenst auf den Fersen folgen und damit in den Ohren liegen, ich solle den Amerikanern Vorträge über ein Thema halten, das sie ganz offensichtlich nicht interessiert.«

Das Schreckgespenst blinzelte und hüstelte. »Es wäre eine äußerst lohnende Rundreise«, murmelte er. »Yale, Harvard, Bryn Mawr ... Wußten Sie, daß Amerika voll schöner Frauen ist?«

»Was hat das bitteschön damit zu tun? *Ich werde keine Vorträge in Amerika halten* ... Gehen Sie um Himmels willen diese Treppe hinauf oder treten Sie zur Seite und lassen uns vorbei.«

»Wollen Sie zu Professor Fen?«

»Was glauben Sie denn, wo ich hinwill – in den Zoo im Regent's Park?«

»Ich habe die Fahnen Ihres neuen Buches dabei.«

»Das wurde auch langsam Zeit. Ich bin mir sicher, daß es darin vor Druckfehlern nur so wimmelt. Kommen Sie mit hoch, Erwin. Kommen Sie und genehmigen Sie sich einen Drink. Wir sind dabei, einen wichtigen Kriminalfall zu lösen.«

Mr. Spode, der schwache Einwände in bezug auf die sozialen Implikationen eines solchen Eindringens erhob, wurde über die Stufen hinaufgeschubst. Sie fanden Fen am Telefon vor (er bedeutete ihnen still zu sein, als sie hereinkamen), während sich Wilkes und Mr. Hoskins ausgesprochen whiskyselig in zwei Sesseln rekelten. Eine hohe, gedämpfte Stehlampe neben dem Kamin stellte die einzige Beleuchtung dar. Fens Pistole lag auf dem Schreibtisch; das Licht fiel wie ein Quecksilberstreifen auf ihren kurzen Lauf. Die Atmosphäre hatte sich auf subtile Weise verändert und wirkte gespannt und übersättigt zugleich, und Cadogan stellte zu seinem maßlosen Erstaunen fest, daß Mr. Spode bei seinem Eintreten von jedermann neugierig gemustert wurde.

»Ja«, sagte Fen gerade ins Telefon. »Ja, Mr. Barnaby, so viele Sie auftreiben können. Angetrunken, sagen Sie? Nun, solange sie sich noch auf den Beinen halten können, macht das nichts. Haben Sie sich die Adresse gemerkt? Ja; völlig richtig. Und schärfen Sie ihnen um Himmels willen ein, daß sie nicht wieder einen solchen Radau machen sollen. Ich bezweifle, daß er mit sich spaßen läßt. Ja, wir sausen gleich los, und ich verspreche, daß es das letzte Mal ist. In Ordnung. Wiederhören.«

Er wandte sich um und begrüßte die Neuankömmlinge. »Nun«, sagte er leutselig, »es freut mich, euch wieder alle vollständig versammelt zu sehen. Ihr kommt genau rechtzeitig zum letzten Akt.«

»Ich will mein Abendessen«, sagte Cadogan.

»Wer nicht Lust zu fechten hat«, rezitierte Fen, »der mag nur hinziehen. Das schließt dich ein.«

»Ich vermute«, sagte Cadogan ungnädig, »daß du dir einbildest, du wüßtest, wer der Mörder ist.«

»Es ist ganz einfach«, sagte Fen. »*Sancta simplicitas*. Dein Mr. Spode –«

Aber das war zuviel für Cadogan. »Erwin!« rief er aus. »Erwin der Mörder! Erzähl keinen Unsinn.« Er blickte Mr. Spode an und sah, daß er die Augen rollte.

»Wenn du mich ausreden lassen würdest«, sagte Fen gereizt, »könntest du vielleicht noch etwas dazulernen. Ich wollte gerade sagen, daß dein Mr. Spode ganz offenkundig der fünfte Erbe ist. Der alte Mann aus Carnac galt, wie du dich erinnern wirst, als Ausbund an schlechtem Geschmack; aber lilablaßblaue Westen standen ihm eben am besten, jenem kauzigen Mann aus Carnac.« Er deutete auf Mr. Spodes blauviolette Jacke.

»Das fehlende Bindeglied!« rief Cadogan aufgeregt. »Erwin ist das fehlende Bindeglied!«

Mr. Spode hüstelte. »Wohl kaum sehr lustig, was, Cadogan?« sagte er würdevoll. »Ich habe zwar keine Ahnung, was ihr Leute hier treibt, aber wenn persönliche Beleidigungen ins Spiel kommen –«

»Mr. Spode«, unterbrach ihn Fen. »Sie tappen intellektuell im Dunkeln. Ihr Verlag war doch bis vor etwa einem Jahr in Oxford ansässig, oder?«

»Ja«, erwiderte Mr. Spode verwirrt. »Das stimmt.«

»Hatten Sie irgendwann mit einer Miss Snaith aus ›Valhalla‹, Boar's Hill, zu tun?«

»Oh.« Mr. Spode erbleichte. »Ja – ja, das hatte ich.«

»Geschäftlich?«

»Ja. Sie wollte, daß wir ein Buch herausbrachten, das sie geschrieben hatte. Über Spiritualismus. Es war ein sehr schlechtes Buch.«

»*Haben* Sie es herausgebracht?«

»Ja«, sagte Mr. Spode hilflos. »Das haben wir. Obwohl wir es eigentlich gar nicht wollten. Um die Wahrheit zu sagen, habe ich es, unmittelbar nachdem ich es erhalten hatte, verschlampt.«

»Verlagsbüros«, raunte Cadogan den anderen erläuternd zu. »Brutstätten des Chaos. Verschlampen ständig irgendwas.«

»Wir konnten es nirgends finden«, fuhr Mr. Spode fort. »Sehen Sie, wir hatten es zu dem Zeitpunkt noch nicht einmal *gelesen,* und niemand wagte, ihr zu schreiben und zu sagen, was geschehen war. Sie hat immer wieder angerufen und gefragt, wie es uns denn gefiele, und wir mußten sie mit allen möglichen Entschuldigungen vertrösten. Zuletzt hat es dann jemand in einem Stapel mit amerikanischer Korrespondenz gefunden, die nie eines Blickes gewürdigt wurde, und wir hatten das Gefühl, daß wir es einfach herausbringen *mußten,* nachdem es ein Jahr bei uns herumgelegen war.«

»Charakterfestigkeit und Zivilcourage im Verlagswesen«, bemerkte Cadogan wohlwollend.

»Und sie war äußerst dankbar«, sagte Fen. »Und hat Ihnen ein Couvert zugesandt und Sie aufgefordert, regelmäßig die Kontaktanzeigen in der ›Oxford Mail‹ zu lesen –«

Mr. Spode glotzte ihn dümmlich an. »Woher wissen Sie das?«

»Er hat es in einer Kristallkugel gesehen, Erwin«, sagte Cadogan. »Oder die Geister haben es ihm ins Ohr geflüstert. Aber wie dem auch sei; haben Sie die Anweisungen der alten Frau befolgt?«

»Nein«, sagte Mr. Spode aufgewühlt. »Das habe ich nicht. Ich habe das Couvert weggelegt, um es mir später anzusehen, und dann habe ich es eine Zeitlang vergessen, und als es mir wieder eingefallen ist – hatte es jemand verschlampt«, schloß er lendenlahm.

»Nun, Sie finden es besser schnellstens wieder«, sagte Cadogan, »da es für Sie einen Wert von ungefähr einhunderttausend Pfund darstellt.«

»W – was?« Mr. Spode sah aus, als stünde er kurz davor, das Bewußtsein zu verlieren. So kurzgefaßt wie möglich erklärten sie ihm die ganze Situation. Zu ihrem Verdruß sagte er die ganze Zeit über ein ums andere Mal »Seien Sie nicht albern, seien Sie nicht albern«; aber schließlich gelang es ihnen, ihn zu überzeugen. Für Cadogan wurde die Geschichte durch das nochmalige Erzählen kein bißchen klarer, und es war ihm schleierhaft, wie Fen daraus den Namen des Mörders zu deduzieren vermochte. Freilich, Sharman hatte sich verdächtig benommen.

»Nur rein interessehalber«, fragte Fen zum Schluß. »Was hat Sie veranlaßt, letzte Nacht nach Oxford zu kommen?«

»Das hatte geschäftliche Gründe«, sagte Mr. Spode. »Nutling wohnt hier, und ich wollte mit ihm die Fahnen von

Stavelings neuem Roman durchgehen. Er enthält etliche Verunglimpfungen«, klagte Mr. Spode.

»Um wieviel Uhr sind Sie hier angekommen?«

»Etwa um ein Uhr morgens, denke ich. Ich hatte in der Nähe von Thame eine Panne, und die Reparatur hat sich über Stunden hingezogen. Sie können das nachprüfen«, fügte Mr. Spode ängstlich hinzu.

»Und warum haben Sie die Teegesellschaft heute nachmittag so fluchtartig verlassen? Als Rosseter getötet wurde, hatte ich Sie in Verdacht.«

»Oh ... oh ... Nun, es verhält sich einfach so, daß ich schüchtern bin«, sagte Mr. Spode voll Pathos. Sie starrten ihn alle an, und er wurde rot. »Schüchtern«, wiederholte er aggressiv. »Ich kannte niemanden und hatte das Gefühl, ich sei nicht erwünscht.«

»Natürlich waren Sie erwünscht«, sagte Sally bewegt.

»Also ist Erwin doch nicht der Mörder.« In Cadogans Stimme schwang ein Hauch von Enttäuschung mit.

»Nein«, sagte Fen und fügte gnomisch hinzu: »Wenn jedermann zu seinem Recht käme, müßte er es aber sein.« Er blickte Mr. Spode kritisch an, wie ein Kannibale, der den kulinarischen Wert eines christlichen Missionars abschätzt.

»Nur eine falsche Spur«, sagte Cadogan vergrätzt. »Eine falsche Spur und das fehlende Bindeglied und ein ebenso knausriger wie ruchloser Ausbeuter gottbegnadeter-Genialität-wie-sie-zum-Beispiel-von-mir-verkörpert-wird obendrein. Und jetzt besitzt er mehr Geld, als er je wird ausgeben können, bloß weil er ein Manuskript verschlampt hat und nicht den Mut hatte, es zu sagen. Ich könnte etwas von diesem Geld gebrauchen.«

»Ich auch«, sagte Fen betrübt, vorübergehend von der Ungerechtigkeit und Enormität der ökonomischen Situation von seinen hehren Zielen abgelenkt. »Mir hinterläßt nie jemand Geld.« Dann, mit einem hastigen Blick auf seine Uhr: »Grundgütiger Gott, wir müssen gehen.«

»Du hast uns nicht verraten, wer der Mörder ist.«

»Oh? Tatsächlich?« sagte Fen. »Nun, wer, glaubst du, ist es? Gebrauche das bißchen Grips, mit dem dich die himmlischen Mächte gesegnet haben.«

»Tja . . .« Cadogan zögerte. »Sharman, würde ich sagen.«

»Wieso?«

»Nun, du weißt doch, daß diese Miss Winkworth gesagt hat, sie hätte die Zimmertür geschlossen, als sie mit Havering und Rosseter zusammen war. Da hätte er zu Miss Tardy hineingehen und sie umbringen können.«

Fen strahlte ihn an. »Aber du scheinst zu vergessen, daß Rosseter sich um 11.25 zu Havering und der Frau gesellt hat. Der Frau zufolge ist Sharman um 11.30 dazugestoßen, und Miss Tardy kann nicht vor 11.35 gestorben sein.«

»Havering muß diese Geschichte mit der Todeszeit erfunden haben.«

»Wozu? Um Sharman zu schützen, wo er doch Todesängste um seinen eigenen Hals ausgestanden hat?«

»Dann hat er sich eben getäuscht.«

»In Anbetracht der Tatsache, daß er so bald nach dem Tod bei der Leiche war, würde ich das praktisch für ausgeschlossen halten. Im Frühstadium sind die Symptome ziemlich eindeutig.«

»Könnte es Sharman nicht getan haben, als er mit der Waffe zu Miss Tardy hineingegangen ist? Du wirst dich erinnern, daß er irgendeinen Unsinn von einer herausgeschraubten Glühbirne dahergefaselt hat, um seine Verspätung zu rechtfertigen.«

»Mein lieber Richard, Havering hätte es sicher bemerkt, wenn die Frau erst unmittelbar zuvor getötet worden wäre. Das hätte den Verdacht direkt auf Sharman gelenkt; und es gibt keinen denkbaren Grund, warum ihn Havering in diesem Falle hätte decken sollen. Vielmehr hatte er allen Grund, das nicht zu tun. Und die einzelnen Aussagen stimmen alle so genau überein und enthalten so vieles, das sich nachprüfen läßt, daß sie mit ziemlicher Sicherheit der Wahrheit entsprechen dürften. Siehst du, deine Theorie wirft folgendes Problem auf: Obwohl Sharman die Frau zwar zwischen 11.25 und 11.30 und um 11.50 erwürgt haben könnte, ist sie in Wirklichkeit zwischen 11.35 und 11.45 gestorben.«

»Oh, schon gut«, sagte Cadogan angewidert. »Sharman hat sie also nicht getötet. Wer war es dann?«

»Sharman natürlich«, sagte Fen, während er zu der Tür des Zimmers hinüberging, in dem Havering eingesperrt war.

»W – wie?« stammelte Cadogan empört.

Fen hatte die Tür aufgeschlossen. »Weißt du was, Havering schläft tatsächlich«, sagte er, während er hineinäugte. »Schläft mit einem Handtuch um den Kopf und der Bürde seiner Verbrechen auf den Schultern.« Er schloß die Tür wieder ab.

»Hör mal, Gervase, das ist doch lächerlich. Du hast gerade bewiesen, daß er es nicht getan haben –«

»Ich wollte, du würdest nicht so jammern«, sagte Fen verärgert. »Sharman hat Emilia Tardy umgebracht. *Sharman hat Emilia Tardy umgebracht.*«

»Wie du meinst. Wie du meinst. Du hast gerade selbst das Gegenteil bewiesen. Laß dir das ja nicht zu Herzen gehen.«

»Ach, du dicke Alma mater«, sagte Fen. »Natürlich reicht deine Intelligenz nicht aus, um zu begreifen, wie es bewerkstelligt wurde. Aber egal; jetzt müssen wir aufbrechen und uns bei Sharmans Haus mit Mr. Barnaby und seinen Mitstreitern treffen. Sally, Sie kommen besser nicht mit. Denken Sie daran, daß der Mann bereits zwei Menschen auf dem Gewissen hat.«

»Ich komme doch mit«, antwortete Sally prompt.

Fen lächelte sie an. »Die Waffen zückt«, sagte er. »*Wer überlebt und heimgelangt, wird auf dem Sprung stehn, nennt man diesen Tag, und sich beim Namen Crispin rühren* . . .« Nein, vielleicht nicht genau. Kommt.«

XIII. DIE EPISODE MIT DEM ROTIERENDEN PROFESSOR

George Sharman lebte in der Great King Road, einer heruntergekommenen, hauptsächlich von Mietblöcken gesäumten Straße in der Nähe des Oxforder Bahnhofs. Das Haus, das er bewohnte (zusammen mit einer Schlampe, die täglich vorbeikam, um ihm sein Essen zu kochen und so zu tun, als ob sie saubermache), stand ein wenig abseits von den übrigen Gebäuden und prahlte mit etwas in der Art eines Gartens; falls man ein paar verkümmerte Rhododendronbüsche, viel üppig wucherndes Gras, mehrere Kohlköpfe und zwei ausladende, doch keine Früchte tragende Apfelbäume mit diesem Namen schmücken kann. Es war klein und aus grauem Stein und hatte eine weiß übertünchte Stirnseite; auf der Holzveranda blätterte grüne Farbe ab und trieb Blasen. Sein Name war »The Haven«. Die Schlampe kehrte, nachdem sie den Großteil des Tages damit verbracht hatte, im Wohnzimmer Stout zu trinken und einen Groschenroman zu lesen, um acht Uhr zu ihrem eigenen Haus zurück. Als sich Fen, Wilkes, Sally und Mr. Hoskins am Ende der Straße mit Mr. Barnaby trafen, befand sich also vermutlich nur Mr. Sharman darin.

Mr. Barnaby steckte voll bizarrer Strategien. Er hielt einen großen Stadtplan unter eine Lampe und musterte ihn eindringlich, doch ohne großes Verständnis, wie es schien.

»Sie sind *alle* hier«, sagte er zu Mr. Hoskins. »Recht erhitzt und aggressiv vom Spirituosenkonsum. Wirklich *jeder* Fluchtweg wird von einem Teufelskerl von einem Blauen bewacht.«

»Es liegt natürlich durchaus im Bereich der Möglichkeiten, daß er längst über alle Berge ist«, sagte Fen. »Aber ich will kein Risiko eingehen. Wilkes, wären Sie so gut, mit

Sally in sicherer Entfernung im Hintergrund zu bleiben?« Wilkes, der seinen Regenschirm schwenkte, nickte, und Fen war über diesen sofortigen Gehorsam so verblüfft, daß er für einen Augenblick vergaß, was er hatte sagen wollen. Dann, sich zusammennehmend: »Mr. Barnaby, hat jemand ein Auge auf das Tor des hinteren Gartens?«

»Oh, aber das versteht sich doch von *selbst*.«

»Gut. Mr. Hoskins, Sie bleiben hier und helfen Mr. Barnaby. Richard, du knöpfst dir das Vordertor vor. Ich werde hineingehen und ein Wörtchen mit dem Gentleman reden, wenn er denn zu Hause ist.«

»Nachgerade wie die *Somme*«, murmelte Mr. Barnaby. »Der Vorabend der Schlacht, von Burne-Jones.«

Obgleich sie sich alle ein wenig töricht vorkamen, nahmen sie die ihnen zugewiesenen Plätze ein. Es hatte wieder zu regnen begonnen, und der nasse schwarze Teer warf das Licht der Straßenlampen hell und deutlich zurück. Ein Wortwechsel, der gedämpft aus einiger Entfernung herüberkam, legte den Schluß nahe, daß Mr. Barnabys Rekruten mit irgendeinem Aspekt des Feldzuges nicht zufrieden waren. Cadogan stand neben einem Telegraphenmasten; er legte sein Ohr dagegen und lauschte dem Summen der Drähte. Als er seine Gefühle analysierte, stellte er fest, daß er weniger aufgeregt als neugierig war. Schließlich sprach alles zu ihren Gunsten.

Fen ging mit energischen Schritten den kurzen asphaltierten Weg hinauf, der zur Tür führte. Da er ein Schildchen sah, das ihn zum Klopfen und Läuten aufforderte, klopfte und läutete er; und verschwand schließlich, als ihm niemand aufmachte, aus dem Blickfeld, indem er um die Seite des Hauses ging und, wie man mutmaßen könnte, nach Diebesart durch ein Fenster einstieg. Der Regen nahm an Heftigkeit zu, und Cadogan schlug seinen Mantelkragen hoch. Man hörte, daß Mr. Barnaby Mr. Hoskins einen Vortrag über ein Thema hielt, das keinerlei Bezug zu der gegenwärtigen Angelegenheit hatte. Zwei, drei Minuten verstrichen, ohne daß irgend etwas geschah. Und dann drang plötzlich der Widerhall eines Schusses aus dem Haus – ein lauter Knall, der von einem grellen Feuerstrahl in einem der verdunkelten Zimmer begleitet wurde. Unmittelbar darauf hörte man Fen etwas rufen, doch die Worte waren nur undeutlich zu verstehen, und Cadogan blieb für einen Moment mit angespannten Muskeln und pochendem Herzen stehen und überlegte, wohin er sich wenden sollte und was zu tun sei. Schließlich stolperte er über den nassen schlammigen Rasen in die Richtung, die Fen eingeschlagen hatte; damit überließ er das Vordertor zwar sich selbst, doch entlang der Straße waren sowohl zur Linken als auch zur Rechten Wachtposten aufgestellt. Als er die Hausecke umrundete, sah er aus dem Augenwinkel eine dunkle Gestalt, die durch die Büsche auf der anderen Seite schlüpfte, und stieß einen Warnschrei aus. Fast zur gleichen Zeit kam Fen, in mehreren Sprachen fluchend, aus einem nahegelegenen Fenster geklettert und winkte ihn zu sich.

»Er ist draußen«, verkündete er überflüssigerweise. »Und er hat eine Kanone. Auf der anderen Seite.« Rutschend und strauchelnd rannten sie wieder durch die Dunkelheit zurück. Im Nebenhaus riß jemand das Fenster auf und sagte: »Ist irgendwas?«, doch bis er Hut und Mantel angezogen und sich hinausbegeben hatte, war so gut wie niemand mehr da.

Cadogan vermochte das darauffolgende Fiasko nie so richtig aufzudröseln. Man muß sich vor Augen halten, daß Mr. Barnabys Heerschar nicht völlig nüchtern war; daß es im Finstern einige Mühe bereitete, Freund und Feind voneinander zu unterscheiden, was dazu führte, daß Mr. Barnaby so lange gehetzt wurde, bis seine unverwechselbaren Wehrufe den Fehler aufdeckten; und daß alle, in der irrigen Meinung, die Jagdbeute sei in Sicht, im entscheidenden Augenblick ihre Posten verließen und einander in eine ergebnislos hin- und herwogende Massenkeilerei verwickelten. Es wurde bald offenbar, daß sich Sharman durch eine Zaunlücke im rückwärtigen Teil des Gartens in einen dahinter verlaufenden Durchgang gestohlen hatte; und Fen, der unglaublich erbost war, beorderte zur Sicherheit zwei Studenten zum Haus zurück, schickte Mr. Barnaby (der nun über allerlei Blessuren seiner Physis klagte) und den Rest in Richtung des Bahnhofs und machte sich zusammen mit Cadogan, Mr. Hoskins, Sally und Wilkes daran, dem einzigen anderen möglichen Fluchtweg zu folgen, nämlich der Straße, die hinaus zu dem Oxforder Vorort Botley führt.

»Er wollte uns eine Zerstreuung bieten«, sagte Fen, »und das ist ihm weiß Gott geglückt. Verlasset euch nicht auf Fürsten etcetera ... Haltet alle auf beiden Seiten Ausschau und denkt um Himmels willen daran, daß er *bewaffnet* ist ...« Er hob mit einer Art monotoner Jeremiade an, der zuzuhören äußerst qualvoll war.

»Wenn er nicht völlig ausgerastet ist, dürfte er wohl kaum zum Bahnhof sein«, wagte sich Cadogan vor.

»Nein«, sagte Fen ein wenig besänftigt. »Deshalb habe ich die anderen ja auch dorthin geschickt. Sie sind dermaßen angetütert, daß sie nicht einmal eine Schildkröte in einem Kaninchenstall fangen könnten ... Sally, ich finde wirklich, daß Sie zurückgehen sollten.«

»Ich? Ich fürchte mich nicht. Außerdem habe ich ja Dr. Wilkes, der auf mich aufpaßt.«

»Sehen Sie?« sagte Wilkes hochfahrend.

»Die Eitelkeit des Alters«, sagte Fen. »Es ist Ihnen doch vermutlich klar, Wilkes, daß Sie Ihr Leben in beschaulicher Selbstversenkung beenden sollten, anstatt sich zum Beschützer junger Frauen aufzuspielen?«

»Sie unritterlicher Hundsfott«, sagte Wilkes, und das brachte Fen so aus der Fassung, daß er für eine kurze Weile mucksmäuschenstill war.

Diese Straße war im Gegensatz zur Great King Street sehr belebt, und sie hatten an etlichen Stellen Mühe, sich einen

Weg durch die Hinterhalte aus feuchten Regenschirmen zu bahnen. Hell erleuchtete Busse schoben sich schwerfällig mit im Regen dampfenden Kühlern vorbei. In den Rinnsteinen rauschte und gurgelte das Wasser. Ein in eine Pelerine gehüllter Polizist stand gebieterisch an einer Kreuzung und regelte den Verkehr. Doch von Mr. Sharman war weit und breit nichts zu sehen.

»Verdammt«, sagte Fen. »Wir werden ihn nie finden. Er kann überallhin sein. Gottes Bannfluch auf Mr. Barnaby und seine Häscher; sie haben die Sache restlos vermurkst.«

Doch nun nahm Sally die Dinge in die Hand. Sie rannte auf die Straße, wobei ein Taxi sie nur knapp verfehlte, und wandte sich an den Polizisten.

»Hallo, Bob«, sagte sie.

»Ach, hallo, Sally«, erwiderte er. »Gottchen, was für ne Nacht. Du solltest eigentlich nicht mit mir reden, weißt du, wenn ich Postendienst habe.«

»Ich suche einen Mann, Bob.«

»Wann tätest du das nicht?« sagte Bob und zwinkerte ihr zu. Er winkte einen Lastwagen hinüber.

»Oh, hast mal wieder auf der Witzseite der Zeitung geschlafen, was?« sagte Sally. »Nein, wirklich, Bob, es ist ernst. Er muß hier vorbeigekommen sein. Kleiner, klapperdürrer Kerl mit Zähnen wie ein Karnickel; von oben bis unten eingemummt.«

»Ah, ja, den hab ich gesehen; ist kaum ne Minute her. Er hat sich beim Überqueren der Straße nicht an meine Anweisungen gehalten und wär um n Haar zermatscht worden.«

»Wo ist er denn hin?«

»Ins Kino«, sagte Bob und warf den Kopf mit einem Ruck in die passende Richtung. »Nicht unbedingt dein Typ, würde ich mal meinen.«

Doch da war Sally bereits wieder triumphierend zu den anderen zurückgestürmt. »Er ist im Colossal«, teilte sie ihnen mit.

»Gut für Sie«, sagte Fen. »Es ist schön zu wissen, daß es in dieser Gesellschaft noch jemanden außer mir gibt, der ein wenig *Grütze* im Kopf hat.« Er warf Wilkes einen gehässigen Blick zu. »Also, kommt.«

Das Colossal (das weniger als dreißig Meter vor ihnen lag) ist eines der kleinsten und übel beleumundetsten Lichtspielhäuser, das je ersonnen wurde. Und es hat eine so primitive technische Einrichtung, daß man glatt meinen könnte, es sei das erste erfolgreiche Experiment des Erfinders der Cinematographie. Die Platzanweiserinnen sind lustlos, und der ebenso betagte wie zerstreute Türsteher nötigt die Besucher selbst dann zum Schlangestehen, wenn unbegrenzt viele Sitzplätze frei sind. Es werden sehr alte Filme gezeigt, die an jedem Gebrechen leiden, das Zelluloid befallen kann, von unaufhörlichem Knistern über *paralysis agitans* bis hin zur völligen Dislokation, und der Vorführer, der, abgesehen davon, daß er ständig betrunken ist, die Handgriffe seines Gewerbes nur mangelhaft zu beherrschen scheint, trägt auch nicht gerade zur Verbesserung der Dinge bei. Das Colossal ist zudem ein beliebter Treffpunkt für Pärchen in einem fortgeschrittenen Stadium amouröser Verzückung und wird von dem rüpelhaftesten Teil der Studentenschaft aus schierer Freude am Chaos frequentiert.

Vor der Tür stellte Fen seine Truppen in Schlachtordnung auf. »Es ist nicht nötig, daß wir alle reingehen«, sagte er. »Und jemand sollte diesen Ausgang und den um die Ecke im Auge behalten. Ich hoffe, daß er nicht nur auf einen Sprung hineingeschaut und sich schon wieder aus dem Staub gemacht hat, aber dieses Risiko müssen wir auf uns nehmen. Richard, würdest du mit Mr. Hoskins draußen bleiben?«

Er ging mit Sally und Wilkes zur Kasse und kaufte die Karten. Der Türsteher wollte sie Schlange stehen lassen, aber sie schubsten ihn zur Seite. Zum Glück hat das Colossal keine Galerie, so daß sie nicht Gefahr liefen, Sharman am falschen Ort zu suchen.

Jemand riß ihre Karten entzwei und verfiel nach Ausführung dieser einfachen, doch destruktiven Handlung wieder in Apathie, während sie sich durch die Schwingtür ins warme, vibrierende Dunkel drängten. Die Leinwand wurde momentan von dem Bild einer Tür ausgefüllt, die langsam aufglitt, um die Mündung eines Revolvers einzulassen, und dem folgte übergangslos der Anblick eines weißhaarigen Mannes, der an einem Schreibtisch etwas schrieb. Unsichtbare Geigen spielten einen Ganztonakkord, *tremolo,* in einer hohen Tonlage, während gedämpfte Posaunen ihren Klang mit kränkelndem, doch unheilkündendem Gebrumm unterlegten. Diese Musik steigerte sich zum *fortissimo* und wurde abrupt von einem Knall beendet, worauf der Mann nach vorne auf den Schreibtisch fiel und sein Füllfederhalter einer kraftlosen Hand entglitt. (»Tot«, sagte Fen mit Grabesstimme.) Bei dieser Zuspitzung der Ereignisse wurde ihre Aufmerksamkeit jedoch vom Fortgang des Geschehens abgelenkt, da man sie zu ihren Sitzen geleitete.

Das Kino war nicht sehr voll. Unmittelbar vor ihnen befand sich eine dichtgedrängte Traube von Studenten, doch die übrigen Plätze waren spärlich besetzt. Neben ihnen drückte sich eine junge Frau, die erstaunlich viel Bein sehen ließ und offenbar unempfänglich für die aufwühlenden Begebenheiten war, die da zu ihrem Nutz und Frommen in Szene gesetzt wurden, in den Klammergriff eines jungen Mannes. In der vordersten Reihe schlief jemand. Selbst mit nichts als dem Licht von der Leinwand und den kleinen gelben Lampen an der Seite, um ihnen zu helfen, sollte es keine unüberwindlichen Schwierigkeiten bereiten, Mr. Sharman ausfindig zu machen.

»Pa war doch n netter Kerl«, sagte der Film. »Wer hätte ihn alle machen wollen.«

Fen stand auf und wanderte ziellos den Gang hinab. Eine Platzanweiserin trat näher und zeigte ihm, wo sich die Toilette befand. Fen ignorierte sie und spähte weiter in die Runde.

»Okay, Jungs«, sagte der Film. »Schafft ihn ins Leichenschauhaus. Also, Mrs. Hargben, kennen Sie jemanden, der Grund hatte, Ihren Mann nicht zu mögen?«

Fen versperrte den Leuten an der Seite die Sicht. Ein Mann erhob sich und sagte: »He, Freundchen, setz dich hin.«

»Setz dich selber hin«, sagte jemand anderer hinter ihm. Fen ignorierte sie beide und ging zu Sally und Wilkes zurück.

»Ich werde es wohl auf der anderen Seite versuchen müssen«, teilte er ihnen mit.

»Gut. Jetzt knöpfen wir uns dieses Clancy-Luder vor«, sagte der Film. »Die Sache gefällt mir gar nicht, Chef. Sie stinkt meilenweit zum Himmel.« Zwei Kriminalbeamte wurden von der Leinwand gewischt und durch den Helden und die Heldin ersetzt, die küssend aneinanderklebten. Es folgte ohne Pause eine Felsenlandschaft, durch die ein Trupp aus allen Rohren auf eine oder mehrere Personen vor sich schießender Cowboys galoppierte.

»Falsche Filmrolle!« sangen die Studenten entzückt.

»Osbert ist wieder mal blau!«

Bei diesen Worten erlitt die Leinwand (vielleicht aus Mitgefühl) einen schweren Anfall von Delirium tremens und wurde schließlich vollkommen schwarz, worauf das Kino fast zur Gänze in Dunkelheit versank.

»Verdammt«, sagte Fen.

Die Studenten erhoben sich wie ein Mann und taten lautstark ihre Absicht kund, Osberts Kopf in einen Eimer zu tauchen. Ein paar von ihnen stürzten auch tatsächlich zum Hintereingang hinaus. Der Geschäftsführer, ein kleiner, untersetzter Mann mit einem Abendanzug, erschien vor der Leinwand, in das Licht eines unvorteilhaft plazierten roten Scheinwerfers getaucht, das ihn wie einen Vampir aussehen ließ, der sich kürzlich mit Blut vollgesaugt hatte, und bat ohne große Zuversicht um Geduld.

»Eine kleine technische Panne«, sagte er keuchend zu ihnen. »Sie wird sofort behoben sein. Bleiben Sie sitzen, Ladies und Gentlemen. Bleiben Sie bitte sitzen.« Doch niemand schenkte ihm auch nur die geringste Beachtung. Aus dem Bildwerferraum drangen Schreie und Geräusche wie von einer Rauferei.

»Bleiben Sie sitzen», wiederholte der Geschäftsführer ebenso verzweifelt wie vergeblich.

Fen, Wilkes und Sally waren alle aufgestanden. »Wir werden ihn in diesem Durcheinander aus den Augen verlieren«, sagte Fen. »Kommt, wir gehen am besten hinaus. Wenn er uns reinkommen sehen hat, wird er diese Gelegenheit mit ziemlicher Wahrscheinlichkeit nutzen.« Sie brachen auf. Während sie sich hinausdrängten, wurde der Film plötzlich wieder auf die Leinwand projiziert, was dem davor stehenden Geschäftsführer eine seltsam gespenstische Note verlieh.

»Hör zu, Schätzchen«, sagte der Film. »Wenn sie dich fragen, wo du letzte Nacht gewesen bist, sagst du keinen Pieps. Sie wollen uns linken, klar?«

Doch draußen vor dem Haupteingang war niemand außer dem Mädchen an der Kasse, der großen und melancholischen Gestalt von Mr. Hoskins und dem Türsteher, der in Ermangelung etwas Besseren an seinen Medaillen nestelte.

»Was ist denn los?« fragte Mr. Hoskins. »Ich habe einen schrecklichen Lärm gehört.« Er wischte sich das Regenwasser aus dem Haar, das mittlerweile nur so triefte.

»Er ist doch nicht hier herausgekommen?«

»Nein.«

In diesem Augenblick hörte man hastige Schritte, und Cadogan kam, pitschnaß und in heller Verzweiflung, um die Ecke gewetzt. »Er ist heraußen!«, rief er. »Er ist getürmt.«

Fen stöhnte. »Heiliges Hippopotamus«, sagte er. »Warum hast du ihn nicht aufgehalten?«

»Er hatte eine Pistole«, erwiderte Cadogan. »Und wenn

du glaubst, daß ich wie im Kintopp auf jemanden mit einer Pistole losgehe, hast du dich ganz schön geschnitten.«

Fen stöhnte erneut. »Wo ist er hin?«

»Die Seitenstraße da runter. Er hat ein Fahrrad geklaut.« Ohne zu zögern, rannte Fen zu einem leeren blauen Hillman, der neben dem Trottoir geparkt war, stieg ein und ließ den Motor an. »Kommt.« Er winkte sie zu sich. »*La propriété, c'est le vol,* und ich will verdammt sein, wenn er mir noch einmal entkommt, bloß weil ich kein Fahrzeug habe.« Irgendwie quetschten sie sich alle hinein, und der Wagen fuhr los. Dem Besitzer, der in einem nahegelegenen Pub saß und helles Ale trank, wurde es ziemlich lange überhaupt nicht bewußt, daß er verschwunden war.

Sie bogen in die schmale Straße, die neben dem Kino verläuft. Die rechten Reifen schlitterten durch den verstopften Rinnstein und warfen einen Schwall Wasser gegen die rote, mit Werbeplakaten gepflasterte Ziegelmauer, und der Regen glitzerte im Scheinwerferlicht wie silberne Nadeln. Binnen kurzem wurde die Straße breiter, und sie erblickten Sharman, der wie verrückt in die Pedale trat und immer wieder über die Schulter nach hinten starrte. Als sie sich ihm näherten, erfaßten die Scheinwerfer für einen Augenblick das Weiße in seinen Augen und die langen Schneidezähne. Sie gelangten auf gleiche Höhe mit ihm, und Fen schrie:

»Hören Sie, Sharman: Wenn Sie nicht anhalten, ramme ich Sie in den Bürgersteig!«

Die Worte waren kaum aus seinem Mund, als Sharman plötzlich ausscherte und verschwand. Das Ganze war so frappant, daß sie erst einen Augenblick später begriffen, daß er in den schmalen, schlammigen Fußpfad zur Linken gebogen war. Fen hielt an und stieß in der ungestümen und zermürbenden Art zurück, die seinen ganzen Fahrstil auszeichnete (»*Fünf Meilen in labyrinthischem Lauf mäandernd*«, zitierte Cadogan treffsicher), doch der Zugang war für einen Wagen nicht breit genug. Sie stiegen aus, ließen den Hillman stehen und rannten auf den Glanz von Lichtern, den Geruch von Benzin und mißtönendes Musikgeschmetter zu. Doch lediglich Sally erkannte, daß sich Sharman in einer Sackgasse befand. An ihrem Ende lag der Rummelplatz von Botley, und der Weg, auf dem sie gekommen waren, stellte die einzige Fluchtmöglichkeit dar.

Als sie an einer Dampfmaschine vorbeigingen, die in dem strömenden Regen nur so zischte und fauchte, entdeckten sie Sharmans Fahrrad; es lag vor dem ersten riesigen gestreiften Zelt auf dem Boden. Fen ließ Cadogan und Mr. Hoskins draußen auf Wache zurück und drängte sich mit Wilkes und Sally durch den Eingang. Ihren Augen und Ohren brauchten einen Moment, um sich an das grelle Licht und den Musiklärm zu gewöhnen. Es waren nur wenig Leute da – das Wetter drückte auf das Geschäft. Zu ihrer Rechten gab es einen Schießstand, an dem ein pomadisierter Jüngling einem Mädchen seine Künste zeigte; vorne ein paar spärlich besuchte achteckige Tische, wo man Pennies auf Zahlenfelder rollen konnte; zur Linken verschiedene Wurf- und Spielbuden und einen Handliniendeuter. Am anderen Ende begann ein wuchtiges Karussell mit nur zwei Leuten darauf, sich im Kreis zu drehen. Skooter kurvten ziellos herum, während die Kontakte an den Spitzen ihrer Stangen knisternd und funkenstiebend über das Geflecht der Leitungsdrähte glitten und die wahnwitzig übersteuerten Lautsprecher Tanzmusik plärrten.

»*Schätzchen*«, sang eine titanische Stimme. »*Mach doch keine Mätzchen, Schätzchen.*« Das Gestänge des nun mehr und mehr an Geschwindigkeit gewinnenden Karussells ratterte und schlug mit der geballten Kraft eines Zuges, der über eine Unterführung fährt. Es trug ein Schild mit der Aufschrift: »Diese Maschine unterliegt keiner Geschwindigkeitsbegrenzung.« An einer Stelle leckte das Dach, und Wasser überflutete den trockenen, festgetrampelten Schlamm. Eine Gruppe junger Mädchen mit nackten, dünnen, weißen Beinen, Baskenmützen, billigen Wollschals und scharlachroten Lippen stand leblos da und starrte auf die Skooterbahn oder die Preise – Puppen, Steingutkrüge, Kanarienvögel und Goldfische, Zigarettenschachteln – die sich so hoch übereinanderstapelten wie die talminen Herrlichkeiten eines Proletarierparadieses. Die heiße Luft roch nach Dampf und Öl und Zeltleinwand und war von unaufhörlichem Lärm durchtränkt.

Wie eine Szene aus einem Graham-Greene-Roman, dachte Cadogan, als er hineinlinste: Irgendwo mußte gerade jemand ein »Ave-Maria« beten ...

Doch keiner von ihnen hatte Zeit, sich diese Einzelheiten einzuverleiben oder in ausgedehnten literarischen Reminiszenzen zu schwelgen. Hinter einer der Buden schoß Sharman hervor und rannte: rannte zu der verzurrten Zeltleinwand am anderen Ende und scharrte nach einem Ausgang. Es gab keinen. Er fuhr mit einer Art von animalischem Knurren herum, als Fen, Sally gewaltsam aus der Schußlinie stoßend, auf ihn losstürmte. Dann hastete er in Panik zu dem noch immer an Tempo zulegenden Karussell, griff ungeachtet der Schreie des Aufpassers, der auf der es umgebenden Holzplattform an einem Pfosten lehnte, nach dem vorbeisausenden Geländer und zog sich mit einem Ruck, der ihm fast die Arme aus den Gelenkpfannen gerissen haben muß, hinauf. Kaum einen Wimpernschlag später setzte Fen ihm nach. Irgendwo kreischte eine Frau, und der nun sichtlich erregte Aufpasser versuchte, ihn zurückzuhalten, schaffte es aber nicht. Auch Fen kämpfte sich fallend und stolpernd auf die im Kreis herumwirbelnde Bahn hinauf und klammerte sich mit schmerzenden Händen an ein hölzernes Motorrad mit einem Plüschsitz, während er versuchte, gegen die Flieh- und Schwungkraft ins Gleichgewicht zu kommen. Sharman, der sich ein paar Meter vor ihm befand, hatte einen sicheren Stand gefunden und tastete nach seiner Pistole.

»Verdammte Narren«, sagte der Aufpasser zu Cadogan,

der sich gerade mit Mr. Hoskins zu Sally und Wilkes gesellt hatte. »Sind die lebensmüde?«

Die Lichter des Karussells verdunkelten sich plötzlich, als es seine normale Höchstgeschwindigkeit erreichte. Der Mann in der Mitte, der es – in Ruhe isoliert – bediente, betrachtete es gleichgültig und wartete die wenigen Umdrehungen ab, während der überanstrengte Muskel noch aushalten müßte, ehe er die Geschwindigkeit wieder drosselte.

»Sie müssen das Ding da anhalten«, sagte Cadogan scharf. »Der Mann, der als erster aufgesprungen ist, ist ein Mörder. Er ist bewaffnet und gefährlich. Halten Sie ihn um Himmels willen auf.«

Der Aufpasser machte große Augen. »Was zum Teufel –«

»Das ist vollkommen richtig«, sagte Wilkes mit plötzlicher Autorität. »Sally, gehen Sie und rufen Sie die Polizei an, und dann laufen Sie zum Bahnhof und sagen den anderen, daß sie herkommen sollen.« Sally, bleich und schweigsam, nickte und rannte los. Leute traten auf sie zu und wollten wissen, was es für Schwierigkeiten gab.

»Gott«, sagte der Aufpasser, mit einem Mal überzeugt. Und er rief dem Mann in der Mitte zu: »He, Bert, halt an! Schnell!«

Die Worte gingen in einem heftigen Windstoß und dem unerbittlichen Stampfen des Karussells unter. Der Mann in der Mitte schüttelte fragend den Kopf. Sharman hatte seine Pistole aus der Tasche gezogen. Er zielte und schoß. Der Mann an den Schalthebeln glotzte eine flüchtige Sekunde lang dümmlich und sank dann zu Boden.

»Der Dreckskerl!« sagte der Aufpasser mit jäher Wildheit. »Der Dreckskerl hat ihn erschossen.«

Die übrigen Schausteller und die Budenbesitzer kamen nun herbeigeeilt. Und die Geschwindigkeit des Karussells nahm noch immer zu: Mit seinem dumpfen, nachhallenden Dröhnen brachte es das Zelt zum Beben. Unpassenderweise plärrte die Musik weiter. »*Mein Zuckerpüppchen, mein Se-*

samschrippchen, ich weine um den Mond ...« Die Gesichter waren ausgehöhlt, schreckverzerrt. Eine der beiden anderen Personen auf dem Karussell schrie, in Todesangst auf.

»Legt euch hin!« brüllte der Aufpasser. »Lehnt euch gegen das Geländer. Mein Gott!« fügte er mit leiserer Stimme hinzu. »Wenn es bei diesem Tempo jemanden runterhaut, ist sein Leben keinen Pfifferling mehr wert.«

Die Geschwindigkeit steigerte sich noch weiter. In dem Halbdunkel, das auf dem Karussell herrschte, waren die Gesichter und Gestalten nur verschwommen zu erkennen; sie wurden aus dem Blickfeld gerissen und wie von einer Riesenhand wieder zurückgeworfen. Im Zelt hatte alles andere aufgehört, und sämtliche Buden waren verlassen. Die Leute, die am Rand der Holzplattform standen, konnten den wütend herumwirbelnden Wind spüren.

»Wir können es nicht anhalten«, murmelte der Aufpasser. »Wir können es jetzt nicht anhalten. Nicht, bevor der Dampfmaschine die Puste ausgeht.«

»Wie zum Teufel meinen Sie das?« fragte Cadogan, der plötzlich schreckliche Angst hatte.

»Der An- und Ausschalter und all das ist ganz in der Mitte. Da kann man jetzt nicht hin. Solange es diesen Affenzahn vorlegt, ist es viel zu gefährlich aufzuspringen; wer das versucht, bricht sich bloß den Hals.«

»Wie lange wird es noch weiterlaufen?«

Der Aufpasser zuckte die Achseln. »Eine halbe Stunde«, antwortete er grimmig. »Wenn es nicht vorher das ganze verdammte Zelt zum Einsturz bringt.«

»Oh, Gott«, sagte Cadogan, dem ganz schlecht wurde. »Können wir uns nicht eins von den Gewehren holen und ihn runterschießen?«

»Wenn Sie probieren, auf dieses Ding zu schießen, treffen sie alles mögliche außer ihm.«

Das Karussell drehte sich noch schneller.

»Ich habs!« rief Cadogan plötzlich. »Wenn wir die Leiste

da durchsägen, könnten wir doch *unten hindurch* zur Mitte vorstoßen, oder?«

Der Mann starrte ihn an. »Das *wäre* vielleicht zu machen«, erwiderte er. »Aber da unten ist der reinste Maschinenpark, und selbst wenn man auf allen vieren kriecht, reißt einem wahrscheinlich irgendein verdammtes Teil den Kopf ab.«

»Wir müssen es versuchen«, sagte Cadogan, »und wenn wir es nur um dieser beiden anderen Leute willen tun. Sie sind völlig außer sich, und es steht zehn zu eins, daß sie jeden Moment runterfliegen.«

Der Aufpasser zögerte nur einen Augenblick. »Ich bin dabei«, sagte er. »Phil, hol mein Werkzeug.«

Haben Sie sich je an den Rand eines Karussells geklammert, gleichgültiger Leser, das sich mit hoher Geschwindigkeit bewegt? Wenn Ihre Füße einen festen Halt haben, können Sie sich in einem Winkel von sechzig Grad nach innen neigen und immer noch nicht das Gleichgewicht verlieren; ja, es verhält sich tatsächlich so, daß Sie nur dann überhaupt im Gleichgewicht sind. Sobald Sie sich aufsetzen, benötigen Sie all Ihre Kraft, um nicht weggerissen zu werden wie eine Nadel, die man auf die Außenseite einer rotierenden Drehscheibe legt. Jedenfalls ist es nicht gerade der geeignetste Ort, um einen verzweifelten Mann zu stellen, wenn es auch stimmt, daß beide Seiten die gleichen Nachteile haben.

Da ist noch etwas, und zwar der Umstand, daß mit der Zeit die Sinne beeinträchtigt werden. Nach einer Weile verrät Ihnen nur noch das peinigende Zerren der Fliehkraft an Ihrem Körper, daß Sie sich im Kreis herumdrehen. Alles sonst, der Gesichtssinn mit eingeschlossen, vermittelt Ihnen die Illusion, daß Sie sich nach *oben* bewegen – über einen dunklen, abschüssigen, endlosen Hang hinauf, der mit zunehmender Geschwindigkeit immer steiler wird. Zuletzt bilden Sie sich ein, einer nicht existenten Gravitation zu unterliegen, und stellen fest, daß Sie dagegen ankämpfen. Es ist ein sonderbares Gefühl, dieses vermeintliche Hinaufrasen durch einen schwarzen Windkanal, in dem die Gesichter der Zuschauer nichts als schräg in den Raum gekleckste, wiederkehrende Schlieren sind – ganz amüsant zuerst, dann ermüdend, und schließlich, wenn die Kräfte in den bis zum Zerreißen angespannten Sehnen erlahmen, schier unerträglich, ein Abgrund von Strapazen und körperlichem Schmerz.

Fen taten von dem ersten scharfen Ruck die Arme weh, doch zu Beginn war das Gefühl nicht unerfreulich. Es fiel ihm verspätet ein, daß diese melodramatische letzte Jagd wenig Sinn machte: Irgendein höchst irrationaler Impuls hatte ihn dazu gedrängt, so wie das Verlangen, noch ein wenig länger auf freiem Fuß zu sein, Sharman an diesen Zufluchtsort getrieben hatte, der ihm auf Dauer keinen Schutz gewähren konnte. Jetzt, wo er hier war, mußte er das Beste aus der Sache machen. Ärger wallte in ihm auf, als Fen sich daran erinnerte, daß seine Pistole noch immer auf dem Schreibtisch in seinem Zimmer lag, wo er sie liegen lassen hatte; und er tröstete sich im nachfolgenden mit der Überlegung, daß ihn Sharman, selbst wenn er das Feuer eröffnete, mit an Sicherheit grenzender Wahrscheinlichkeit verfehlen würde. Weiter zur Mitte des Karussells hin hätte er sich ungehinderter bewegen können, eber auch ein viel besseres Ziel abgegeben. Dies alles gegeneinander abwägend, beschloß er, zu bleiben, wo er war; beschloß zudem, in Ruhe abzuwarten und nichts gegen Sharman zu unternehmen, bevor das Karussell zum Stillstand kam.

Doch diese Vorsätze gingen samt und sonders über Bord, als Sharman den ersten Schuß abgab. Dieser sinnlose Akt der Böswilligkeit entfachte etwas in Fen, das weder Heroismus noch Sentimentalität, noch gerechte Empörung und nicht einmal instinktive Abscheu war; und jetzt, wo sozusagen die Sollseite dargelegt ist, fällt es schwer, das richtige Wort dafür zu finden, da es sich um eine bei Menschen nur äußerst selten anzutreffende Seelenregung handelte und da sie aus den tiefsten Tiefen von Fens Persönlichkeit kam. Ich vermute, daß man diese Empfindung noch am ehesten als eine tief verwurzelte Abneigung gegen Verschwendung bezeichnen könnte, als eine Art von leidenschaftslosem Sinn für Ausgewogenheit und Gerechtigkeit. Jedenfalls ließ sie ihn das jähe Bedürfnis zum Handeln verspüren; und so kauerte er sich, während er leise und unmelodisch das Finale der Enigma-Variationen vor sich hinsang, neben einem der hölzernen Motorräder, stemmte sich dem Sog der Fliehkraft entgegen und begann, sich vorzuarbeiten.

Sharman wandte sich mit der Pistole in der Hand um, sah ihn und wartete; er hielt den Schuß zurück, bis er gezielt feuern konnte. In seinen rotgeränderten Augen stand der helle Wahnsinn geschrieben, und er brüllte etwas, das im Brausen des Windes unterging. Die beiden Männer, die sich da mit den im Kreis herumwirbelnden und auf und nieder wogenden Brettern hoben und senkten, waren in dem abschüssigen Tunnel aus schwarzem Wind mit allen ihren Absichten und Zielen allein. Die Außenwelt verlor mit zunehmender Geschwindigkeit noch mehr an Relevanz und Belang.

Fen kämpfte sich weiter, kam aber nur langsam voran. Es war ein zähes, nervenzermürbendes Ringen um jeden einzelnen Zentimeter, da er vor allem in den Lücken zwischen den Reihen der Motorräder immer wieder mit der Hand abrutschte oder ausglitt und es oft nur unter Aufbietung aller Kraftreserven schaffte, sich so lange mit den Nägeln festzukrallen, bis er von neuem einen Halt fand. Der Schweiß strömte nur so an ihm herab, und der wummernde Maschinenlärm dröhnte ihm in den Ohren. Er hatte keine Ahnung, was er tun würde; wenn er den Versuch unternahm, mit etwas zu werfen, würde es kaum seine Hand verlassen – und er hatte sowieso nichts, womit er hätte werfen können. Dennoch bewegte er sich weiter auf Sharman zu, und die beiden Männer waren in dem Augenblick, in dem Cadogan und der Aufpasser damit begannen, sich unter dem Karussell hindurch einen Weg zu den Schaltern in der Mitte zu bahnen, ungefähr zwei Meter voneinander entfernt. Zu diesem Zeitpunkt verflüchtigte sich, um der historischen Wahrheit Genüge zu tun, Fens Unternehmungsgeist: er war mit seinem Latein am Ende: sich auf Sharman zu stürzen war nicht nur physisch ein Ding der Unmöglichkeit, sondern hätte mit fast hundertprozentiger Sicherheit auch zum sofortigen Tod geführt. Und so rief er, da er von seiner geistigen Einstellung her eher altmodisch war, die Götter an.

Sie erhörten ihn. Vielleicht erinnerten sie sich daran, daß er stets (im Gegensatz zu allen übrigen) ein inbrünstiger Verehrer des *deus ex machina* im Drama gewesen war; vielleicht dachten sie auch bloß, daß sich die Ereignisse des Abends lange genug hingezogen hatten. Auf jeden Fall geschah folgenes: Sharman verlor vorübergehend den Halt unter den Füßen und ließ, während er sich damit abmühte, wieder festen Tritt zu fassen, die Pistole fallen. Als ihm klar wurde, was das bedeutete, war er für einen kurzen Moment wie gelähmt, und dann hatte Fen ihn auch schon gepackt.

Es lag in der Natur der Dinge, daß der Kampf nicht lange dauerte. Und es war nur eine Frage von Sekunden, ehe die beiden Männer eng umschlungen nach hinten auf eine Lücke im Geländer zutaumelten, wobei Fens Rücken zur Außenseite hin wies. Er wußte, was er zu tun hatte, und tat es. Als sie die Lücke erreichten, ließ er Sharman ruckartig mit beiden Händen los. Während er mit der Linken das Geländer packte und für einen qualvollen Augenblick das Gewicht ihrer beiden Körper trug, holte er mit der Rechten weit aus wie mit einer Axt, hieb Sharman in die Seite und stieß ihn über den Rand. Der Mann wirbelte wie ein Blatt durch die Luft. Die erbleichte Zuschauermenge sah, wie er mit Übelkeit erregender Wucht gegen einen Stützpfosten geschleudert wurde, sah, wie er über die Treppen hinunterstürzte und zu ihren Füßen reglos auf dem Boden liegenblieb. Fast im selben Moment erreichten Cadogan und der Aufpasser, nach einer heldenhaften, doch glimpflich verlaufenen Passage, den Schalter. Das Karussell verlor an Geschwindigkeit. Als es zum Stillstand kam, halfen willfährige Hände Fen und den beiden anderen, die vollkommen verängstigt, aber unverletzt waren, wieder auf *terra firma.* Sie waren verschwitzt, benommen und starrten vor Schmutz. Der Mann am Schalter war bewußtlos, aber außer Gefahr; die Kugel hatte ihm den Arm gebrochen.

Wilkes erhob sich von Sharmans zerfetztem und blutendem Körper.

»Er ist nicht tot«, sagte er. »Es sind zwar eine Menge Sachen gebrochen, aber er wird es überleben.«

»Um gehängt zu werden«, sagte Fen mit zitternder Stimme. »Was«, fügte er etwas fröhlicher hinzu, »immerhin einen Janeisten weniger machen wird.«

Dies muß die letzte schriftlich niedergelegte Bemerkung des Tages sein. Fast unmittelbar nachdem Fen gesprochen hatte, fuhren Mr. Scott und Mr. Beavis in Lily Christine III vor; sie wurden gefolgt vom Chief Constable und seinen Häschern; sie wurden gefolgt von dem Besitzer des blauen Hillman; er wurde gefolgt von den Polizisten, die Sally telefonisch verständigt hatte; sie wurden gefolgt von dem Besitzer des Fahrrads, das Sharman gestohlen hatte; er wurde gefolgt von Mr. Barnaby und seiner von den Vorräten der Bahnhofsbar sichtlich befeuerten Heerschar; und sie wurden gefolgt vom zweiten Proktoren, seinem Begleiter und zwei Bullers, die von der Eisenbahnleitung darauf hingewiesen worden waren, daß Unheil im Verzug war, und so gesetzt, ehrfurchtsheischend und ratlos aussahen wie eh und je.

Das gab vielleicht ein Hallo.

XIV. DIE EPISODE MIT DEM HELLSEHERISCHEN SATIRIKER

»Erklärungen«, sagte Fen düster. »Erklärungen, Erklärungen, Erklärungen. Es der Polizei erklären; es den Proktoren erklären; es den Zeitungen erklären. Diese letzten achtundvierzig Stunden waren die reinste Tortur. Mein guter Ruf ist dahin. Ich werde von niemandem mehr respektiert. Meine Studenten kichern in aller Öffentlichkeit. Die Leute deuten auf Lily Christine, wenn ich vorbeifahre. Und ich verstehe noch immer nicht, womit ich das verdient habe.« Schicksalsergeben trank er seinen Whisky. Niemand schaute besonders mitfühlend drein; selbst nach zwei Tagen war es unmöglich, etwas anderes als guter Dinge zu sein.

Cadogan, Wilkes, Sally und Mr. Hoskins saßen mit ihm in der neogotischen Bar des »Mace and Sceptre«. Es war acht Uhr abends und der Schankraum daher leidlich gut besucht. Der junge Mann mit der Brille und dem langen Hals hatte *Nachtmahr-Abtei* beendet und las nun *Schloß Crotchet;* der Student mit dem breiten Mund redete noch immer mit dem Barkeeper über Pferde; und der rothaarige Sozialist hielt seiner Gefährtin auch weiterhin Vorträge über die ökonomischen Ungerechtigkeiten der Welt.

»Rosseters Obduktion«, fuhr Fen fort. »Polizeiliche Nachforschungen. Warum ich ein Auto gestohlen habe? Warum Dr. Wilkes ein Fahrrad gestohlen hat? Warum Mr. Cadogan Lebensmittel gestohlen hat? *Kleingeister*. Wie sie mich anwidern. Es gibt keine Gerechtigkeit.«

»Ich nehme an, daß Sharmans Geständnis deine Deduktionen bestätigt hat«, sagte Cadogan, »aber es ist mir bislang noch nicht gelungen herauszufinden, zu welchen Deduktionen du eigentlich gelangt bist.«

»Alles bestätigt alles.« Fens Stimmung war unendlich

gedrückt. »Miss Tardys Leiche wurde da gefunden, wo sie sich Havering zufolge befand. Rosseters Aktenmappe und das Gewehr, mit dem man ihn erschossen hat, wurden in Sharmans Haus gefunden – es war übrigens eine kleine Waffe, und ich glaube, daß er sie unter seiner Kleidung versteckt haben muß. Die Polizei hat Miss Winkworth heute nachmittag dabei erwischt, wie sie versuchte, außer Landes zu reisen – wußtest du das? Und Havering haben sie natürlich auch. Ich schätze, daß man gegen beide irgendeine Anklage erheben wird.« Er bestellte eine zweite Runde Drinks. »Sharman wird erst in sechs Monaten wieder auf den Beinen sein, sagen die Ärzte. Und ich werde wohl mindestens genauso lange brauchen, um mich von allem zu erholen. Ich mußte mich wegen dieser Sache in der Sakristei beim Kaplan entschuldigen. Erniedrigend. Undank ist der Welten Lohn.«

»Ich dachte, diese ganzen Geschichten über die Geschehnisse im Spielzeugladen hatten den Zweck, den Verdacht auf Sally zu lenken.«

»Dem hätte so sein können. Ich war mir da nicht ganz sicher. Aber eins stand zumindest fest: Falls sie, rein hypothetisch, der Wahrheit entsprachen, gab es offenkundig nur eine Möglichkeit, wie der Mord begangen worden sein konnte, und offenkundig nur eine Person – nämlich Sharman –, die als Täter in Frage kam.«

»Ich begreife das immer noch nicht. *Ist* sie um 11.40 gestorben, wie Havering sagte? Denn zu diesem Zeitpunkt saßen die anderen ja alle in einem anderen Zimmer zusammen.«

Die Drinks wurden gebracht, und Fen bezahlte für sie. »Oh, ja, sie war erst um 11.40 tot«, sagte er. »Und eines natürlichen Todes ist sie auch nicht gestorben. Siehst du, es gibt nichts daran zu drehen und zu deuteln; sie wurde erstickt.«

»*Erstickt?*«

»Es muß so gewesen sein. Die Symptome bei Erstickten und Erdrosselten sind haargenau dieselben – was auf der Hand liegt, da es keinen Unterschied macht, ob einem die Luftzufuhr über den Mund oder über die Kehle abgeschnitten wird. Wenn sie also nicht erdrosselt worden sein konnte, mußte sie erstickt worden sein. Erdrosselung führt fast unverzüglich zum Tod, siehst du, aber das Ersticken kann sich eine ganze Weile hinziehen.«

Cadogan stürzte sein Bier hinunter. »Und wie erklärst du dir das mit den Striemen – Druckstellen – am Hals?«

»Die kann man im nachhinein hervorrufen.« Fen tastete in seiner Tasche herum und zog einen schmierigen Streifen Papier hervor. »Das habe ich für dich abgeschrieben. Es stammt aus einem Standardwerk. ›Eine lange Reihe von Gerichtsmedizinern‹«, las er, »›hat festgestellt, daß man die einer lebenden Person zugefügten Würgemale, wenn überhaupt, kaum von denjenigen unterscheiden kann, die einer Leiche beigebracht wurden, insbesondere, wenn der Tod erst kurz davor eingetreten ist.‹ Und der Tod war erst kurz davor eingetreten.

Was die Sache auf den ersten Blick unmöglich erscheinen ließ, war schlicht und einfach folgendes: Wenn man einen Menschen erdrosselt, muß man zum Zeitpunkt seines Todes bei ihm sein, aber wenn man ihn erstickt, ist das nicht erforderlich.

Die Erstickungstheorie deutete natürlich sofort auf Sharman hin. Erinnerst du dich noch an die Umstände? Rosseter unterhielt sich mit der Frau, und den anderen beiden Zeugen neben ihm zufolge war sie immer noch am Leben und *sagte* etwas zu ihm, als er sie verließ – und wenn sie etwas zu ihm sagte, konnte sie schwerlich am Ersticken gewesen sein. Dann gesellte er sich zu Havering und Miss Winkworth, und der *einzige,* der von da an bis zum Zeitpunkt des Mordes alleine war, war Sharman. So einfach war das.

Er hatte nämlich begriffen, daß das mit der Einschüchterung nicht funktionieren würde. Also ging er hinein, schlug die Frau bewußtlos, stopselte ihre Nasenlöcher zu, stopfte ihr ein Taschentuch in den Schlund und überließ sie ihrem Tod. Als ihn Rosseter dann mit der Waffe zurückschickte, entfernte er die Erstickungswerkzeuge wieder und schlang ihr die Schnur um den Hals (wobei er die Geschichte mit dem Licht als Ausrede benutzte).«

»Aber *was* um alles in der Welt«, warf Cadogan ein, »hat ihn denn überhaupt dazu veranlaßt? *Wieso* hat er das Ganze als unmöglich hingestellt? Außerdem hätte sie, soweit er wußte, bei seinem Zurückkommen doch auch durchaus noch leben können, was seinen ganzen Plan über den Haufen geworfen hätte.«

»Offenkundig hatte er ursprünglich gar nicht die Absicht, es als unmöglich hinzustellen«, erwiderte Fen ungeduldig. »Als er Miss Tardys Atemwege blockiert hatte, ging er zu den anderen zurück und mußte feststellen, daß sie sich nicht, wie er gedacht hatte, in verschiedenen Zimmern befanden, sondern zusammen waren; und das hätte ihn, aus Gründen, die wir besprochen haben, unweigerlich als Täter entlarvt. Also mußte er die Sache so hindrechseln, daß sie in eine andere Richtung wies, und im Hinblick auf die Symptome bot sich als einzige Möglichkeit Erdrosselung an.«

»Und weshalb hat er dann erzählt, jemand schleiche im Laden herum? Sally sagte doch, es sei dort niemand herumgeschlichen.«

»Das ist ja auch völlig richtig.« Fens Stimme war von Abscheu erfüllt. »Er hat *Sally* gehört. Stimmt's oder habe ich recht, Wilkes?« fügte er brüsk hinzu.

»Eh?« sagte Wilkes, sichtlich verdattert, weil er so schroff angefahren wurde.

»Wie du siehst«, fuhr Fen fort, »ist Wilkes mit seinem schlauen und scharfsinnigen Verstand sofort zu derselben Schlußfolgerung gelangt.« Er funkelte seinen betagten Kollegen gehässig an. »Es hing natürlich alles davon ab, ob die Aussagen der Zeugen der Wahrheit entsprachen. Zum Glück brauchte ich sie aber nicht im einzelnen nachzuprüfen, da sich Sharman bei unserem zweiten Gespräch selbst verraten hat. Er sagte: ›Keine Menschenseele kann bezeugen, daß ich an irgendeinem Komplott beteiligt war.‹ Nun, Rosseter hätte es bezeugen können, wenn er noch am Leben gewesen wäre. Folglich hat Sharman Rosseter umgebracht; folglich hat er auch Miss Tardy umgebracht.«

»Wie hat er Miss Snaith dazu gebracht, ihn in ihrem Testament zu berücksichtigen? Ist darüber etwas bekannt?«

»Oh, er hat irgendein miserables Buch über Erziehung veröffentlicht, und sie war an dem Thema interessiert. Sie haben miteinander korrespondiert und sich schließlich getroffen. Er hat ihr schöngetan, und sie mochte das. Erbärmlicher kleiner Süßholzraspler.«

In der darauffolgenden Stille konnte man hören, wie der rothaarige Student sagte: »Keine absolute Gleichheit, da die Leute *unterschiedliche* Bedürfnisse haben.«

»Wer soll darüber entscheiden, worin die Bedürfnisse der Leute bestehen?«

»Der Staat natürlich. Stell keine solchen albernen Fragen.«

Fen hatte sich wieder aufs Lamentieren verlegt. »Bloß weil Scott und Beavis den Chief Constable bis halb nach London und zurück gelockt haben«, sagte er, »hat er meiner Ansicht nach noch lange nicht das Recht, wie ein Streckenarbeiter auf mich zu fluchen.«

»Wie sind die beiden übrigens beim Rummelplatz gelandet?«

»Oh, sie haben am Bahnhof ein paar von Barnabys Leuten getroffen. Was mich daran erinnert, daß wir uns in zehn Minuten im New College mit ihnen auf einen Drink treffen sollen. Genehmigen wir uns vorher noch schnell einen für unterwegs.«

»Ich mach das schon«, sagte Cadogan. Er bestellte die Drinks. »Spode ist zurück nach London gefahren. Ich habe versucht, ihn zu einer Erhöhung meines Honorars zu bewegen, aber er wollte nicht. Ist mir aalglatt ausgewichen.«

»Werden Sie jetzt also ein paar neue Gedichte schreiben?« fragte Sally.

»Ja. Das ist schließlich mein *métier*. Vielleicht versuche ich mich sogar an einem Roman.«

»Was man hofft, glaubt man gern ...« grummelte Fen. »Was werden Sie tun, Sally?«

»Oh – keine Ahnung. Ich werde wohl noch eine Weile weiterarbeiten. Ich wüßte sonst nicht, was ich den ganzen lieben Tag lang tun sollte. Und wie sieht es mit dir aus, Anthony?«

Mr. Hoskins regte sich. »Ich werde meine Studien fortsetzen ... Guten Abend, Jacqueline«, begrüßte er eine vorüberschwebende Blondine.

»Wilkes?« sagte Fen scharf.

»Eh?«

»Was gedenken Sie jetzt mit sich anzustellen?«

»Kümmern Sie sich um Ihre eigenen Angelegenheiten.«

Cadogan fuhr hastig mit der Frage dazwischen: »Und was ist mit dir, Gervase?«

»Mit mir?« sagte Fen. »Ich werde wie gehabt würdevoll in Richtung Grab schreiten.«

Es drängten sich nun immer mehr Leute in die Bar, und der Rauch begann, in den Augen zu brennen. Fen trank düster seinen Whisky. Der junge Mann mit der Brille und dem langen Hals beendete *Schloß Crotchet* und fing mit *Haus Headlong* an. Sally und Mr. Hoskins waren ins Gespräch vertieft. Wilkes schien drauf und dran einzuschlafen. Und Cadogans Geist war wohltuend gedankenfrei.

»Laßt uns ›Schreckliche Zeilen von Shakespeare‹ spielen«, schlug er vor.

Es war ihnen jedoch nicht bestimmt, unverzüglich hiermit zu beginnen, da Mr. Hoskins plötzlich sagte: »Frauen haben schon seltsame Angewohnheiten.« Alle spitzten ehrfürchtig die Ohren. »Ohne die Schrullen von Miss Snaith wäre diese ganze Geschichte nicht ins Rollen gekommen. Erinnert sich jemand daran, was Pope in *Der Lockenraub* über die Frauen sagt? Es geht so:

Gefallsüchtig stellen sie von Haus zu Haus
den wandernden Spielzeugladen ihres Herzens aus . . .

Du liebe Zeit . . .«

Grundriß des Hauses in der Iffley Road

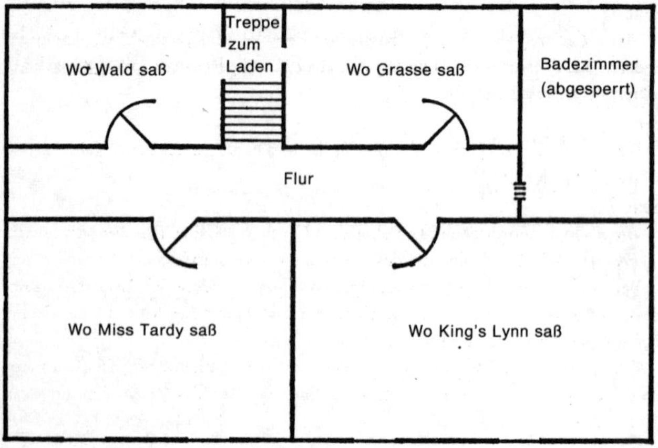

Vorderseite (Iffley Road)

ANMERKUNGEN
ZU EPISODE I

Seite 12

Anton Čechov (1860–1904) – russischer Erzähler und Dramatiker, der unter anderen die Theaterstücke »Die Möwe«, »Der Kirschgarten«, »Onkel Wanja« und »Drei Schwestern« verfaßte.

Seite 13

William Wordsworth (1770–1850) – englischer Dichter; einer der Begründer der Romantik in der Lyrik.

Seite 14

Freya – in der nordischen Mythologie die Göttin der Liebe, Ehe und Schönheit.

Poictesme – in den Romanen des amerikanischen Schriftstellers James Branch Cabell (1879–1958) ein kleines Königreich in der Provence der Troubadourzeit, das zwar christianisiert, aber dennoch Schauplatz heidnischer Riten ist, bei denen der Körper einer nackten Frau als Altar dient.

Logres (manchmal auch Loegria) – in den mittelenglischen Romanzen wie etwa »Sir Gawain und der Grüne Ritter« ein Synonym für das Britannien zur Zeit König Artus'.

Seite 15

Gerard Manley Hopkins (1844–1889) – englischer Lyriker, der mit 22 Jahren zum Katholizismus konvertierte und als einer der bedeutendsten religiösen Dichter des 19. Jahrhunderts gilt.

Seite 17

Fand – in der irischen Mythologie die Gemahlin des Meergottes Manannan.

Hesperiden – in der griechischen Mythologie die Nymphen, die in einem Garten am westlichsten Ende der Welt zusammen mit dem Drachen Ladon über die goldenen Äpfel wachten, die die Erdgöttin Gaia Zeus und Hera zur Hochzeit geschenkt hatte.

Klingsor – im »Parzival« Wolfram von Eschenbachs (1170–1220) ein mächtiger Zauberer, der in den Gärten seines Wunderschlosses vier Königinnen und vierhundert Jungfrauen gefangenhält.

Seite 19

Der alte Seemann – Anspielung auf die gleichnamige Ballade von Samuel Taylor Coleridge (1772–1834), einem der berühmtesten englischen Gedichte überhaupt. Das Zitat stammt aus: S. T. Coleridge, »Gedichte«, Stuttgart 1973, übersetzt und herausgegeben von Edgar Mertner.

Lady Soundso und ihr Liebhaber – gemeint ist »Lady Chatterley und ihr Liebhaber«, der seinerzeit äußerst skandalumwitterte Roman des englischen Schriftstellers D. H. Lawrence (1885–1930).

Seite 26

Prospero – in William Shakespeares Märchenspiel »Der Sturm« der entmachtete Herzog von Mailand, der mit seiner Tochter Miranda, dem Ungeheuer Kaliban und allerlei Geistern und Kobolden auf einer von mannigfaltigen Klängen und Geräuschen erfüllten Zauberinsel wohnt.

ZU EPISODE II

Seite 32

Beowulf – altenglisches Stabreimepos über den Gautenfürsten Beowulf; das älteste vollständig erhaltene altgermanische Heldenlied.

Urtristan – das als verschollen geltende Epos »Marc und Isolde« des altfranzösischen Epikers Chrétien de Troyes (um 1140–1190), das die erste Fassung des Tristanstoffes in der höfischen Literatur darstellt.

Seite 35

Fellow – Mitglied eines College.

James Grover Thurber (1884–1961) – amerikanischer Humorist und Cartoonist, in dessen Werk immer wieder Hunde mit riesigen Schlappohren und traurigen Gesichtern auftauchen.

Inigo Jones (1573–1652) – englischer Architekt.

Seite 46

Sauve qui peut (frz.) – Rette sich, wer kann.

ZU EPISODE III

Seite 48

Lieber spät als nie – unübersetzbares Wortspiel mit dem englischen Adjektiv »tardy« (saumselig, unpünktlich). Einer scharfzüngigen Dame hätte man eine Wendung wie etwa »Lieber *ritardato* als retardiert« in den Mund legen können; bei Mrs. Wheatley wäre dies aber des Guten zuviel gewesen.

Sir Edwin Henry Landseer (1802–1873) – englischer Maler, der vor allem mit realistischen Tierbildern große Publikumserfolge hatte.

Seite 50

Henry Louis Mencken (1880–1956) – amerikanischer Journalist und Literaturkritiker.

Seite 52

Corpus delicti (lat.) – Gegenstand oder Werkzeug eines Verbrechens.

Osbert Sitwell (1892–1969) – englischer Schriftsteller; Bruder der berühmten Exzentrikerin Dame Edith Sitwell.

Seite 55

Myrmidonen – die thessalischen Krieger, die mit ihrem König Achilles in den Trojanischen Krieg zogen.

Maß für Maß – Lustspiel von William Shakespeare.

Seite 58

Charles Dickens (1812–1870) – englischer Schriftsteller, der im deutschen Sprachraum vor allem durch seine Romane »Oliver Twist« und »David Copperfield« bekannt ist; Dickens war als junger Mann Bürohelfer bei einem Advokaten und hat in seinen Werken eine Vielzahl grotesker Kanzlisten, Rechtskonsulenten etc. geschildert.

Seite 59

John Galsworthy (1867–1933) – englischer Schriftsteller und Nobelpreisträger für Literatur, dessen berühmtestes Werk die – heute besonders Fernsehzuschauern geläufige – »Forsyte-Saga« ist.

Seite 60

BBC – British Broadcasting Corporation.

Seite 61

Nicht länger um mich trauere – zitiert nach der Übertragung von Gustaf Wolff (München 1939), einem der zahllosen Übersetzer der Sonette von William Shakespeare; in der Fassung von Gottlob Regis etwa lautet die Stelle: *Wenn ich gestorben, traure länger nicht, als dumpfer Grabesglocken Trauerton.*

Seite 64

Somerset House – Sitz der Notariats- und Inlandssteuerbehörden in London.

ZU EPISODE IV

Seite 65

Janeist – ein glühender Bewunderer der englischen Schriftstellerin *Jane* Austen (1775–1817); ich habe im Gegensatz zum englischen »Janeite« ein s eingesetzt, um Mißverständnissen bei der Aussprache vorzubeugen.

Mace and Sceptre – einer der für die englische Gastronomie so bezeichnenden Doppelnamen; eingedeutscht würde das Hotel »Zum Amtsstab und zum Zepter« heißen.

Strawberry Hill – der Besitz des englischen Schriftstellers Horace Walpole (1717–1797), der davon besessen war, die gotische Architektur wiederzubeleben; das Haus – oder, wie der Große Polyglott London sagt – das gotische Schloß steht in Twickenham bei London und ist heute noch zu besichtigen.

Nachtmahr-Abtei – ein Roman des englischen Schriftstellers Thomas Love Peacock (1785–1866).

Seite 66

Proktor – aufsichtführende Lehrkraft an einem College.

Seite 67

Sokrates – griechischer Philosoph (470–399 v. Chr.).

Ergo (lat.) – also, folglich.

Seite 68

Emmett-Lokomotive – unauffindbar; es muß sich um Lokomotiven wie die der »West Country«-Klasse handeln, deren Ölwannen chronisch leckten.

Seite 70

in statu pupillari (lat.) – im Schülerzustand.

Seite 71

Beatrice und Benedikt – Personen aus William Shakespeares Lustspiel »Viel Lärm um nichts«.

Lady Chatterley – vgl. die Anmerkung zu S. 15.

Britomart – weiblicher Ritter in Edmund Spensers (1550–1599) Strophenepos »Die Feenkönigin«.

Fjodor Michailowitsch Dostojewski (1821–1881) – russischer Schriftsteller.

Stolz und Vorurteil – Roman von Jane Austen.

Richard Feverel – Protagonist des (im Deutschen) gleichnamigen Romans von George Meredith (1828–1909).

Der Egel-Sammler – ein Gedicht von William Wordsworth (vgl. die Anmerkung auf S. 13).

Seite 73

Caesar Galliam in tres partes – hier versucht Mr. Sharman, den ersten Satz des »Gallischen Krieges« zu zitieren; wie in seinem alkoholisierten Zustand nicht weiter verwunderlich, mißlingt ihm dies. Die Stelle lautet korrekt: »Ommnia Gallia divide est in tres partes« (Ganz Gallien ist in drei Teile geteilt).

mourir (frz.) – sterben.

Seite 74

Krösus – der letzte König von Lydien; er galt als unermeßlich reich.

Seite 75

Der Eule wars – Zeile aus dem Gedicht »Der St.-Agnes-Abend« des englischen Dichters John Keats (1795–1821).

Seite 76

Mansfield Park – Roman von Jane Austen.

Seite 83

Edward Lear (1812–1888) – englischer Maler und Dichter, der mit seinen von ihm selbst illustrierten Limericks und Gedichten zu einem der Ahnherren des literarischen Nonsense wurde.

(Weil aller guten Dinge drei sind, hier – zusätzlich zu den beiden im Text erscheinenden Carnac-Limericks – noch einer zu dieser bretonischen Stadt:

Ein alter Mann aus Carnac
trug statt eines Sakkos schlicht einen Sack;
er war eben fürs Grobe,
dieser hie sakkophobe,
da sackophile Mann aus Carnac.

Wie sagt Fen so schön: »Haha!«)

ZU EPISODE V

Seite 90

Orest (oft auch Orestes) – in der Tragödie »Iphigenie auf Tauris« des griechischen Dichters Euripides, der Sohn des Agamemnon und der Klytämnestra, der nach dem Mord an seinen Eltern von den Furien, also den weiblichen Rachegeistern, gehetzt wird, bis er bei seiner langverlorenen Schwester Iphigenie im Land der Taurer auf der Krim Ruhe findet.

Seite 92

Sir Christopher Wren (1632–1723) – englischer Architekt und Mathematiker.

Doch uns ist gegeben – dies und die nachfolgenden Zeilen aus »Hyperions Schicksalslied« zitiert nach: »Friedrich Hölderlin, Werke in einem Band«, München 1990.

Seite 94

Das Schwarze Loch von Kalkutta – Name eines Gefängnisses in der Garnison der indischen Stadt, in dem während des Sepoy-Aufstandes von 1756 knapp 150 gefangene englische Soldaten in einer Zelle von wenigen Quadratmetern zusammengepfercht wurden; am nächsten Tag waren nur noch 23 am Leben.

Seite 96

Scylla und Charybdis – in der griechischen Mythologie zwei Meeresungeheuer in der Straße von Messina.

ZU EPISODE VI

Seite 104

Harry Houdini – Künstlername von Ehrich Weiss (1874–1926), einem amerikanischen Zauberer und Entfesselungskünstler.

Seite 105

Ulysses – Roman des irischen Schriftstellers James Joyce (1882–1941).

François Rabelais (1494–1553) – Schöpfer des satirisch-utopischen Abenteuerromans »Gargantua und Pantagruel«.

Leben und Meinungen des Tristram Shandy – Roman des englischen Schrifstellers Laurence Sterne (1713–1768).

Die goldene Schale – Roman des anglo-amerikanischen Schriftstellers Henry James (1843–1916).

Rasselas – Roman bzw. – so der Untertitel – eine »philosophische Romanze« – des englischen Schriftstellers Samuel Johnson (1709–1784).

Clarissa – Roman des englischen Schriftstellers Samuel Richardson (1689–1761).

Titus – da Cadogan nicht zu Ende spricht, ist nicht ganz klar, welches Buch er meint; wahrscheinlich meint er »Titus allein«, den ersten Band der Titus- bzw. Gormenghast-Trilogie des englischen Schriftstellers Mervyn Peake (1911–1968).

Seite 109

vierzig – gemeint ist natürlich vierzig Meilen pro Stunde.

Seite 110

AA – Automobile Association; britischer Automobilclub.

Seite 111

Söhne und Liebhaber – Roman von D. H. Lawrence (vgl. die Anmerkung auf Seite 19).

Victor Gollancz – englischer Verleger von Edmund Crispin.

Seite 112

Der alte Seemann – Anspielung auf eine Szene in »Tausendundeine Nacht«, wo Sindbad, der Seefahrer, einen alten Mann über einen Bach trägt und dann nicht mehr loswird, weil sich der Getragene an ihm festklammert.

hoi polloi (gr.) – der Pöbel, das gemeine Volk.

Seite 113

St. Sebastian – Märtyrer der Christenverfolgung durch Kaiser Diokletian.

Jona – einer der sogenannten zwölf kleinen Propheten des Alten Testamentes; er wurde von einem Sturm über Bord gespült und verbrachte drei Tage im Bauch eines Walfisches.

Susanna – in den Apokryphen zum Buch Daniel des Alten Testamentes eine Frau, die fälschlicherweise des Ehebruchs bezichtigt wird.

ZU EPISODE VIII

Seite 139

Die Dame von Shalott – Anspielung auf das gleichnamige Gedicht von Lord Alfred Tennyson (1809–1892).

Seite 140

Vernichtigt alles, was gemacht – die Zeilen stammen aus dem Gedicht »Der Garten« von Andrew Marvell (1621–1678) und wurden zitiert nach: Andrew Marvell, »Gedichte« (übertragen von Werber Vordtriede), Berlin 1962.

Seite 147

Dieses Zerfallen – eine Zeile aus dem Gedicht »Der Traum des Gerontius« von A. E. Housman (1859–1936).

George Louis Palmella Busson du Maurier (1834–1886) – englischer Romancier und Karikaturist.

Seite 151

locked-room mystery (manchmal auch *closed-room mystery*) – Kriminalerzählung oder – Roman, in dem es um die Lösung eines in einem abgeschlossenen Raum begangenen Verbrechens geht; berühmte Beispiele dieses Genres sind »Der Mord in der Rue Morgue« von Edgar Allan Poe, »Das Geheimnis des Gelben Zimmers« von Gaston Leroux und »Mord im Orient-Express« von Agatha Christie.

Seite 154

Das vorzeitige Begräbnis – eine Erzählung von Edgar Allan Poe (1809–1849).

ZU EPISODE IX

Seite 159

Bileam (manchmal auch Balaam) – ein Seher aus der Zeit der Landnahme Israels, dessen Esel von Gott mit der Gabe der Rede gesegnet wurde, um ihn auf einen Engel am Wegrand hinzuweisen.

ZU EPISODE X

Seite 177

Paolo Uccello (1397–1475) – florentinischer Maler.

Restauration – die Zeitspanne zwischen der Wiederkehr Jakobs II. auf den Thron von England im Jahre 1660 und der Revolution von 1688.

Seite 179

affreuses juives (frz.) – abscheuliche Jüdinnen.

Molière (eigentlich Jean-Baptiste Poquelin) (1622–1673) – französischer Komödiendichter.

Seite 182

George Farquhar (1677–1707) – irischer Dramatiker, von dem es ein Stück mit dem Titel »Der Werbeoffizier« gibt.

Seite 184

Sir Gawain – gemeint ist die von einem anonymen Autor Ende des 14. Jahrhunderts verfaßte mittelenglische Ritterromanze »Sir Gawain und der Grüne Ritter«.

Empedokles auf dem Ätna – ein Gedicht des englischen Lyrikers und Kritikers Matthew Arnold (1822–1888).

Seite 185

Hermes – in der griechischen Mythologie der Gott des Handels und Begleiter der Toten in die Unterwelt.

Praxiteles – ein griechischer Bildhauer aus der Mitte des vierten vorchristlichen Jahrhunderts.

Aphrodite – in der griechischen Mythologie die Göttin der Schönheit und der Liebe.

Kallipygos (gr.) – mit schönem Hintern

Seite 186

Der angebornen Farbe der Entschließung – die Übertragung dieser Stelle aus dem Sein-oder-Nichtsein-Monolog erfolgte auf der Grundlage der Übersetzung von August Wilhelm Schlegel.

Seite 191

Cider – Apfelwein.

Seite 193

Parturiunt montes, nascetur ridiculus mus (lat.) – Berge kreißen, doch geboren wird eine lächerliche Maus.

T. S. Eliot (1888–1965) – englisch-amerikanischer Dichter.

ZU EPISODE XI

Seite 196

Blaue – Bezeichnung für diejenigen Studenten, die die Universität bei Wettkämpfen vertreten.

Vergil (eigentlich Publius Vergilius Maro) (70–19 v.Chr.) – römischer Dichter, zu dessen Werk u. a. ein Zyklus von zehn Hirtengedichten gehört, der Altphilologen unter dem Namen *Eclogae* bzw. *Bucolica* bekannt ist.

Doch sachten Schritts – eine Zeile aus dem Gedicht »In keinem fremden Land« des englischen Lyrikers Francis Thompson (1859–1907).

Seite 200

Jean Antoine Watteau (1684–1721) – französischer Maler; die »Einschiffung nach Kythara« ist eines seiner berühmtesten Bilder.

Avalon – in der keltischen Mythologie und der Artus-Epik eine Insel, auf die man die Seelen toter Helden und Könige bringt.

Seite 204

Zieht die ertränkte Ehre – eine Anspielung auf Shakespeares »Heinrich IV, 1. Teil«.

Seite 210

Sie sind alle hinweg – Zeilen aus Gedichten von Henry Vaughan (1622–1695) und Thomas Nashe (1567–1601), und zwar aus »Sie sind alle hinweg« und »In Pestzeiten«.

ZU EPISODE XII

Seite 216

Tout lasse (frz.) – sinngemäß etwa: alles vergeht und verweht.

Seite 218

Wormius – Gestalt aus der »Dunciade«, einem epischen Spottgedicht des englischen Dichters und Satirikers Alexander Pope (1688–1744).

Seite 219

William Wordsworth – englischer Dichter der Romantik; vgl. die Anmerkung zu S. 13.

Gilbert Keith Chesterton (1874–1936) – englischer Schriftsteller; u. a. der Schöpfer der »Pater-Brown-Geschichten«.

Falstaff – Gestalt in »Heinrich IV, 1. und 2. Teil« und »Die lustigen Weiber von Windsor«, von William Shakespeare, der als Prototyp des lebefreudigen Säufers und Prahlers gilt.

Walt(er) Whitman (1819–1892) – amerikanischer Lyriker.

Geoffrey Chaucer (um 1340–1400) – englischer Dichter, dessen Hauptwerk die Versnovellensammlung »Die Canterbury-Erzählungen« ist.

Sir Philip Sidney (1554–1586) – englischer Dichter.

François Villon (um 1413–1463) – französischer Lyriker und Vagantendichter.

Robert Burns (1759–1796) – schottischer Dichter.

A. E. Housman – englischer Dichter.

Thomas Hardy (1840–1928) – englischer Schriftsteller.

George Gordon Noel Lord Byron (1788–1824) – englischer Dichter.

William Cowper (1731–1800) – englischer Dichter.

Thomas Carew (1594–1640) – englischer Dichter.

Percy Bysshe Shelley (1792–1822) – englischer Dichter.

Christopher Marlowe (1564–1593) – englischer Dramatiker.

Ernest Christopher Dowson (1867–1900) – englischer Dichter.

Emily Jane Brontë (1818–1848) – englische Schriftstellerin.

Seite 220

Charles Baudelaire (1821–1867) – französischer Dichter.

Algernon Charles Swinburne (1837–1909) – englischer Dichter.

Seite 221

Canterbury-Erzählungen – vgl. die Anmerkung zu Chaucer auf Seite 220.

Das verlorene Paradies – Epos des englischen Dichters John Milton (1608–1674).

König Lear – Drama von William Shakespeare.

Seite 222

Jakob – Gestalt aus dem 1. Buch Mose des Alten Testamentes.

Seite 224

Poictesme und Logres – vgl. die Anmerkung zu Seite 14.

Seite 230

Wer nicht Lust zu fechten hat – Anspielung auf Szene III des vierten Aktes von »König Heinrich V.« von William Shakespeare.

Seite 235

Wer überlebt und heimgelangt – eine weitere Anspielung auf die oben erwähnte Szene; ich habe in beiden Fällen die Übersetzung von August Wilhelm Schlegel bemüht.

ZU EPISODE XIII

Seite 237

Sir Edward Coley Burne-Jones (1833–1898) – englischer Maler und Designer.

Seite 239

Verlasset euch nicht auf Fürsten – Psalm 146, 3.

Seite 245

La propriété, c'est le vol – Eigentum ist Diebstahl; ein Zitat von Pierre-Joseph Proudhon (1809–1865).

Fünf Meilen in labyrinthischem Lauf mäandernd – eine Zeile aus dem Gedicht »Kubla Khan« von S. T. Coleridge.

Seite 247

Graham Greene (1904–1992) – englischer Schriftsteller; Cadogan denkt an seinen Roman »Brighton Rock«, der in den Vergnügungsparks des englischen Seebades Brighton spielt.

Seite 253

deus ex machina (lat.) – der Gott aus der Theatermaschine.

Seite 254

terra firma (lat.) – festes Land.

ZU EPISODE XIV

Seite 255

Schloß Crotchet – Roman von Thomas Love Peacock.

Seite 257

Bei dem Standardwerk handelt es sich um Hans Gross, Kriminalistische Untersuchungen (Sweet and Maxwell, 1834).

Seite 260

Haus Headlong – ebenfalls ein Roman von Thomas Love Peacock.

Seite 261

Gefallsüchtig stellen sie – Übertragung auf der Grundlage von Alexander Pope, »Der Lockenraub: Ein komisches Heldengedicht«, übersetzt von Rudolf Alexander Schröder, Frankfurt (Insel Verlag) 1920.